符利群 著

# 长夜将尽

浙江工商大学出版社
ZHEJIANG GONGSHANG UNIVERSITY PRESS
·杭州·

**图书在版编目(CIP)数据**

长夜将尽 / 符利群著. — 杭州：浙江工商大学出版社，2021.9

ISBN 978-7-5178-4670-3

Ⅰ. ①长… Ⅱ. ①符… Ⅲ. ①长篇小说－中国－当代 Ⅳ. ①I247.5

中国版本图书馆 CIP 数据核字(2021)第 192339 号

**长夜将尽**

**CHANGYE JIANG JIN**

符利群 著

| | |
|---|---|
| **责任编辑** | 鲁燕青 姚 媛 |
| **责任校对** | 张春琴 |
| **封面设计** | 林朦朦 |
| **责任印制** | 包建辉 |
| **出版发行** | 浙江工商大学出版社 |
| | (杭州市教工路 198 号 邮政编码 310012) |
| | (E-mail:zjgsupress@163.com) |
| | (网址:http://www.zjgsupress.com) |
| | 电话:0571-88904980,88831806(传真) |
| **排 版** | 杭州朝曦图文设计有限公司 |
| **印 刷** | 浙江全能工艺美术印刷有限公司 |
| **开 本** | 880mm×1230mm 1/32 |
| **印 张** | 10.5 |
| **字 数** | 226 千 |
| **版 印 次** | 2021 年 9 月第 1 版 2021 年 9 月第 1 次印刷 |
| **书 号** | ISBN 978-7-5178-4670-3 |
| **定 价** | 46.80 元 |

# 目　　录

# 四面绝杀

## 上部

# 山上来客

这场酝酿已久的雪,滞留在上海凌晨的天空,在落与不落间举棋不定。两架日军飞机掠过黄浦江上空的灰色天幕,留下几条亮得诡异的痕迹。

几秒钟后,白浪随轰炸声从江面汹涌而起,犹如一条巨龙自江底蹿上来,又瞬间溃散。爆炸声传得很远,睡梦中的市民惊醒后再不敢闭眼。小道消息很快布满了一九四一年十二月上海的长街短弄。

中午有确切消息传来,停泊在黄浦江上的一艘军舰被炸沉,这是抵抗日军的英国军舰。另一艘美国军舰惊魂未定升起白旗,算是幸免于难。与此同时,日军从苏州河桥鱼贯而入,没费多少枪炮,就轻而易举打开了公共租界的门户。

本就沦为孤岛的上海滩在这一天彻底沦陷，在愁云惨雾中继续苟活。

罗汉生从新光大戏院看完电影出来，从口袋里掏出八音盒，上了发条，优美的音乐破开阴郁寒冷的空气。几辆黄包车立刻朝他奔来。

罗汉生簇新的马甲西装，锃亮的头发和皮鞋，绝对值得车夫们为之卖力。他们争着说："先生，坐我车吧，我拉得又快又稳"，"坐我车吧先生，我拉了十多年了，客人讲坐我的车比坐小汽车还惬意"。

"都闪开！"一名壮汉拉着黄包车，从远处不管不顾地奔来，车铃摇得像打机关枪。他的胳膊、大腿像柱子那么粗壮结实，腱子肉在身上起伏滚动。所过处，路面被他的脚踩踏得嗵嗵作响。车夫们急忙让道。

黄包车冲到罗汉生的面前停下，壮汉摘下脖子上的毛巾拍打座位，笑嘻嘻地说："罗少爷，辰光刚刚好是哦？"

罗汉生两手插裤兜里，朝四周望望，善于察言观色的黄包车夫又拥上来。

壮汉不焦不躁，拿毛巾当扇子扇，全然不把同行放在眼里。罗汉生戴上帽子坐上他的车说去翡翠西菜馆。车夫们失望地散开，掂量对方的个头，也不敢轻举妄动。

"老蔡，你怎么能像青洪帮一样欺行霸市，这样不好。"罗汉生劝他。

"在这个强人遍地的世界要讨口饭吃,只有一个办法——要比强人还要强。"壮汉老蔡擦了把汗,脚步更快了,"这是我十六岁从四明县跑到上海滩,鼻青脸肿头破血流换来的血汗经验。"

"什么叫比强人还要强?"

几名日军从他们旁边经过,老蔡朝他们的后背投去像刀片一样凶猛的眼神,压低声音说:"比如日本人,别看他们现在很强横,总有一天我们会比他们强,把他们赶走。"

"老蔡,你是个危险的抗日分子啊。"

"罗少爷你晓得吗?前两天我拉了个客人,到极司菲尔路六十二号,他一下车就吃了子弹,脑浆打出,我魂灵都吓出了。我也晦气,车钱也没拿到。锄奸队胆子也真大,离七十六号就差一点点,就敢杀汉奸。"

"老蔡,给你一把枪,你敢杀汉奸吗?"

"咋不敢呢? 日本人坐我车从来不付钱,我老早就想把他们死啦死啦的。"

到了翡翠西菜馆,罗汉生给了比往日更多的钱,老蔡眉开眼笑,问啥辰光来接他。罗汉生说这里离家近,他走回去,又问知道这回为啥多给钱,老蔡问为啥。

"因为你讲了一句我爱听的话,平时你废话连篇的。"

老蔡问哪一句,罗汉生说你走吧。老蔡拉着叮当作响的黄包车吆喝着跑开。

　　罗汉生到圣约翰大学报到的那天,汽车抛锚了。这时老蔡拉着黄包车从他家门口跑过,他便喊住老蔡坐着黄包车去学校。罗汉生平时不喜欢开车出风头,外出就喊老蔡。几年下来,老蔡养家糊口的一半收入来自这位出手大方的少爷。

　　罗汉生想,有意思,"比强人还要强",这话比我读了四年大学还通透。

　　刚看完电影的罗汉生,被电影中温暖而伤感的气氛包裹,喉咙发苦,胸口发闷。他想喝一杯热咖啡,听最新的西方音乐,看看衣着摩登、明净鲜亮的面孔,这会让他感觉舒服一些。

　　翡翠西菜馆赭红色的外墙上残留着枯藤,枯藤缠绕着精致的拱形铁窗,门口的法国梧桐不紧不慢飘落着黄叶,很是温暖养眼。路上缩着脖子裹紧外衣来去的人们,像梧桐树上乍然惊飞的寒鸦,匆匆掠过这幢温暖的红房子,无暇多留恋片刻。

　　半年前罗汉生从圣约翰大学化学系毕业,过着逍遥的日子。他每日睡到日上三竿,起来吃一顿早饭、中饭连一起的中餐,下午和老同学喝咖啡,看最新的电影,吃正宗的西餐。他家在法租界的同和里石库门,法租界内外是两个不同的上海,一边城春草木深,另一边国破山河在。

　　他喝了口咖啡,吃了块蛋糕,回想凌晨黄浦江上的轰炸,每一条街上的日军队伍。能够这样喝咖啡的辰光以后越来越少了,那么多喝一口也是好的。他强忍住焦虑喝下一杯,跟女招待又要了一杯。

一只长方形藤篮搁上桌子,有人在他对面坐下,对穿天鹅装的女招待说:"黑椒牛排米饭、罗宋汤,牛排要全熟,要快。"

那人穿半新旧的青灰长衫,戴礼帽,架黑边眼镜,帽子遮住了半边脸。乍一看认不出,可这声音太熟悉了,熟得烧成灰也听得出——宋昆山。罗汉生想:真不该来翡翠西菜馆,应该看完电影就回家。他没有起身迎客,继续喝他的咖啡。

宋昆山抓了一块蛋糕吃下去,声音含糊:"我刚到上海,很饿。"

"你跟踪我?"罗汉生说。

宋昆山被噎着,拿过咖啡杯咕嘟咕嘟几口就喝光了。罗汉生皱眉摇头。

"罗少爷一般会在哪儿,这么多年我还没点数吗?"

"你还是没学会吃完东西再讲话,跟你说过多少回了,还是没变。"

"罗汉生,离开上海,跟我走。"

"这话你第二次跟我说了。半年前你就莫名其妙地消失,后来回来要我离开上海跟你走。接着又莫名其妙地消失,现在又回来要我跟你走。为什么喜欢打我主意?"

宋昆山狡黠一笑:"因为你是我看中的唯一人选,前无古人,后无来者,只此一家,别无他人。"

罗汉生觉得他比半年前更瘦更黑,也更老了,越来越像一块粘牢脚底的美国口香糖,怎么甩都甩不掉。

"你是打猎的,捕鱼的,还是种地的?"

"说得对,这几行我都干过。"

饭菜上来,宋昆山说天大的事等吃过饭再说,他很长时间没吃一顿好的了。他矫健生猛的动作与周围优雅的环境完全不搭,有人已递来好奇的目光。罗汉生只能假装没看见。

两年前,罗汉生与圣约翰大学农学院园丁宋昆山坐在树荫下,无聊地数着校园里来来去去的女生——五分钟里从他们面前经过几个,赌注是一顿饭。不管罗汉生多么谨慎下注,他总是会输。宋昆山则对此了如指掌。

两个年轻人整天无所事事地坐在树荫下盯着女生看,这多少显得不怀好意。不过他们自觉磊落。再说,圣约翰大学的女生都很好看,短发,白短衫,黑裙子,明眸皓齿,赏心悦目。他们对这种小心思从不厌倦。

罗汉生不在意请客吃饭,这于他是小菜一碟。宋昆山便叫来一帮学生作陪,介绍这是小王同学、小赵同学、小徐同学……他们对罗汉生笑笑,不客气地坐下就吃,不多话,有时交头接耳几句。他们吃得很快,似乎饿了三天三夜,吃完就走。罗汉生连他们的面孔跟名字都还没对上号,他们"神出"之后就"鬼没"了。

罗汉生和宋昆山还猜过苏州河上来来往往的船只,商船、客船、舢板、渔船……猜法跟猜人数差不多。罗汉生依然占下风,宋昆山对此也胸有成竹。他请来作陪的又是另一批学生,依然介绍小黄同学、小张同学、小刘同学……这些人吃饭还是那么快,吃好就走,不多说什么。罗汉生依然记不住那么多的名字和面孔。

他糊里糊涂请了很多次客后,有一天聪明起来,问宋昆山怎么认识那么多人,他读了几年书连全班同学的名字都叫不全。罗汉生有个不敢跟人声张的毛病——轻微脸盲症,见过一个人四五次,才能把人家的面孔跟名字对上号。他到底不是上海滩最阔气的少爷,就算是,也得弄清楚到底在请谁吃饭。

宋昆山老实不客气地说,有些是本校的,有些是外校的,有些是同学的朋友,有些是朋友的同学。他们都是穷学生,平时吃不上那么多、那么好的东西,偶尔打打有钱人的秋风,也并非罪不可恕的。他用一种"你是有钱人你不请客谁请客"的无辜神情说。罗汉生觉得他脸皮厚,但也算坦率诚实。

一年前的某一天,宋昆山失踪了。他离开的那天,锄头扔在苗圃地,水壶倾倒,花剪子还沾着刚剪下的几枝新鲜玫瑰的露水,水龙头还没拧实,在滴滴答答地淌水。他好像急着去买花肥或办别的事,但很久没有回来。

半年前的某一天,宋昆山也是拎着一个长方形藤篮回来。他头发凌乱,又黑又瘦,额角有道伤疤,一绺头发沾着泥,但眼睛明亮,精神饱满,浑身洋溢着与以往拿花剪子修剪玫瑰绝不相同的粗粝充沛的山野气息。

那天宋昆山说:"罗汉生,你跟我走,我带你去一个你从来没去过的地方。你会喜欢那里的。"

"我不喜欢去我从来没去过的地方。"罗汉生懒洋洋地伸懒腰。

"人生下来哪桩事不是头一遭？你就打算一辈子在同和里、如意里、清远里、万安里的小弄堂里游荡吗？现在做油头粉面的小开，以后继承你爹的店铺，做个肥头肥脑的店王？"

"我做小开、店王，跟你不搭界吧，你是法租界的印度阿三管得宽啊。就算我欠你一条命，也不能老让你牵着鼻子走。"

罗汉生是圣约翰大学的学生，宋昆山是学校的园丁，二人本不搭界。有一回罗汉生看电影回家，被流氓打劫揍个半死，宋昆山救了他，自此欠下他一笔天大的恩情，这也是他没有理由拒绝为宋昆山一次次请客的最大理由。

"我敢打赌，你将来一定会跟我走。"

罗汉生懒得问要跟他去哪里，问了就表示对此有兴趣，而他并不想表现出兴趣。上回宋昆山急匆匆地走了，说以后一定还会找他。在他差不多忘记这事，过着一名上海小开应有的惬意生活时，宋昆山又出现了，打破了他要在这个阴郁的冬日享受一下午热咖啡的计划。

"我上回就说过以后会找你的，君子一言，多少匹马也难追。"宋昆山说。

"放过我吧，菩萨会保佑你的。"罗汉生说。

宋昆山吃好饭，擦擦嘴："给你一星期，一星期后跟我走。"

罗汉生掏出钱包，朝他推去："要多少，自己拿。"

"钱，我会跟你要。人，我迟早也要带走的。"

罗汉生把身体往后一靠："我离得开上海，上海离不开我啊。"他伸出手指头数给宋昆山听："国泰旅行社的季小姐，要看最新的好莱坞新片。查理洋行的凯瑟琳小姐，一直约我郊游。苏家三小姐呢，老早说要教我最新的探戈舞步……"

罗汉生指向阴沉的窗外，高耸的楼，摩登的行人，疾驶的汽车，叮当作响的黄包车，上海阴冷着脸面对整个世界。"多美的上海啊，你想要的都能给你。"

"你不想要的，上海也能给你。日本人的枪炮，很快会把这间漂亮的西菜馆打个粉碎，"宋昆山叉了块小蛋糕举在他面前，"或者像这样。"他一口吞下，边嚼边死盯着罗汉生。

"来一趟上海不容易，多吃点。吃好我请你看电影，顾兰君的《武则天》。"

宋昆山从藤篮里拿出一只瘪塌的茶缸，一条皱巴巴的破毛巾，一只烧焦的皮鞋，一把断柄的梳子，一只断裂的手镯，还有一堆形状不明的东西。他把这些奇形怪状的东西一样一样放在桌上。罗汉生漠然地看着。

宋昆山把瘪塌的茶缸举在他面前："两个月前，浙东一个叫横镇的地方，我们的人死了二十九个，其中有小黄，这是他留下的茶缸……"

"顾兰君、陈云裳两美相争的事听说了吗?"罗汉生说。

宋昆山举起破毛巾给他看:"一个月前,在梅山丘,我们死了十六个人,其中有小周,这是他用过的毛巾……"

"也是,那时你忙着招人进山,可能没有留意上海发生的热闹事。"

"他们都是为抗战而牺牲的,是我们去浙东的九百多个青年中的一部分……"

"《良友》画报举办明星照片义卖活动。陈云裳的三十寸照片抬到一千五百块。顾兰君的照片一抬再抬,你知道抬到多少?"

"他们也会喝咖啡,也会用不锈钢刀叉切牛排,可他们还是拿起了打鬼子的刀枪……"

"你信不信?顾兰君的照片竟然抬到六千块。真是活见鬼了。"

宋昆山夺走他手上的咖啡杯,两人互相盯着,能听见彼此浊重的呼吸声。

宋昆山把烧焦的皮鞋、断柄的梳子、断裂的手镯,还有那些形状不明的东西举给他看:"罗汉生,这些人你知道都是谁吗?都是我带他们一个个来打过你秋风的学生。你见过他们,跟他们在一张桌上吃过饭,喝过汤。"

罗汉生想了想,发现记不起任何一张有印象的面孔,他们像云一样来过,又像风一样飘走。

"你手上的这杯咖啡,多像小于中弹牺牲后身上血衣的颜色。她是梅山丘死的十六个人之一,她的身子被打得像一面筛子。"

罗汉生面无表情，目光扫过桌上奇形怪状的东西。它们陪着主人度过了无数日光如风月光如水的日夜，如今以残破不堪的模样留下来，证明它们的主人来过这个世界。他的目光滑到发冷的咖啡，血衣的颜色与咖啡色交错混沌……

小于是大夏大学的学生。那天她像燕子一样飞进餐馆，二话不说就点了满满一桌菜，都是又麻又辣的川菜，点完笑嘻嘻地问罗汉生会不会点太多了。罗汉生只能说没问题。川菜对吃惯上海菜的罗汉生来说很不合胃口。那天小于像川妹子一样吃辣，喝酒，猜拳，笑得花枝乱颤，醉了把脑袋搁在他肩头。后来其他人都走了，罗汉生喊老蔡的黄包车送她回学校。她一路醉生梦死，他一路忍着呛人的酒味。罗汉生很诧异，她明明是正宗上海小娘，不知怎么学会吃辣的，还搞得像男人婆。罗汉生在众多学生中就记住了这个小于。

现在，这个能吃辣喝酒猜拳还爱笑的上海小娘，死了，身子被打得像一面筛子，死在宋昆山带她去的浙东，也就是宋昆山一再要他去的那地方。

宋昆山对着他那张冷淡的脸说："我真奇怪你怎么一点也没有反应。"

罗汉生声音很轻："我之前去探望过一次小于的妈妈，送了她三百块钱，三百斤煤球，一件棉大衣，一个汤婆子，还有一坛绍兴黄酒。这个冬天她不会太冷。"

"后面还有无数个寒冷的冬天。"

罗汉生恼怒起来："既然知道要死人，为什么带他们去那么危险的地方，还一再要我去。你就这么想让我死吗？"

他们互相瞪着，像两头对峙的猎犬。外人看来，他们在亲密无间地耳语。

六年前，十八岁的宋小宝从江苏昆山亭子村老家跑出来。他计划沿着京沪铁路一路扒火车去北方，听说那儿土地肥沃，粮食满仓，一天能吃三顿结实的大米饭。他爬上第一辆火车，听那些面黄肌瘦的旅客小声说北方的青年总在月黑风高夜像削菜瓜一样利索地削掉日本人的脑袋，这样才有香喷喷的饭吃，他听得很兴奋。他扒了三次火车，被赶下车三次。第三次摔下时，他听见全身骨头发出咯啦啦的脆响。他摇摇晃晃站起来，看见"真如"站牌，才知道自己扒错了方向，他想去北方，结果到了上海。他拖着剧痛的腿沿着铁路走，直到痛晕倒地，迷迷糊糊间耳朵贴地听见远方炸雷般的火车呼啸而来。他想完了，为一口吃的把小命送了，还死无葬身之地，连骨头渣都不剩……

他醒来时，发现自己躺在狭窄的扳道房。扳道工问他，他诚实地把想削掉日本人脑袋换饭吃的想法告诉扳道工。那时他很年轻，不知道什么话该对什么人说。侥幸的是他没有说错对象。扳道工把他带到另一个地方，另一个地方的人告诉他，不用急着去削日本人的脑袋，先读点书，这样能更准地把大刀砍向日本人的脑袋。后来他读书认字，参加炮火纷飞的战斗。他第一次看到日军被自己的子弹击中号叫着从山崖上摔下去，兴奋而害怕，晚上还做了噩梦。接着看到战友被打穿肚皮淌出长长的肠子，他的枪射出了咆哮的子弹……

几年后，乡下青年宋小宝变成了腿部微瘸的圣约翰大学园丁宋昆山，改这名是为了记住老家。他借助园丁的身份，自由出入校园的每一个角落。他像观察花草树木一样观察学生，知道哪些长势良好，哪些需要施肥，哪些需要除虫，哪些是不可救药的稂莠。

后来一些学生悄悄来到他的园丁小屋，获得了课堂内学不到的学问。园丁小屋似乎有神奇的魔力，他们进屋之前是一种人，出来之后变成了另一种人，精神焕发，面目鲜亮，身上的血越来越热乎。

半年前，在淞沪游击纵队的率领下，宋昆山带着学生，从浦东出发，南渡杭州湾，越过平原，跨过山岭，来到浙东打鬼子。宋昆山所在的部队牺牲了很多打过罗汉生秋风的学生。他们死的时候，仰躺在布满血腥硝烟的焦土上，不肯闭上的黑白分明的眼睛里，装满了干净剔透的蓝天、白云、绿树、红花。

在一场又一场的战斗中，伤员越来越多，简陋的医疗条件使他们的伤情不断恶化。宋昆山这次来上海，就是寻找一批医护人员赴浙东四明县救治伤员。他需要说动罗汉生跟他们干。他总觉得这个看起来吊儿郎当的上海小开很聪明，要是走正道，准能成大事。

"我为什么带他们去那么危险的地方？我为什么要这么做？"宋昆山重复罗汉生的话，"八国联军攻打北京的时候，京城人帮着洋人架梯子,扶梯子,越干越开心。为什么?因为他们认为江山是满清的,跟他们不搭界。因为洋人给了工钱,他们可以买米买盐。"

宋昆山还是宋小宝的时候,对这些事根本不懂,后来一点一点懂了。罗汉生当然比他更懂,此刻反而轮到他来提醒,这让罗汉生很恼火。女招待帮他们换了热咖啡,罗汉生喝了一口,这一口让他觉得咖啡从来没这样苦。

"鸦片战争时,清军水师跟英军打仗,老百姓在岸上看热闹。清军船只被击沉时,老百姓一个个鼓掌喊好。因为他们从来不知道,这个国家也是他们的。"

"你教我读历史吗?宋昆山你弄清楚,我读这些书时,你还只认识一箩筐字。"

"你跟这些人有什么两样?你的书都读到屁眼里去了,你读的是假书。"宋昆山一挥咖啡杯,杯子裂开,咖啡洒了一桌。

女招待跑过来紧张地道歉,问哪里招待不周了。罗汉生让她把赔偿算一块儿。

宋昆山觉得他身为园丁,能发现花草树木最细微的生长变化,却看不清罗汉生的想法。这个圣约翰大学化学系的高才生让人捉摸不定:说他很正吧,他吊儿郎当好吃好喝没个正形;说他不正吧,他没惹是生非,更不胡作非为。宋昆山把桌上的东西放回藤篮,说要把这些送到学生家里,预备接受他们父母撕心裂肺的痛哭。宋昆山戴上帽子说还会来找他的。

罗汉生不作声，也不打算与他告别。

宋昆山正准备走出翡翠西菜馆，刚一只脚迈向门外，突然不动了，脚底像被什么东西粘住了。与此同时，罗汉生拿起咖啡杯的手也停在了半空中。西菜馆里的人们，有的刚夹起一块牛排，有的把肉咬在嘴里，有的把汤咽到喉咙，服务生托着餐盘走来走去……一切与平时没什么两样。

可他们都像宋昆山和罗汉生一样，停止了下一步动作。

爵士音乐悄然消失，换成了另一个声音。

广播男声说，美国时间十二月七日清晨，日本出动三百五十架飞机、六艘航空母舰，连续两次偷袭位于珍珠港的美国军舰和机场。美军太平洋舰队主力几乎全被摧毁，数千名美军死于战火……

这个凝滞的时刻很漫长，时空仿佛变成一片空白。

但不一会儿，相邻餐桌的几个人不约而同地聚拢到一起，相互干杯。屋里骤然响起高低起落叮叮当当的碰杯声，如同薄薄的刀片割开凝结的空气。他们的脸上洋溢着静默的喜悦。随后他们纷纷离开，奔向需要迫不及待分享喜悦的地方。屋里重新响起昏昏欲睡的爵士音乐。一名留仁丹胡子的中年人扔下钞票，摇摇晃晃地跑出店。一名男招待朝他后背啐了一口。

宋昆山走回来，站在罗汉生面前，对着他平静的面孔说："日军偷袭珍珠港，整个中国都醒了，你也该醒了。"说完便快步离开。

随后罗汉生也离开了西菜馆。

　　枪炮声在远远近近处断续响着，行人、汽车、黄包车在他前后左右仓皇飞奔。落叶纷飞，尘土飞扬，天空暗下来。罗汉生走到一条狭小的弄堂拐角处，日军汽车队开着大灯呼啸碾压而来。坐在车斗里的两排日军抱着机枪，射向躲闪不及的行人。惨叫声、笑声交织。罗汉生朝弄堂深处奔去，紧贴厚实的高墙。枪声远去。

　　日军全面进入了公共租界，上海不再有一寸安全的角落。他握紧拳头，重重捶了一下这堵刚刚保护过他的墙。

　　他从风衣口袋里掏出八音盒，这个须臾不离的宝器里夹着一张小照片，照片上的漂亮姑娘微笑地看着他。他心情舒朗了些。这是一个小小的西洋八音盒，是一年前安琳去法国留学前留给他的，现在成了他思念的慰藉。他拧好发条揣回口袋，竖了竖风衣领子朝前走。八音盒播放的音乐是美国电影《魂断蓝桥》里伤感优美的苏格兰民歌《友谊地久天长》。他喜欢邵庆元的译本唱词：

　　宁有故人可以相忘，曾不中心卷藏？宁有故人可以相忘，曾不睠怀畴曩？往日时光，大好时光。我将酌彼兕觥！往日时光，大好时光，我将酌彼兕觥！我尝与子乘兴翱翔，采菊白云之乡。载驰载驱征逐踉跄，怎不依依既往？……

　　罗汉生的鼻子一阵冰凉。酝酿很久的雪终于落了，很快雪花漫天，天地茫茫。北风把他高竖的衣领吹塌，风雪灌进了他的脖子，他嘶嘶抽气。音乐被风拉扯成断续飘荡的碎片，好像他随身带着一只叫声凄惨的鸟。

# 锄奸队

地上积起一层薄雪，一些破败残缺被遮蔽了。罗汉生买了桂花烧鸭和焖烧素肠，母亲曹大英喜欢这些菜。

宋昆山要是再激他几句，说不定他真会像两年前那样，脑壳发烫热血冲动加入铁血锄奸队。他其实到现在还没弄清楚，到底为什么要加入这支队伍。也许那天跟林与明、朱砂、苏桃他们喝多了，酒酣灯暖，总会让人脑壳发烫热血冲动，他不清楚自己是怎么在纸上写下"罗汉生"三个字的。等醒过来，朱砂和苏桃笑嘻嘻地举着"生死状"给他看，朱砂还夸他的签名像书法家。他当时懊悔得给了自己一巴掌。

罗汉生走过冷飕飕的大路，抄近路走进更为冷飕飕的弄堂。在同和里石库门的家里会有一桌热气腾腾的饭菜等着他，桂花烧鸭和焖烧素肠要再热一下。他走得快而小心，以防雪滑。如无意外，几年后他会从父亲的手里接过中药铺、旅馆和几家小店铺，成为父亲罗得裕那样精明能干的商人。

走到宁波路的一条弄堂，一个迎面过来的人碰了他一下，罗汉生手里的菜盒转到他手里。没等他做挣扎，朱砂挟他到附近的一幢石库门里。罗汉生这时想起，刚才急着抄近路，他应避开这边才是。

屋里的人原本悄无声息地各自忙碌着，像一群贴在海底的八爪鱼，罗汉生的进入，搅动他们从角落拥上来。朱砂手里的菜盒落到他们手里，里面的菜很快被分得一干二净。罗汉生看着空空的菜盒，骂他们是蝗虫。

梳着麻花辫的苏桃跳到罗汉生面前，个子娇小的她抬起圆圆的下巴，仰着脸，理直气壮地问："生哥，说好五点一刻开会，你为什么迟到三分钟？"

罗汉生眯起眼想了想，说："开会不是明天吗？"

朱砂啃着抢到手的烧鸭腿，咀嚼声里挤出话："上午我去你家通知你改期了，你妈说你不在。生哥，你是我们的人，最好少跟那边的打交道。"

罗汉生盯着把他挟持过来的朱砂说："你跟踪我？"

"谈不上跟踪，正好路过看到。"朱砂抹抹嘴。

"我罗汉生见什么人，说什么话，做什么事，跟你们没关系，你们也管得太宽了。"罗汉生更恼火了。

"你是我们铁血锄奸队的主力,要被人家争取走了,我们还铁什么血锄什么奸?"朱砂阴阳怪气地说。

罗汉生从他嘴里夺过啃得只剩下骨头的鸭腿,朱砂惊讶地张大嘴。

罗汉生把鸭腿骨举到众人面前转了一圈。苏桃、朱砂、煤球厂会计陈马修、邮差宁小强,还有坐在稍远一点的转椅上,没有抢鸭肉没有抢素肠也没有出过声的铁血锄奸队队长——花旗银行襄理林与明,谁也不知道罗汉生要说什么。

罗汉生举着鸭腿骨冷冷地说:"我罗汉生不是谁的主力,任何时候都不是,我不喜欢那样。所以谁也别指望我负起什么责任,因为我没这个能耐,每个人有几斤几两没有人比自己更清楚。我能给你们的,是我有这个能力也愿意给的东西。除此之外,我给不了。"说完,他把骨头扔在了地上。

屋里像他刚进来时那样静寂无声,看书的看书,抄文件的抄文件,谁也不敢接他的话茬。

这些话其实已经憋在罗汉生心里很久了。至少在宋昆山笃定自信地说"你会跟我走"时,像水草一样大片大片蓬蓬勃勃地长在他胸腔。不知为什么,他当时没有说给宋昆山听。或者说,这些憋了很久的话原本是要说给宋昆山听的,可当时没想到,现在说给了这一帮与他一起屡屡赴汤蹈火的伙伴听。这种没找准发火对象的恼怒,如同捶在一团棉花上那么不着力。

罗汉生是一个自由散漫的人，喜欢吃过晚饭后两手插在裤袋里，闲闲散散从同和里的石库门房子里走出，绕过一大堆大小银行——不知什么时候起，他家附近有一堆银行，四明银行、盐业银行、正义银行、劝业银行、恳业银行、江苏银行、广东银行……好像全上海的银行都开在他家附近，可他的口袋里并没有因此多出一分钱，虽然他从不缺钱用。他顺着居尔典路走向苏州河，走到天后宫桥，站在桥上看一会儿风景，又沿着南苏州河朝西慢悠悠地走，经过盆汤弄桥、老闸桥、老垃圾桥、新垃圾桥，再从新垃圾桥折回来，沿着北苏州河走回家。他一边走一边反反复复听八音盒，看小照片，思念遥远的姑娘。

他看过苏州河的旧渔船带着一舱鱼腥味晨歌唱晚，看过衣衫褴褛的黄包车夫拉着穿绸缎旗袍的妖娆女子驶向霓虹灯闪烁处，看过白衣黑裙的女学生撑着油纸伞走过积满黄叶的弄堂。有时走过半夜的街头，还会看到一名好端端走路的行人猝然成为刀枪之鬼，行刺者吹一吹枪口的袅袅青烟，压一压帽檐，从容地消失在黑夜，去寻找另一名无辜或该死的行人。

上海的风花雪月与狼烟烽火，充斥在他二十二岁的生命里。

在此之前，罗汉生与上海中等富裕家庭的小开并无二致，读该读的书，玩该玩的游戏。改变从四年前的一场战乱逃难开始，那场持续三个月之久的淞沪会战，仿佛一口沸腾的大锅，将他吞入其中，等他出来时已然变了一个人。一个活蹦乱跳的少年，倏然变得像历经沧桑的中年人一样少言寡语，安静沉默，埋着一股别人永远无法猜透的心思。

每个男人都有一个侠客梦，罗汉生也不例外。侠客与暗杀者，本质上是同行，是同一名师傅教的，只是侠客敢在白天杀人，而暗杀者更多的是借助夜色行事，忠杀奸，奸杀忠，忠奸互搏，或者转眼间同流合污。

眼下，铁血锄奸队每杀一个人，就会冒出更多的该杀者，简直杀不胜杀。罗汉生甚至不知道他们下手的那些人，到底是不是该死。有一回他们奉命杀一名官员，那名官员带着老婆孩子，红光满面地从菜馆里出来。官员站在台阶上，一手搂着老婆，一手牵着孩子，看起来多么和美的一家子。很快，开车接应的罗汉生看到那名官员浑身一震，胸口绽开一朵大红花，沉重地扑向地面。汽车驶离时，他看到两个年幼的孩子扑在汉奸父亲身上哭喊"爸爸"，哭声像利刃一般刺向罗汉生的后背，让他生生渗出一片汗。

那一瞬间他怀疑他们是不是杀错了人。熟练地擦着手枪的林与明告诉他，那个汉奸使上海数名锄奸队成员被杀，早就死有余辜。

罗汉生不喜欢被人束缚。现在看来，铁血锄奸队给他的束缚显然越来越紧了，这不是他喜欢的生活。

尤其让他不快的是，锄奸队原本是自由组织，他们抱着纯粹简单的想法——杀汉奸——而走在一起。有一次林与明消失了三天，回来后告诉他们，铁血锄奸队归重庆戴老板管了，重庆会给他们发经费,同时每一步行动要听他们安排,并且刺杀目标除了汉奸还有中共地下党。

罗汉生不关心哪一方是真正的抗日力量,只是不喜欢在旋涡中越搅越深,不喜欢事情越来越复杂,这不是他加入锄奸队的初衷。在此后的刺杀行动中,分配给他的针对地下党的行动屡屡失手,引起了林与明的不满。这越发让他觉得加入锄奸队是当初神经搭错了。

也许是想打破让人难受的沉默,朱砂对苏桃说:"哎,好久没吃你做的宁波汤圆了,晚上做给我们吃吧。"

"你话太多,吃得也太多。"苏桃横了他一眼。

朱砂委屈地说饿了,说完打了一个不合时宜的嗝。众人笑了起来。苏桃拿出剪刀,说要剪开他肚子看看到底塞了多少吃的。他们已不把恼火的罗汉生当回事了。

林与明从转椅上站起,轻轻拨了一下,椅子旋转起来。

他温文尔雅,温言细语,一旦温雅的面孔闪烁冷酷的目光,多半是刺杀的时候。两年前北平抗日锄奸队伍遭到大搜捕,林与明南下上海,利用燕京大学经济学毕业生的优势,很快获得花旗银行襄理的职位。他多半时间出没于觥筹交错的酒会,向各路大亨介绍花旗银行新推出的利息丰厚的美元和黄金产品,谈论纽约证券所、伦敦证券所的最新行情,顺便交换彼此对时局的看法,不动声色地捕获下一个刺杀目标。那些死到临头的汉奸做梦也想不到,十天半个月后将会死于一起端着细脚玻璃杯，笑着品尝陈年威士忌的林襄理手上。

林与明走到窗台前，碰了碰摆在窗台上的一盆又绿又肥的韭菜。队员在炒菜时有时会剪一把放菜里，剪完后它会继续生长。但这盆韭菜有时还会起到烹饪以外的作用。

林与明温和地说："别把朱砂的话太放在心上。没人强迫你做你不愿做的事，但有些事你既然答应了，总不能当逃兵。朱砂、苏桃，我们来说说下一步行动。"

罗汉生想反驳，又觉得他的话似无不妥。

黄昏逐渐移向夜晚，锄奸队最终确定了这次行动计划。罗汉生负责把手头正研制的小型燃烧弹再验查一遍，于第二天凌晨携弹赶到位于虹口的日通纱行仓库，确保四点准时起爆。这个仓库装满了日军准备运往内地战区的大量棉衣、食物等过冬物资。在这个肃杀的冬天，那里的日军已冻成了狗。

半个月前，圣约翰大学化学系高才生罗汉生制造了六枚以黄磷为原材料的小型燃烧弹，其中一枚差点引爆，他用一桶沙子将其扑灭。剩下的五枚必须确保能将整个仓库掀翻并熊熊燃烧。

林与明问引爆后日军会有哪些消防应急措施，朱砂说仓库外有三个消防水带，分别对应正门和东、西小门，还有消防站很近。林与明捏着指关节，皱紧眉头。

"消防站距离仓库两百二十米左右，我经常跑那一带送报纸。"

宁小强说。

"消防站那批设施刚从德国进口,质量很好,一般物理手段很难破坏。"陈马修补充道。

"时间来不及了,先不去管这些,明天四点准时……"林与明说。

"物理手段不行,试试化学。"罗汉生淡淡地说。

林与明盯住他。罗汉生说让朱砂配合他。林与明说行,停止捏指关节。因为长年发报,林与明的手指有了不轻的职业病。罗汉生很烦这个声音,有时担心他会捏断手指。

林与明重新靠回转椅,脚轻跐地面,椅子开始幅度不大的左右转动,屋里响起吱吱嘎嘎声。林与明没说散会,大家就不好走,觉得他还有话要说。果然,林与明问大家怎么看日军偷袭珍珠港。

罗汉生想:又得待半个小时,老娘准在家骂娘了。

苏桃说日本人捅了马蜂窝,朱砂说谁让美国佬老是摇摆不定,宁小强说什么叫狗急跳墙这就是,陈马修担心日本人更加百无禁忌破罐子破摔了,半个世界卷进来,上海更惨了。罗汉生打了个呵欠说没别的事他先走了。没人理他,他有点讪讪,迟疑着往外走去,等有人跟他说声等等再走。

林与明的声音很低,沉沉压进罗汉生的耳朵:"偷袭珍珠港对我们来说是好事。美国一下水,战争局势就定了。政府很快会对日宣战。"

罗汉生往外走的脚步慢下来。

"我们跟日本，就像两个完全不等量的对手打架，我们是挨揍的一方，一次次被打倒，爬起，再打倒，再爬起。眼看着不是被打死，就是被打残。这回，要'谢谢'日本了，是他们帮我们把美国拖下水。打个比方吧，现在我们跟美国是绑在一条破船上的两个水手，四周都是茫茫大海，炮火不断打过来，除了互相依靠对付敌人，没有更好的办法。"林与明说。

大家问接下来怎么做。

"珍珠港刚被炸，今天早晨，英国的彼得烈尔号军舰被炸沉了，美国的韦克号也举白旗了，法租界名存实亡，上海已没有一寸安宁之地。接下来我们会更苦、更危险，手头上的事赶紧做，后面会越来越难。"林与明扫视众人，眼神冷酷，"还是那句话，怕死，就早点提出来，别关键时刻走人。"

众人静默。罗汉生心里想：林与明你够精明的，先把任务派下来，跟着再说谁不想干就走人，这明摆着让他成众矢之的。众人目光不期然投向他，他漠然地望向蛛网盘结的屋顶，再看向窗台那盆葱郁的韭菜。

"OK，那就散了，明天准时。"林与明说。

罗汉生朝外走，朱砂喊等等。罗汉生掏出八音盒拧上发条。

"一天到晚唱情歌，我耳朵都起茧了。现在不是谈情说爱的时候，现在是一九四一年十二月八日，日本人刚炸了珍珠港。"朱砂叫道。

"别急,马上轮到炸它了。"雪花大朵大朵地从天而降,道路白亮肃杀,罗汉生走向白茫茫的路,淡淡地说。

朱砂缩着脖子,两手抄袖子里跟在罗汉生身后,说两个鸭腿一块素肠实在顶不了饿。罗汉生没理他。朱砂说别那么小气,不就吃了一只烧鸭、一盒素肠嘛。

罗汉生走进同和里的家,听见哗哗水声,心里一叹。果然,母亲曹大英卷着裤腿在井边拧床单。他看着也觉得冷,可母亲满头大汗。朱砂喊罗姆妈。

曹大英原本可以不必这么做,可曹大英认为,这些她打小就会的活儿自己做起来更爽气。她跟绍兴师爷罗得裕从安昌到上海时,是个紧抿着嘴唇挽着蓝印花包袱的乡下姑娘,又瘦又黑,怯生生的黑眼珠骨碌碌打量着上海滩这个花花世界。夫妻俩一个铜板掰八瓣花,二十多年创下不大不小的家业,她也慢慢从羞怯的乡下姑娘变成强势的老板娘。刚来上海她闹过最大的笑话是把水桶放在水龙头下接水,等半天不见水,也不敢动手碰水龙头。罗得裕问她做什么,她说等"自来水"。

罗得裕舍不得好吃好穿,一礼拜有五天轮流住在各个店铺,每天临睡前都要用老鹰般犀利的眼神扫过店铺的每一个角落。即便睡觉时,他的一只眼睛和一只耳朵也是警醒的。他做小伙计时就养成了这个习惯,老死也不改。他嫌弃儿子,始终觉得一代不如一代,但因屈服于曹大英的强势,敢怒不敢言。但他又暗中担心有一天他们死了,儿子会活活饿死,于是拼命挣钱,攒了一根又一根的金条,藏在美国花旗银行的地下金库里,钥匙牢牢拴在裤腰带上,连曹大英摸一下也不肯。

二十多年过去,曹大英变得白胖圆润,学会了上海话,也学会了上海麻将,会坐黄包车看电影、吃西餐,可她依然喜欢亲手洗衣、烧菜、做饭。因此罗家只有两个用人,从安昌跟来的用人七嫂和厨师七叔夫妻俩,沾亲带故的,就当多养了两个人。

曹大英咬着半截香烟,含糊地说:"汉生,喊七叔开饭,我晒好床单过来,小朱一起吃饭。"她有边说话边吸烟的本事。小时候罗汉生看母亲吞云吐雾叽里呱啦说话,有点迷惑,弄不清母亲到底是男的还是女的。

朱砂欢喜地直答应,罗姆妈的拿手好菜,乌黑油润的绍兴霉干菜蒸肉,配上雪白的米饭,他能吃三大碗。

罗汉生走进后院小屋,推门进去。朱砂跟进去,一跨进就眼前一暗,像掉进无底深洞。罗汉生断喝让他站住别跟进来。罗汉生像很厉害的瞎子,熟视无睹地向里面走,接着黑暗中传来开橱门、拉抽屉的声音。朱砂问罗汉生为什么不开灯。罗汉生没回答,出来后把一瓶东西塞到他手里。

"王水。你要想瞎一只眼或烂一个鼻子,就打开看看。要是不想,明天三点四十分把王水浇在消防水带上。动作要快,别沾手。"

"我还没娶到苏桃，不会找死。对了你还没跟厨房说我要吃饭。"

"你带了这个，连白开水都别想喝。出了这门跟我无关。"罗汉生推他走。

朱砂气恼道："你给我个烫手山芋，要知道这样我才不来呢。连一口饭都吃不到。罗姆妈你看他——"他大声告状。

朱砂被推到天井，曹大英吐掉快烧到唇边的香烟蒂头，喊他们过来帮忙拧床单。朱砂放下王水瓶卷起袖子上前。罗汉生连忙拿起瓶子，曹大英劈手拿走。

曹大英喜滋滋地拧瓶盖："早听说永安百货新到了美国洗衣碱水，倒一点点衣裳就洗得清清爽爽，我跟汉生说了十八遍他也没记牢，还是小朱好——"

罗汉生夺过瓶子，拧紧还没打开的盖子："这不是洗衣碱水，是我跟家里开染坊的同学要的染药水。朱砂姆妈跟我要的。"罗汉生把瓶子塞给朱砂催他快走。

曹大英又夺过："染药水更好，衣裳都褪色了，染一染，啥颜色？"

"妈，就一小瓶，下回给你带来。小朱快走。"罗汉生又夺回来。

"小朱吃了再走，我做了霉干菜蒸肉。"

朱砂晃着脑袋看母子俩夺来夺去。

趁罗汉生的脚还未踢到他身上，朱砂抓着瓶子慌慌张张跑出门："罗姆妈，我不吃了，我妈还等着我呢！"

曹大英告诉儿子,她昨晚又梦见回家了,是那个有高高的台门,台门边叠满酒瓮的老家。罗汉生给母亲舀了一碗蛋花汤,说一定抽空陪她回安昌住半个月。

曹大英说:"儿子,你啥都好——"

"就一样不好,不听你的话,没给你娶个称心的儿媳妇。"罗汉生接上。

"你要是早点听话,娶了采薇——"

"你早就能抱孙子啦。"

"你讲。"

"您说。"

曹大英喝光碗里的黄酒。酿酒世家出身的曹大英,喝起酒来比喝白开水还爽快。曹家每年都会从乡下送来几十瓮最好的黄酒,光是闻闻气味,就够让罗汉生头晕,这也是曹大英对儿子不满的地方,这哪像她儿子。

罗汉生多次问过母亲,他要是不娶梅家弄偷鸡街海鲜行程老板的女儿程采薇为妻,天是不是就塌了,地是不是就陷了,日本人是不是就炸平了整个上海滩。

当年绍兴师爷罗得裕经过雪后的天后宫桥,脚底一滑掉进苏州河,是船上的宁波海鲜贩子老程救了他。为了知恩图报,罗得裕夫妻俩索性把五岁的罗汉生"以身相许"给程家八岁的女儿程采薇。

两家门当户对,儿女才貌相配,罗汉生娶程采薇几乎是顺理成章的事。

罗汉生想起说话走路像风一样的程采薇,再想想娇柔温顺的安琳,不知用什么办法才能让父母打消多年的念头。

曹大英白了儿子一眼:"戆大,采薇读医学院,以后还是医生呢,娶医生做老婆,这是你前世修来的福气。戆大儿子我告诉你,你爹要不带我们来上海,我们还住安昌老台门,你个小绍兴佬要娶上海女医生做太太,哼,梦里想屁吃啊。"

"我不是讲程采薇不好,只是……"

"我就晓得,你惦记那安琳。罗汉生我告诉你,她不是当罗家媳妇的料,罗家的大门不是什么阿狗阿猫都好进来的。"

罗汉生夹了块肉到母亲的碗里:"妈,我不姓爱新觉罗,罗家也不是皇亲国戚,大清早亡了。我真是弄不懂,你怎么就看不上安琳?"

"儿子,媳妇不是花,光摆在家里看看就行,还得经得住日子的风吹雨打。安琳看着养眼,过日子不行。"曹大英又喝光一碗酒,问他还记不记得四年前的逃难。

罗汉生眼前浮现十八岁那年的兵荒马乱。淞沪会战第一炮打响后,罗得裕就把母子俩送上火车,他说自己命大,枪炮躲着他,实则舍不得抛下店铺。曹大英心里儿子大过老公,也不管他了,带上罗汉生就跑。火车刚出上海就被逼停,母子俩的行李被一帮拆白党抢光。母子俩走路，扒货车，坐马车，乘乌篷船，一路捡食物、挖野菜填肚子。母子俩历经千难万险，衣衫褴褛、蓬头垢面地出现在老家的台门前，惊掉了他外公手里的酒碗。

曹大英的嘴角衔着得意的笑："你讲讲，安琳吃得了那样的苦吗？能吗？"

"又不会天天打仗。我跟安琳这么多年——"

"我们两家是门不当户不对，麻布手巾绣牡丹。"

"安琳不会嫌贫爱富——"

"程采薇是扔在哪里都会生根发芽的野兰花，安琳是养在暖房里的玫瑰花。儿子，人要找跟自己差不多的，这样会走得长远。就像我跟你爹。"

"妈，亲妈，娘，程采薇还比我大三岁呢。"

"女大三，抱金砖。你跟采薇定过亲下过聘礼，早晚得娶进门。你要是敢停妻再娶，一辈子会被人戳脊梁骨，我们在街坊邻居里也抬不起头。"曹大英朝里屋走，"明天让采薇来吃饭，我有半个月没见她了，念着呢。她不来你也别回家。"

"我有一个妈就够了，为什么还要给我找个姐？"罗汉生对母亲的背影喊。

"戆大儿子，你福气好啊，前世修来的。"曹大英回头笑笑。

# 日军仓库惊爆夜

罗汉生这天晚上做了个梦,梦见自己在爬一座大山。

他从没到过这座山,但觉得草木山水都很熟悉,饿了随手能摘到果腹的野果,渴了身边就有清澈的泉水。鞋子烂了,他随手抓几把草,居然还能编草鞋。他很疑惑,这是他打出娘胎都没有过的本事,可做得又快又好,好像变了一个人。他还顺手一枪打死灌木丛中蹿出来的野鸡,林子里响起惊天动地的声响,"丁零——"。

罗汉生醒来,定了定神,是电话机和闹钟同时发出的声响,打破了凌晨三点的寂静。他一手接电话,一手按闹钟。

电话里安琳告诉他,她现在在南京,将于傍晚六点左右到达火车北站,到时让他去接她。罗汉生愕然。远在法国的安琳怎么忽然回国,并且会在十几个小时后出现在他面前?

安琳告诉他，她本想悄悄回来，这样给他的惊喜会更大。之前她经过漫长的海上航行，从法国抵达香港，再由父亲派到香港的保镖接到南京，小住两天后再也不想住了，她太想早点见到他，于是赶了最早的火车回上海，所以不得不在凌晨吵醒他。然后她娇羞地问罗汉生有没有想她，她打算跟他聊久别的情话。

闹钟指向三点零五分，按计划，此时他的汽车应该出现在冬日凌晨的马路，朝着目的地行驶。他必须马上安抚住安琳，让自己脱身，同时还不能让她产生疑虑，虽然他多么渴望见到一年多未见的她。他很郁闷，这一场行动怎么安排得如此不凑巧。他用最快的语速、最温柔的语气告诉她，她最好现在不要来上海，因为最近上海局势很不太平，他家附近昨天发生了爆炸案，前天发生了杀人案。另外，他母亲刚才肚子疼得要命，可能吃坏了东西，他要马上送母亲去医院。

安琳紧张地问要不要紧。罗汉生说不要紧，回来再联系她。他不容自己有一丝犹豫，立马挂了电话。他能想象电话那头的安琳拿着话筒无辜的模样。他心里说安琳对不起，干完这次一定要离开锄奸队，这太不像人干的活了。

他的汽车出现在上海冬日凌晨湿冷的晨雾中，像飘落的树叶一样隐没其间。

十六铺的日通纱行仓库灯火通明，日军三人一岗持枪守在仓库门口。

首先赶到日通纱行仓库的是朱砂和苏桃。他们用了十分钟,把王水浇在仓库附近盘成一团的消防水带上,消防水带很快发黑腐烂,像巨大而垂死的巨蟒盘在地上。朱砂得意地对苏桃说胜利完成了任务,还可以回家补上美美一觉。苏桃冷冷地说他有本事试试,朱砂说有一百零八个胆子也不敢试。

朱砂当然不敢。这回能顺利完成属于他的任务,得益于仓库门口高高的堆栈挡住了守卫日军的视线。这个堆栈存放了昨天刚到的粮食,因为仓库堆不下,所以只能暂放门口,等到仓库里的棉衣食物运出才能搬进去。

罗汉生穿着一件全身都是口袋的马甲,口袋里装了五枚香烟盒大小的燃烧弹,赶到仓库时已经是三点五十三分了,比约定时间晚了三分钟。这三分钟让等他的人像过了漫长的三年。之前,他把燃烧弹绑在汽车底盘上,以避开路上可能的搜查,刚才拆下又费了些时间。

朱砂说生哥你把大家的心肝心肺都急裂了,林与明也沉下脸。此时他们隐蔽在离仓库五十米左右一幢废弃房子的二楼山墙边。

"现在我把该做的事做好,完了再追查我责任。陈马修、宁小强,确定投弹位置了吗?"罗汉生轻描淡写地问道。

巡查的陈马修小跑回来,给了大家一个糟糕的消息。仓库门口的守卫日军增加了三名,原先翻过西门仓库围墙进行近距离投掷的计划失败了。朱砂惊叫这不可能，他们用王水浇消防水带时，有个日军挂着枪在打瞌睡。陈马修说就是因为打瞌睡，这名日军被巡视的抽了一巴掌，勒令离岗，并迅速增加了守卫士兵。

林与明没有说话。他其实想说的是，如果罗汉生准时抵达，那么他们发现日军布防加严后，可能会提前实施行动。现在罗汉生一招不慎，他们有可能全盘皆输。林与明把要说的话在心里过了一遍，还是咽下，告诉大家按第二方案行动。

罗汉生在大家担忧的目光里，走向与仓库隔一条马路的灰楼，据说那是一幢医学院的楼。马路上的路灯有几盏还坏掉了，他摸索前行，觉得自己像瞎子走路。

他觉得第二方案实在不合适。一则携带的燃烧弹在身上磕磕碰碰，弄得痛兮兮的，还得担心会不会爆炸把自己炸得连肉渣都找不到。再则他之前没有练习过远距离投掷，能不能投中是个问题，深更半夜爬人家楼，要被当成贼抓了，那才是大麻烦。

此外，他不喜欢林与明的目光。他迟了三分钟，林与明可以像朱砂那样骂骂咧咧，可林与明没有，质疑的目光像刀尖扎人。

罗汉生快步走向他们确定的灰楼。他接近灰楼时忽地生出诡异念头，这时如果他走进巷弄，谁也不会发现他离开了这个今天或许会登上报纸号外的地方。

但他还是走进了灰楼，还顺带想了想安琳的火车现在到哪里了，不过这个想法很快被抛到了脑后。他上了三楼，快步走向西侧阳台,朝西望去,这是个对准日通仓库的好位置,但还是偏了些。他往身后的一排房间看了看,不知道房间里有没有西窗,如果有,那才是万无一失的投弹位置。

空中响起夜鸟三长两短的惊叫,这是宁小强发出的暗号,催促他快行动。

罗汉生拿出匕首撬窗子,窗子意外开了。他来不及考虑房间里有没有人,就纵身跳进去。借着窗外暗淡的灯光,他发现靠墙有一排叠架式床铺,有轻微的鼾声,而西侧确实有一扇窗户。他扑上前,发现窗户正对准日通仓库。此时天色透出微弱亮光,太暗或太亮都不是行动的时候,此时正好。他从马甲袋里掏出一个燃烧弹,再掏出一个小型炮弹筒。这些都是他自制的。

床铺上坐起一个人,呢喃:"谁呀?小慧是你吗?"

罗汉生屏住呼吸,僵在原地,是女孩的声音。

坐在床铺上的女孩见没人回答,揉揉眼睛,躺下去。罗汉生稍稍喘了口气。那女孩又腾地坐起,尖叫:"有贼!有贼进屋了!快开灯!"

屋里的灯光瞬间亮起,睡着的人纷纷起来,揪着被子哇哇叫。

罗汉生一低头,看到身上挂的手里拿的燃烧弹,于是大喝:"闭嘴,谁也不许喊,谁也不许动,再喊我炸了。"

有几个立马闭嘴,有几个仍在尖叫,罗汉生冲过去,拿燃烧弹举到她们眼鼻子前挥动,她们也闭嘴了,用惊恐至极的眼睛瞪着他。

　　罗汉生继续晃动手上的武器，说："我奉命办事，办完就走，不会伤害你们一根头发。谁要是发出一点点动静，连你们一块炸了。"

　　屋子里静得只听见她们急促不安的呼吸。

　　罗汉生打开窗，快速撕下燃烧弹的包装纸，把燃烧弹装进炮弹筒，比画几下，朝日通仓库的中庭射去。第一枚，第二枚，第三枚……罗汉生在最短的时间里把五枚燃烧弹投掷出去。这些用黄磷制作的燃烧弹，一接触空气就会迅速自燃。他盯着远处的日通仓库，想到一手炮制的大戏即将上演，心跳得厉害。

　　煤球厂会计陈马修进过日通仓库，通过七拐八弯的关系送过一批优质煤球，大致弄清了仓库的分布。第一方案有足够把握点燃仓库，第二方案也就是罗汉生此刻的行动把握不大，一则他们不清楚仓库中庭有没有堆货，再则即使有货也未必是易燃物。所以这是一起瞎猫碰死耗子的仓促行动。

　　五枚炸弹在夜空中抛出弧形抛物线，稳稳落向日通仓库的中庭。这里确实堆着即将运出去的棉衣棉纱等，这些本来不能放在露天，但由于要给刚运到的粮食腾出位置而被搬出来，意外给了原本很难袭击到仓库里面的燃烧弹以可乘之机。

　　燃烧弹在接触空气的一瞬爆炸，火舌四下乱溅，放纵吞噬一切可燃物品。

　　屋里的人惊呆了，望着庞大的火球熊熊燃烧，火光把她们的脸映成红铜色。虽然隔了一条马路，大火威胁不到，可依然能感觉到火势凶猛,还能清楚地听到火光里的嘶喊。

罗汉生想林与明他们一定按计划及时撤退了,他抓过炮弹筒说抱歉让你们受惊了。他准备从窗口跳出去,想了想没这个必要,就打开门。这时他背后突地吃了沉痛一棍,朝前扑倒,扑倒的一瞬,手里的炮弹筒甩了出去。

袭击他后背的是一名女生,这时她也吓住了。

连续五次发射,这个简陋的自制炮弹筒变得烫手,加上筒体残存的炸药粉末因连续发射摩擦而升温,这一甩把炸药粉末甩了出来,高温加上空气接触,爆炸一触即发。罗汉生见旁边洗脸盆有一盆水,抄手泼去,又手疾眼快抱过一床棉被,紧紧捂住炮弹筒,以防爆炸和引发的爆响。

女生们挤在角落里瑟瑟发抖,这个瞬变来得太快太急。

炮弹筒因罗汉生紧紧捂住棉被而发出闷响,虽是强弩之末,威力不大,但足以把他掀倒在地,棉被也被炸出大大小小焦黑的洞。

女生们停了一会儿过去,发现这个半夜来袭的无名杀手,脸上身上血渍斑斑,衣服炸得焦黑,血水像黑红色的小蛇,从他胸腹部一滴一滴流淌下来。

袭击罗汉生的女生扔掉棍子,仔细看了看,一脸疑惑:"怎么是他?"

罗汉生被反绑在地,懊恼自己因办事太容易而轻敌,以致功败垂成。

"罗汉生,你真是狗胆包天!"那个袭击的女生喝道。

他抬头,对上一张熟悉的面孔——程采薇。

沪江医学院学生程采薇拿着罗汉生的匕首在他眼前比画:"半夜三更,私闯女生宿舍,还杀人放火,送警察局,还是送你妈手上?"

罗汉生忍痛笑道:"好说好说,大家自己人。先让我起来。啊,痛死我了,我的肚子是不是炸了一个洞?"

"刚才拿炸弹威胁的霸气哪儿去了?罗汉生,原来你也就这点胆量啊,啧啧,稀罕,大开眼界。"程采薇说。

罗汉生低头看衣服里溢出的血,吸着冷气:"好痛,真的好痛,快把我放开。"

"我说了不算数,得她们说了算。大姐二姐四妹五妹,你们看怎么办?"

大姐唐可心、二姐楚琼华和四妹王映霞,说不能便宜了这家伙,最小的五妹许小慧小声说先让他起来吧。程采薇解开了绳索。

罗汉生的大学到底不是白读的,从小的聪明也不是白得的,他艰难地解下沾血的马甲。他让不明真相的母亲用粗厚的麻布在马甲背心上缝了五个口袋以装燃烧弹,当时他说学校有话剧表演需要用到。他一手捂着流血的伤口,一手把这件古怪的袋子马甲举到众人面前,让她们看仔细。

"看清楚了吗?这是什么,死亡背心,你们谁敢穿?我敢说,你们一宿舍几个人——一二三四五,五个女生加起来也不敢穿。好痛——"他说几句喊一声痛,"我冒着生命危险,把燃烧弹装在身上,一不小心就会被炸得连肉渣都不剩。我像贼一样翻进你们宿舍,一不劫财二不劫色,我为什么?不就是为了炸掉日本鬼子的军需仓库,为了抗日大业。好痛——可你们呢?一个个睡得香喷喷,估计做梦都在看电影、喝咖啡,跟男朋友约会,一点也不知道上海,不知道我们整个国家在生死存亡的危急关头。好痛——我上刀山下火海,孤胆闯关,还被你们当贼抓,还要严惩我?你们一个个摸着良心问问自己,这样做好吗?好吗?好吗?"

他一句句诘问,最后看向程采薇。女生们面面相觑,一时无从反驳。

程采薇笑了。他们孩提时代就定亲,小时候弄不懂什么是定亲,该吃吃,该玩玩,可谓青梅竹马两小无猜。再长大一点懂事了,罗汉生长得英俊,眼高于顶,在学校里受女生欢迎,就看不上粗枝大叶的程采薇,背着大人还捉弄她。程采薇心气更高,更看不上细皮嫩肉的罗汉生。等两人上了大学,眼界更开阔了,越来越不把小时候的定亲当一回事。但碍于程家日趋贫寒的家境和程家父母病弱的身体,罗汉生也不敢提退亲,曹大英、罗得裕更是认准非程采薇不娶。那时他已跟安琳交往,程采薇遇见过他们几次,一笑而过。有时两个学校有联谊活动,他们还像朋友那样友好配合,彼此并无芥蒂。

程采薇说:"照这么说,我们得向抗日英雄负荆请罪了?来来来,同学们,我们跟大英雄赔个不是,要不会落个汉奸的罪名。"

"不用不用,我也就把事情跟你们说清楚,免得有损我清誉。"他一步步挪到墙边,刚挨到就倒下,"痛死了,快救救我。我肚子准有十几个洞,你们学医的怎么见死不救啊。希波克拉底誓言呢,都忘了吗?"

"采薇,怎么办?我们用不用救他?"大家也后怕了。

"带他去第二实验室,先把他救活了再说。"程采薇很冷静。

女生们扶起罗汉生走向外面。

"慢点慢点,我痛得走不了啦,你们有没有担架啊?怎么能让病人自己走着去病房呢?"

"病房?你是不是还想住在国际饭店里让我们给你看病?"

"那倒也不至于,虽然我对生活有要求,但也没那么讲究。"

"你是不是故意吓我们?其实根本就没受伤。"天真的许小慧说。

"天地良心啊。对了,你们没跟日本人勾结吧?"

"再胡说八道,我给你多加几个洞。"程采薇喝道。

"沪江医学院不是在马斯南路吗?你们怎么到十六铺这边了?"

"多管闲事,不说话没人当你是哑巴。"

她们把他带到一间白惨惨的房间,扶上一张长方形白色台子。罗汉生摸着台子说好光滑啊。

"这边是学校医学实验部,我们毕业了,史教授让我们协助指导新生学习人体解剖,所以有时晚上也住这里。"许小慧如实相告。

"台子昨天解剖过人体,消过毒,你放心。"程采薇漫不经心。

罗汉生一惊仰身,伤口剧痛,又惨叫。女生们捂嘴笑。

程采薇拿剪刀利索地剪开罗汉生血迹斑斑的衣服,发现罗汉生的胸腹部果然皮开肉绽,好在炮弹筒爆炸时他用棉被紧紧捂住,且穿着厚实的马甲和冬衣,没有伤及内脏。衣服跟血肉粘在一起,她轻轻扯开,罗汉生高一声低一声喊痛。

程采薇冷静地告诉他,他们要给他做一台手术,现在缺麻药,再痛也得忍着。罗汉生说等等他有麻药,程采薇诧异地说:"你哪来的?"

罗汉生从裤袋里费劲地掏出八音盒,看了会儿照片,上好发条调低音量,放在耳边凛然道"来吧"。程采薇看他耳边的东西,目光移到罗汉生咬牙切齿的脸上,笑了笑。

罗汉生忍着疼痛,跟着音乐哼"宁有故人可以相忘,曾不中心卷藏?……"

女生们用剪刀一点一点剪开黑红色的死皮肉,手术刀摁住伤口的血水,钳子夹住消毒棉纱搅动伤口。千万条痛神经从罗汉生的胸腹部蔓延至肋骨、头顶、四肢……

他终于喊出来:"痛,痛死我了,程采薇,你下手能不能温柔点儿?"

程采薇不知拿什么东西堵住他的嘴。罗汉生的嘴一阵发苦发麻,只能呜呜作响。他怀疑她伺机报复。

他有气无力地哼哼,没人听懂他哼什么:"程采薇,你可不能乘人之危落井下石挟公器以报私仇,以小人之心度君子之腹,以女人之心治英雄之伤啊——"

在再一次痛昏过去之前,他用仅存的力气,跟着音乐气若游丝地哼:"我尝与子乘兴翱翔,采菊白云之乡……"

"采薇,你这个朋友好好笑啊,都痛得全身哆嗦了还唱歌。"许小慧笑道。

"黄连树下弹琵琶——苦中作乐,这一点我还是欣赏的。"程采薇说。

此时的罗汉生痛得五荤六素载浮载沉,听不到程采薇对他罕见的赞赏。


罗汉生被尖锐的警笛、汽车喇叭和日语的喊叫惊醒,闻到空气中充斥的消毒水味、血腥味,脑袋迷糊了一会儿清醒过来,想到自己躺在程采薇声称解剖过人体的台子上,他动了动,立刻痛如刀绞。

他缓慢侧过脑袋望向窗外,日通仓库的方向依然烟雾缥缈,看来没个大半天火灭不了。他想象日军暴跳如雷的样子,不禁笑出声,又痛得抽搐。

守在旁边打盹的许小慧惊叫着跑出去,喊道:"他活过来了,活过来了!"罗汉生想难道我死了一回吗?

程采薇不疾不徐地走进来，两手插在白大褂兜里："恭喜，你身上的洞填上了。"

罗汉生虚弱地说："我什么时候能回家？"

"日本人满世界找你，你脸上就差烙上'我是纵火犯'五个字，还想再扒层皮断几根骨头？"

"你们医生习惯拿刀子在人身上割来割去，是不是对人间疾苦麻木了？"

"我们要是没同情心，你还能喘气儿跟我说话？"

"程采薇，你的嘴比你的刀子更厉害。我服你了行不行？快帮我想想办法怎么出去。"

这一说他暗叫糟了。他开车到日通仓库，匆忙中把汽车停在离仓库百米左右的一家海鲜商行门口，那边现在必然戒备森严，一辆无主汽车一定被格外关照了。这是个重大失误。再则，出门时接了安琳的电话，他忘了带通行许可证，这更是大麻烦——安琳，他想到此刻兴致勃勃坐着火车将到上海的安琳，心越发沉。他不安地瞟了程采薇一眼，有点惭愧，好像背着她在干坏事，同时越来越担忧，这些失误会给锄奸队带来多少麻烦。

程采薇看他的目光，似乎看透了他的复杂想法，转身出去。

罗汉生继续发愁，日军要是查到汽车号牌追踪到家，不知情的父母该怎么回答。母亲胆大心细，能把死的说活。父亲就胆小，一吓会把什么都说了。日军再顺藤摸瓜找到学校那就事大了。还有，仓库到底烧得怎么样？有没有达到预期目的？林与明他们有没有安全撤退？要是落下一两个人被抓住就完了。再还有，安琳到了上海，肯定连家也不回就直奔他家，找不到他，这大小姐不管不顾，事情会越发不可收拾……

许小慧劝他别担心，说程采薇只要想帮忙没有办不到的。

"上海成日本人的地盘了，这回可不是她热心就能帮上的。"罗汉生苦笑。

"你可不能长鬼子志气灭自家威风，要不是你刚炸了日军仓库，你说这话，我们准把你当汉奸。"许小慧很严肃地说道。

罗汉生看她嘟嘴气鼓鼓的样子，来了兴趣："汉奸什么样的？高的还是矮的，胖的还是瘦的，像猪八戒又胖又丑的，还是我这样又高又英俊的？"

"汉奸不管他多好看，都是民族的败类。"许小慧涨红脸。

"那你说，我以后会成为汉奸，还是抗日英雄？"

许小慧见他黑亮的眼睛似笑非笑，很害羞，又不好意思跟他争，就跑出去。罗汉生喊她，问有没有电话机，他需要跟父母通个话。许小慧站在阳台，发现四五名日军朝大楼过来。她慌忙喊程采薇，罗汉生想这告状也太快了。

程采薇和两名女生赶来，把他从台子上扶下说快走快走。

"我就跟小慧逗逗，你们没必要这么多人对付我。慢点慢点，疼，你们怎么这样对待重伤病人——"他解释。

"你要活命就闭嘴。"

他们穿过阴冷的屋子走廊,来到一间灯光明亮的房间,推开门,浓重的福尔马林气味扑面而来。

面容清癯的沪江医学院教授史哲夫,带着十来个男女生围成一圈在讲课。程采薇对教授说了几句,史哲夫让大家让开。台子上赫然出现一具白惨惨的人体,胸腔已被打开,露出生硬的肌体。

他们在上人体解剖课。史哲夫让他爬进台子下的柜子里。

罗汉生爬进去,里面漆黑一团,气味怪异。他忍着疼痛和怪味躺下,伸长腿,想到上面正躺着一具被剖开的冰冷人体,不由得毛骨悚然。

"兄弟,咱们也算是不同生死同患难了,你在天有灵,保佑我逃过这一劫。"他想了想说,"我出去给你烧纸钱,大把大把的,还有纸马纸人。"再想了想说,"兄弟,剖你的时候疼不疼? 兄弟,你受苦了遭罪了……"他默念着壮胆,耳朵紧贴柜壁,忍受着伤口绷开的剧痛。

五名日军闯进实验室,看见台上被剖开的人体,倒退了几步,用日语叽里咕噜地说了几句。翻译问有没有可疑的人来这里。史哲夫说这里除了他们就是一具具没有生命的人体。日军吼叫,用枪托暴怒地拍打台子。

他们冲向楼上,很快响起踢门砸门翻箱倒柜的声响。程采薇骂禽兽,许小慧哭着说他们会不会一把火烧了宿舍。史哲夫沉声说别怕。

"大家听史教授的，不要慌。"程采薇说。

罗汉生想这位瘦弱的老教授能保护这群女生吗？日军要是一无所获，还会对如花似玉的她们下手。他一个男人非但保护不了她们，反而要她们保护。到时他也管不了那么多了，反正横竖一条命，生死不由人，只是安琳……

想到安琳，他伸手摸向了裤袋里的八音盒，八音盒发出清脆的叮咚声。他死死攥住，这一刻恨不得把这宝器砸个稀巴烂。

留守的日军喝道什么声音，刺刀对准他们晃。史哲夫拿起手术刀，轻敲金属药盘，果然也发出类似的声音。

罗汉生的伤口剧痛起来，空气又稀薄又憋闷，他张开嘴像鱼一样呼吸，嘴里吞进又冷又苦的空气，不由得一阵反胃。他一手捂伤口一手捂嘴，恳求自己千万不能吐。他向死去的爷爷奶奶祈祷，向祖宗祈祷，又向头顶上方躺的那位素不相识共同遭难的兄弟祈祷。接着他又对八音盒照片上的安琳说，我也不想把你带进这个鬼地方，可现在没办法，你先委屈一下，哪怕被搜到了我也会保护好你。

日军再次闯进实验室，刺刀一刀一刀刺向台子上的人体。顿时人体四肢分离，惨不忍睹。女生们退到边上。刺刀指向史哲夫，史哲夫从容地蹦出一串日语。日军停下。史哲夫继续用日语说，他与第十二师团长松本中将是同学。前几天松本夫人头疼，下午准备再去复诊，希望他们不要打扰他工作，否则影响他情绪进而影响松本夫人的病情,对大家都不好。

　　松本是史哲夫读日本医科大学时的同学,松本对中医药很感兴趣,喜欢中国音乐、书画,两人交谊极深。读了三年医科大学的松本,第四年改读东京帝国大学,之后两人失去联系。两年前松本走进史哲夫的办公室,说自己调到上海。史哲夫态度冷淡,连茶水也没倒,松本倒也没有勉强他。半年前松本匆匆回国,临走前带夫人来看他,说夫人有头疼痼疾,希望能得到他的诊治。史哲夫答应了,这是医者天职使然。现在想来,松本匆匆回国,应是为珍珠港事件做准备。

　　翻译小心严谨地跟史哲夫对话,确认他与松本中将确是旧识。松本此次接陆军中央部令回国,回来后想必会担当重任,所以不能轻易得罪眼前这名医学教授。于是他转身跟日军表明利害,用足他能用的委婉说法。日军收起刺刀。

　　一个日军拍拍肚子说不舒服半个月了。史哲夫检查后给了他一包药,说服用三天会起效。跟着另外几个日军也要求看病。在这间散发浓重的福尔马林气味的人体实验室,史哲夫冷静地看病,嘱咐用药事项,不动声色地把他们打发走了。

　　罗汉生从柜子里爬出来,女生们扶起他。他对地上残破的人体鞠躬,又对史教授深鞠躬。学生们用白布盖上人体。

　　史哲夫给罗汉生检查伤口,消毒敷药包扎。

　　"史教授,您为什么给日本鬼子看病?""鬼子坏透了,为什么您要那么做？您也怕他们吗?"学生们等着教授的回答。

史哲夫沉默了一会儿说："有时,我是一名教授,教你们医学知识、医术医德。有时,我是一名医生,为所有病人解纾病痛,不分性别、身份、等级。但不管什么时候——"他望着依然飘着灰蒙蒙烟雾的日通仓库方向,众人跟着他眺望,过了好久,他声音硬朗地说："我是中国人。"

罗汉生问有没有电话,史哲夫让程采薇带他过去。罗汉生走了两步说走不了,史哲夫让程采薇扶他,她只好不情不愿地扶着他。

两人第一次靠得很近,罗汉生能闻到程采薇身上的皂香,清新淡雅,像早春初开的野草花香。他悄悄打量她,白净的脸颊脖子,耳边一绺鬓发呈圆弧状朝前翘出,轻轻晃动,麻花辫跟着步子一甩一甩。他第一次发现她的英气之美,这与安琳娇嫩矜贵的美不同,他有点慌乱。

程采薇也颇紧张,两人虽说一起长大,可交集不多,更没这样亲近过,近得都能听到彼此的呼吸。两人沉默地走了一段,罗汉生说谢谢又救了他。

"不客气,要是有只小狗被人追打,我也会救的。"程采薇泰然自若。

罗汉生自知欠她天大的恩情,也任由她刻薄,没话找话："伯父伯母身体好吗?伯母要是还缺药,尽管上我家药铺抓药。"

"托您的福好多了。"

"采薇,不管什么时候,我们两家都是至交,我们是从小长大的朋友。"

"如果朋友的定义是你这样的,我不得不好好考虑。"

罗汉生无奈摇头:"对了,我妈邀请你今天来我家吃饭,可我现在这样——"

"你还是关心自己能不能活过今天吃饭。"

"程采薇,你能不能有点怜悯心啊,能不能体会一下我刚从生死线上挣扎过来的脆弱心情啊。"

程采薇推开一扇门,指指电话机,走到外面。罗汉生摇了两下电话又搁下,问她能不能帮忙打,要是这会儿父母被怀疑上了,他打回去有风险。

电话接通,程采薇喂了声,那边曹大英就听出来了,高兴地催她到家里吃饭。

"伯母,有没有人来找罗汉生,或者外面有没有什么异样情况?"

"没有啊,家里好好的。他一大早跑出去,有没有来找你?我跟他说了让他今天带你到家里吃饭,你们早点过来啊。我做三鲜汤给你们吃。"

程采薇把话筒交给他,罗汉生说他们在一起。

曹大英提高声量:"那太好了,戆大儿子终于开窍了。"

"妈,你听我说。我在外面有很重要的事,非常非常重要。你记住,日本人可能会找我,还会找汽车,你一定要这样说:我儿子去跟朋友打牌了,朋友住十六铺一带,其他事我啥都不知道。"

"你啥辰光学会打牌了?你学坏了,十赌九输,赌博害人啊!"

"妈,你一定要这样说,不然你儿子没命了。还有,安琳会来找我,她刚从法国回国,一大早从南京坐火车回上海。"他心虚地偷瞄程采薇,她倒是一脸风轻云淡,"你就说……"他一时不知该编什么谎话。

程采薇淡淡地说:"去北平,南北大学生话剧会演。"

"对对,我在北平,参加南北大学生话剧会演,"他捂住话筒悄声说,"都这时候了,哪个学校还会演话剧?"

"你一会儿跟朋友打牌,一会儿在北平,你到底在哪儿,做啥事?"

"妈,你知道该怎么做。我有一点小小的麻烦,会在外面住几天,回来再解释。"他搁下电话。

"撒一大堆谎,你累不累啊?"

"还不是师傅教导有方。"

"耍嘴皮子没用,还是好好想想该怎么脱身。"

罗汉生求她帮助,程采薇说求她不如求史教授。

罗汉生向史哲夫一五一十讲述整个事情的来龙去脉,担忧他停在仓库附近的汽车会因停车太久成为日军的疑点。

史哲夫说他现在伤得很重,必须在这里养伤,他去解决汽车的事。史哲夫交代了实验室的事,嘱咐程采薇重点关注罗汉生的伤势,他的伤愈程度决定着她的医术高度,便出去了。

罗汉生问程采薇准备拿他怎么办。

程采薇拿过办公室的解剖刀把玩:"我跟她们商量商量,是这么解剖呢,还是那么解剖——"

"一个姑娘家,怎么能动不动拿刀使棍。"

程采薇用匕首指向他:"罗汉生你说清楚,什么叫姑娘家不能拿刀使棍,前线打鬼子的没有女的吗? 卖国投敌的又是哪些男的?"

"程采薇,你这是谋杀亲——"他差点要喊"谋杀亲夫",转念咽下。

程采薇走出去,罗汉生说史教授刚才怎么说来着,她走回来不情不愿扶他。

"还有件事得麻烦你。你找机会,通知我几个朋友——"

"罗汉生,做人不能贪心不足,你知道为了救你我们冒了多大风险?"

罗汉生静静地看她,喊好痛,朝地上扑去。

程采薇拉住他,恨恨地说:"信不信我把你扔黄浦江里?"

"那我会成屈原,你的子孙世世代代都得祭奠我。"

# 三路人马的搜寻

罗汉生在沪江医学院人体实验室养伤的同时,有三路人马在密切搜查他的去向。

日通仓库火烧连营,日军出动数百兵力,保住了少量物资,其余悉数被焚。日军大为震怒,半个上海的可疑人车物成了搜寻目标。一辆孤零零停在仓库附近的无主汽车,毫无疑问疑点重重。

日军当天就查到车子的线索,宪兵搜索小队直奔罗家。

他们踢开罗家院门的时候,一个挑豆腐担、一个挑芝麻糖担的小贩在罗家门口走了几个来回,看起来似乎要向罗家兜售点小生意。

跟儿子通过电话的曹大英经过最初的惊慌后镇定下来,喝了一碗酒,抽了一支烟,整理好头绪,跟罗得裕说我们要演一出戏。罗得裕说咋演,我可一点也不会。曹大英说你不用开口,点头摇头就是了。

日军踢开罗家的门时,院子里飘着浓郁的肉香,曹大英、罗得裕,还有七叔、七嫂,忙着煮鸡炖鸭切肉。

宪兵搜索队队长河野一郎跨进院子,叉开两腿,一言不发,一动不动。

河野的脸像一张瓦片,右眼角有一道新鲜的枪伤。前一天晚上巡逻,一颗飞弹擦过他右眼角,削掉了一点皮肉,差点使他瞎了眼。他把腰刀戳在地上,扶着刀柄,闻到空气中浓重的鱼肉血腥味,这气味让他血脉偾张,同时又使他头痛不已。

踏上中国的土地之前,他是一个北海道鱼贩子,擅长杀鱼,有一手"断筋活杀"法,用铁钉在鱼头上打出一个孔,用细长的铁丝来回穿梭,据说这样可以破坏鱼的大脑神经,使鱼感受不到痛苦,肉质更鲜美。后来他对杀鱼丧失了兴趣,渴望有一种更新鲜刺激的杀戮方法替代这门古老的手艺。于是他坐上了开往中国的船。他笃信自己的杀人手段一点也不输杀鱼手艺。他在疯狂屠杀了很多人后,很快被提拔为宪兵搜索队队长。没多久后他有了个毛病,一天不杀人就食欲不振精神委顿,杀人后就血脉偾张,兴奋得睡不好,睡不好就头痛欲裂,这时就必须杀人,而杀人后又会血脉偾张睡不好——河野一郎陷入了一个令他无比兴奋又无比头痛的怪圈。好在这场战争够漫长、够疯狂,足够他不停地杀人。

日军翻译喝问："罗汉生呢？"

曹大英笑嘻嘻："翻译官，今天我家过世的老太爷阴寿，儿子去十六铺买老太爷生前最爱吃的五香糟肉，那边的金糟香交关出名是不是？"

"十六铺？几点出门？多少时间了？什么时候回来？"

"七点半出门，金糟香生意交关好，要排老长的队。对了，老头子快过来。"

罗得裕一边小跑过来，一边用围裙擦手，手有点抖，不敢看日军。

"儿子出门这么长辰光，咋还不回来？是不是又跟同学打牌了？这臭小子，十赌九输，赌博害人啊！"

罗得裕点头说回来要骂一顿。

"罗汉生是不是在圣约翰大学读书？"

"是是，不过已经毕业了。你们找我儿子啥事啊？"

"我们发现你儿子涉嫌参与皇军仓库的爆炸案。"

"爆炸案？不可能啊！我儿子从小连鞭炮也不会点。"她对罗得裕使眼色。

罗得裕从口袋掏东西，日军喝令不许动。罗得裕掏出一叠红包。曹大英把红包塞到翻译手里，恳切地说按老家风俗，家里做阴寿，外人撞上门会有晦气，红包是冲晦气的。翻译疑虑。曹大英暗想：我不需要你相信，只要你不继续找麻烦就够了。

"翻译官,这是给你的,你这一行也不好做,薪水少还辛苦。不容易啊。"

翻译掂了一下红包,这种有几个钱的人家,还真不缺那种吃喝嫖赌游手好闲的少爷。他把红包奉到河野面前,强调中国很多地方有这样的传统风俗,如果不收红包,可能会招致某种厄运。他表明红包与皇军征战时带来的慰问袋有类似的意思。日军出征中国时携带的慰问袋,由家人缝制,装有牙刷、牙膏、糖果、慰问信、慰问画,以及经过神社祈祷的钱币,这些对他们意义非同一般。为了表明所言非虚,翻译还虚构日本横滨乡下一带迄今还有这种从中国唐朝传过去的传统风俗。

河野仔细看红包,问有没有找到疑点。翻译信誓旦旦地说绝对没有,他们一家都是大大的良民。

曹大英和罗得裕用眼神告诉对方,这一关看起来能过去了。

河野走到客厅门口,客厅桌上香烛袅袅,供着鸡鸭鱼肉,摆着一张黑白画像,那是罗得裕的爹,罗汉生去世多年的爷爷,沉脸盯着这些不速之客。河野按着腰刀,死盯罗老太爷,大吼一声。刚放宽心的曹大英和罗得裕吓得一哆嗦。

翻译要曹大英马上拿出罗汉生的照片。罗得裕说:"我去拿我去拿。"

河野吼:"他的眼神,我不喜欢。他看起来很讨厌我的样子。"

他抽出腰刀对准罗老太爷的画像劈下去,画像裂成两半。半张脸一只独眼的罗老太爷,与另外半张脸一只独眼的罗老太爷落在地上,各自沉默地望向阴郁的天空。

曹大英腾地起了火,按她平时的脾气,哪怕有人对她说话声大一点,她也会跟人较量,就算打不过也得咬人一口。可眼前的不是人。

罗得裕把儿子的照片交给翻译。翻译正打算交给河野,河野指指地上,翻译把罗老太爷的画像拼起来,再举着罗汉生的照片让河野对照。河野盯了一会儿,又转向罗得裕。

罗得裕的脑袋"嗡"的一声,日本鬼子刚把他爹的画像劈成两半,这回轮到他了。他绝望地闭上眼。河野大吼。翻译喊他快睁眼让皇军好好看看。罗得裕只好睁眼。河野用饿狼一样阴鸷的眼神,在罗得裕与罗汉生、罗老太爷之间移动。罗得裕的身子阵阵战栗,腰背一再弯下去。

曹大英的怒火快从头顶喷出,她知道自己的男人做生意无比精明而做人无比软弱,但没想到他软成这样。她真恨不得冲上前揪住他让他挺直起来。

河野对翻译说了几句,用腰刀对准罗得裕。罗得裕哆嗦着往后躲闪,翻译揪住他的头发命令他不许动。河野用刀尖刮他前脑勺的头发,笑着说"辫子辫子"。罗得裕瞬时懂他的意思——罗老太爷还留着前清的辫子,而他没有了。曹大英再也收不住火暴脾气,一挥手把一碗菜摔在地上。日军的刺刀指过来,曹大英眼前闪过一道道雪亮的刀光。

锅里煮的肉飘出越来越浓郁的香味,在刀光剑影中四处飘散。

一条大鱼从水盆里跳出来,弹跳几下,到了河野的脚下。河野低头看鱼,再看看曹大英,高高举起腰刀,眼中喷发强烈的杀戮欲望——

史哲夫来到松本寓所给松本夫人诊治完毕,松本夫人让仆人倒茶。史哲夫略显烦恼地表示,这次没时间喝茶了,因为他还得去找人解决汽车被贵军扣押的事。松本夫人问发生了什么。史哲夫欲言又止,松本夫人恳请一定要告诉她。

史哲夫便说他太太的学生今天一大早开车去十六铺看同学,出门忘带了通行许可证。这倒不重要,结果遇到日通仓库爆炸,带来了一些不大不小的麻烦。松本夫人问他那学生是否受伤,这让史哲夫略感意外和暖心。他说人倒没事,只是车子停在仓库不远处,被搜查的日军拖走了,这显然是个巧合。松本夫人想了想说她去打个电话,请他好好喝茶,不要着急。她询问了车牌号,跑进书房。

史哲夫扫了眼四周,简洁素雅的四壁,挂着若干中国画。噼啪作响的火炉,炉上吐着雾气的茶壶,条几上的古琴,古琴旁的蜡梅——这更像中国人而不是一介杀戮无度的日本武夫的住房。他们怎么可以在不属于自己的国土,毫无愧色地安置一个不属于他们的家且过得如此安逸?而他还不得不有求于他们。

　　松本夫人出来，说她跟在宪兵队任大队长的堂哥打听了，今天上午确实有多辆停在仓库附近的无主汽车被拖走。她称松本的同学史教授多次坐那辆车来替她治偏头痛，如果怀疑车主就等于怀疑她。她还说松本不久将回上海，到时她要亲手做爱媛县地道的蛋糕卷、鲷鱼、面炸鱼饼请堂哥来聚餐。她那位重视家族荣誉和亲情的堂哥答应会办好放行手续，还说他很久没有尝到家乡的美食，很想念。

　　松本夫人诚挚邀请史哲夫也参加。史哲夫感谢并婉拒，说学期快结束了，他需要严格考核医学生的学业，他们将要担当救死扶伤的使命，马虎不得。松本夫人立刻表示敬意，再一次向史哲夫鞠躬致谢并致歉。


　　河野的腰刀竖在曹大英头顶上时，史哲夫跨进罗家的院门。刀距曹大英头顶只有一拳之遥，曹大英脸上挂着冷笑，就差咬一根烟在嘴上了。罗得裕和七叔、七嫂面如土色。一条大鱼在地上绝望地蹦跶。

　　史哲夫用流利的日语打招呼，拿出宪兵队的放行证明。河野看过后交给翻译，翻译反复看了几遍说放行证明没有问题。河野让他打电话核实，翻译跑进屋。

　　曹大英和罗得裕向史哲夫表示感谢，史哲夫用上海话轻声说罗汉生很安全要他们放心。罗得裕流泪说老师再迟一步，那今天就是他们的忌日了。曹大英说死就死得有骨气,别让老师看笑话。

翻译略带结巴地说核实过了,史教授与松本中将是老同学。河野的脸色很难看,他杀人的欲望刚被点燃,血脉刚开始偾张,就被一盆冷水浇灭,这实在太可恶了。可他不能不执行命令,不能得罪即将回到中国的松本中将。他的目光落在蹦跶的鱼上,脸上掠过一丝诡谲的笑意,用刀尖猛地戳中鱼头。鱼绝望地挣扎,拍打尾巴,鱼血四溅。他兴奋地吸着血腥味,这气味让他的头痛好受多了。

他把戳在刀尖上的鱼递到曹大英面前:"记住,这样杀鱼,鱼肉会很鲜美。"

他把鱼甩在地上,对史哲夫有礼地鞠了个躬,扬长而去。

罗得裕捡起被劈成两半的罗老太爷的画像哭,曹大英用细绳子把画像绑住,放在太师椅上,夫妻俩磕了几个头。曹大英说老太爷保佑孩子平平安安回来吧。

史哲夫望着香烟袅袅中罗老太爷裂开的画像,心里说:老人家安息吧,这刀枪兵马的世间事,总会有人管好的。


锄奸队从罗汉生家门口到日通仓库附近,找了两遍,都没见到他的踪影。

扮成小贩的朱砂和陈马修,通过罗家院墙上的窗目睹了罗家父母与日军的对峙。

那个长着一张瓦片脸的鬼子队长,把罗老太爷的画像一劈两半，刀指曹大英的时候，朱砂要冲进去，他怎能眼睁睁看着会做一手好吃的霉干菜蒸肉的罗姆妈死在眼前。陈马修用扁担拦住说"你找死啊"。朱砂看自己赤手空拳除了一担豆腐别无他物，不禁悲从中来，心里说：罗姆妈对不起，我一定会好好祭拜你们。一触即发之际，一辆汽车开进弄堂，朱砂一见车子眼熟，惊喜地要跑过去，精明的会计陈马修又挡住。车上下来一个中年人，进了院子，跟日军说了几句日语，接下来事情就起了变化，日军收起刺刀离开了罗家。

朱砂想进去问个究竟，又一次被陈马修挡住。陈马修说罗汉生现在音讯全无，他们这样进去非但交不了账，罗姆妈、罗阿爸还会问他们个底朝天。朱砂想想也是，事不宜迟得赶紧去找罗汉生。两人收起豆腐担、芝麻糖担悄然离开。

林与明听过他们的汇报，走到窗台，拨弄那盆越来越茂密的韭菜，跟苏桃说晚上炒一碗韭菜炒蛋。苏桃马上剪韭菜，林与明说别剪得太短还有用。吃过饭后，林与明让朱砂和宁小强去圣约翰大学，苏桃和陈马修去电影院、西菜馆这些罗汉生常去的地方，他则去探听日军方面的消息。

朱砂抗议，说他更熟悉罗汉生会去哪里，他跟苏桃一起行动更好。林与明清楚他盘算的小九九，说他跟陈马修刚搭过档，这次就这么安排。陈马修抬了抬金丝眼镜，笑容满面地说他会照顾好苏桃，不用担心。

朱砂喜欢苏桃很久了，可不管怎么明示暗示，苏桃始终用妹妹看哥哥的眼神看他。他又提不起勇气跟她告白,私底下警告宁小强和陈马修,要他们别打苏桃的主意,苏桃迟早是他的。对另外两个他很放心,因为罗汉生有女朋友,林与明则除了杀汉奸对别的不感兴趣。

　　宋昆山也在四处找罗汉生。他这次来上海主要办两件事:一是说服罗汉生跟他走;二是护送一批医学院的学生到四明县,救治四明游击队伤员。

　　现在他一没能说服罗汉生,再一个地下党上海联络点被捣毁了,联络人不知去向。他去广慈医院附近找开宁波汤圆店的老板娘麦花香,这是第二联络点,谁知汤圆店又搬走了。两条下线都断了,他成了断线的风筝,无从着落。

　　他从报纸上看到日通仓库爆炸案的新闻,对那几名勇士暗暗敬佩,也没把这事跟罗汉生想到一块儿。他悄悄到罗家,没见到罗汉生。潜入圣约翰大学,也没找到。去罗汉生常去的电影院、咖啡馆、剧场等地,也还是没有一点消息。那天晚上他来到翡翠西菜馆,要了杯咖啡观察四周。他斜对面有一对情侣心不在焉,四下张望,也像在找什么人。他们的目光在半空中撞上,彼此警觉起来。随后宋昆山离开了西菜馆。

　　片刻后那对情侣也匆匆离开,他们没有像一般情侣那样手挽手或表现出应有的亲昵姿态,而是一前一后走着,警惕地张望四周。

宋昆山认为自己的判断是正确的,他被人盯上了,幸亏及时撤离。

离开西菜馆的苏桃和陈马修,也庆幸他们躲开了不知哪一方来路的盯梢。

安琳下了火车,寒风呼啸着扑向她,她紧了紧灰色法式貂皮大衣,压了压红色呢质贝雷帽,深吸了口上海寒冽而亲切的空气,心里说:汉生我回来了。

微笑刚浮上她嘴角,两名黑衣男人出现在她左右,低声说了句"安小姐我们奉命接您"后,就把她塞上汽车。她惊魂稍定,才发现是父亲派来的保镖,他们已在火车站守候了多时。

市政府社会局局长安子敬警告女儿,她一意孤行从巴黎跑回来,幸好法国朋友通知了他,他提前派人在各处车站码头守候,不然她什么时候吃了流弹死在街头也未可知。不管安琳如何撒娇哭闹冷战,都无法打消安子敬不愿放她出门的念头。

安琳恳求父亲,她看一眼罗汉生马上回来。安子敬见到罗汉生的第一眼,就发现这个看似恭敬有礼、温文尔雅的年轻人,对他有隐隐的轻视。安子敬从来不让女儿了解他的工作,不明白女儿痴恋的年轻人对他的轻视从何而来。这让他非常恼火,所以一年前把女儿强行送到法国。但女儿依旧故我,并且对那年轻人表现出愈加强烈的炽热之情。

他锁上门,派两名用人守着女儿,只要不寻死觅活,任由她砸东西发脾气。

安琳打电话,电话线被掐了。她扑在床上大哭,哭母亲早早死去,哭父亲心狠手辣,哭自己无人怜爱,哭爱人此时此刻生死未卜。


罗汉生看完报纸,一拳捶在床板上,又扯到伤口,咝咝吸气。许小慧说叫你别看,又把伤口绷开了。

政府已对日德意宣战,与英美加等国形成联合阵线,中共方面发表了《中国共产党为太平洋战争的宣言》,八路军、新四军在华北、华中坚持抗战……这几天的官方消息、小道消息满天飞。附近枪炮声不时响起,有几回炮火残片散落在屋前屋后,瓦砾石块直飞窗口。女生们用木板布条遮住窗,屋里越发阴暗。

罗汉生想要么死于伤口,要么死于枪炮。他的手又一次摸向伤口,被许小慧用报纸打掉。她说再摸感染的话就再也好不了。他说想看看伤口怎么样,想早点回家,又问程采薇什么时候回来。早些时候,罗汉生对程采薇说了一箩筐好话,她才答应去锄奸队帮他传消息。罗汉生既担心她路上的安全,又担心她能不能办妥事。

"你都问了四遍了,采薇办事你就放心好了。"许小慧说。

"我就怕她一个女生在外面吃亏嘛。"

"看不起女生啊,你的伤都是女生们帮你治好的。"

"我不是这个意思啊。哎,有没有吃的,天天躺着怎么反而更容易饿。"

许小慧走到门口,见程采薇正过来,就说有人念了你十八遍你耳朵有没有烫。

程采薇把桂花糕给她,许小慧眉开眼笑地跑开。罗汉生一见好吃的,眼睛发亮,一仰身又痛得吸气。程采薇递给他,他拿起一块塞进嘴里。

"人为财死,鸟为食亡,为了一点吃的,看看你的吃相。"程采薇摇摇头说道。

罗汉生拉住她让她快说事情办得怎么样了。程采薇让他放手,罗汉生缩回手吃桂花糕。

程采薇找到铁血锄奸队,发现窗口没有他说的那盆韭菜,这表明锄奸队有危险。她返身走了一段,回头一看那盆韭菜又出现了。她只得硬着头皮走进石库门房子,用他告诉她的敲门方式——两重三轻敲门,并问:"这是铁医生家吗? 有病人请您出诊。"里面有人说:"铁医生出诊费很贵,要三百块一次。"她回答:"贵点没事,三百七十五块六角行不行?"说得这么细,是为了防止有人凑巧答上。她进屋,把罗汉生被困的事告诉锄奸队的人。那个叫林与明的人对程采薇说太感谢她了,要留她吃饭。里面出来一个姑娘,拿着炒菜勺抹泪。程采薇问她怎么了,姑娘小声哭了。原来这个叫苏桃的姑娘把窗台的韭菜搬下剪了一小把,顺便理了理黄叶,浇了点淘米水,被林与明发现狠狠批评了一顿,说万一有人来接洽发现韭菜不见了就坏了大事。程采薇帮苏桃说了几句好话,就回来了。

"幸亏你聪明,多看了一眼,要不然他们还得继续找我。"

"罗汉生你记住了,麻烦我的事到此为止,你养好伤赶紧走人,早走早解脱。"

"你以为我想赖这儿啊,天天看你们脸色。你有本事吹口气让我恢复原状,我立马滚,让你眼不见为净。"

程采薇懒得理他,转身要走。罗汉生说等等。

"我们老家有句话,虱多不痒债多不愁,我反正已经欠你一大笔人情了,你就记着账,到时候连本带利还,怎么样?"

"只怕你会倾家荡产。"

"你不会这么心狠手辣吧,比我爹做生意还狠。"

"讲事。"

"是这样——"他看她脸色,"你跟我保证,不会生我的气。"

"罗少爷,先问问自己,你值不值得我为你生气。"

"帮我给安琳打个电话,跟她解释一下。"

"要是由我来说,只怕以后你跳进黄浦江也洗不清。"

罗汉生吃着桂花糕说:"我再想想,我得吃饱了才有力气想出好办法。"

"便是脑满肠肥,尚难消受,此荒烟落照——"程采薇边说边走了出去。

罗汉生隔着窗户说:"不过多吃了两块桂花糕,用不着这么损我吧。我的伤什么时候好?我什么时候能走啊?"

"十天半个月。要是感染了,两三个月也好不了。你自己看着办。"程采薇头也不回地答道。

罗汉生朝四周张望,蹑手蹑脚朝外走。拐角处碰上许小慧,她大惊小怪地叫喊,罗汉生连忙捂住她的嘴,捂得她喘不过气,罗汉生忙松手说对不起。

"刚才对面马路上有鬼子打死了一个老人,你还敢逃出去?"

"史教授帮我拿回了通行证,伤也好得差不多了,没问题了。"

"你没看报吗? 日本人的岗哨一旦查出身上有伤的,都会严查。昨天我给你消毒,伤口还化脓了,你这样出去太危险了。"

"我的命我负责。"

许小慧白了他一眼转身就走。罗汉生拦住说不走行了吧,怕她转身就向程采薇告状。天上一只鸟急急飞过,他伸开手臂学鸟飞,扯着嗓子唱京剧《四郎探母》:"我好比笼中鸟有翅难展,我好比虎离山受了孤单……"

刚唱两句,远处一连串枪响,许小慧吓得扑过来撞到他伤口。罗汉生抱住她,强忍着痛。许小慧闪开,羞得直撩头发。

"我好比,南来雁,失群飞散——痛死我了……"

史哲夫检查罗汉生的伤口,剔掉腐肉,痛得他又涕泪俱下。

罗汉生恳求史教授上猛药,让他尽快好起来。史哲夫说伤愈有一个漫长的过程，一旦伤口结痂了会尽快送他出去。他家里和伙伴那边都通知到了，外面不管有什么要紧事都得先耐心养伤。

罗汉生不好意思说想女友。史哲夫叮嘱他越少动越好，最好像女人家坐月子那样躺着一动不动，才能好得快一些。

罗汉生只好躺在床上听八音盒，看小照片，思念安琳。

罗汉生和安琳在电影院里相识，当时看的是《魂断蓝桥》。罗汉生独自一人，安琳与同学，彼此相邻而坐。过程中，罗汉生被安琳断断续续的哭泣弄得坐立不安，他也为电影的爱情悲剧而叹息，可认为毕竟是演戏，这姑娘有点过头了。他感到烦，转过脸，看到安琳深眼、长睫、微翘的鼻尖，与银幕上的费雯·丽有几分相像，立刻原谅了她。后来安琳的手绢不够用了，他掏出手绢递过去。电影结束，安琳哭得快晕过去了。罗汉生和她同学送她回家，他们的恋爱也随之开始。

安琳对罗汉生又依恋又崇拜，虽然不知他平时做什么，可总觉得他身上充满英雄侠士的气概，哪怕他打个喷嚏，她也认为非同凡响，这让他充满了隐秘的骄傲。罗汉生在母亲的强势下长大，父子俩习惯家里有一个顶天立地的大女人，喂他们吃喝，管他们冷暖，提醒他们在乱世里夹紧尾巴做人，在刀光剑影的缝隙中走路，逐渐模糊了身为男人的天职。安琳让他捡拾起搁置很久的男人颜面，意识到男人有保护女人的责任，尤其是保护喜欢的姑娘。

罗汉生睡麻了，翻了个身，又是一阵剧痛。他对着天花板上斑驳的水渍痛骂鬼子,要不是他们,他就可以和安琳看最新的好莱坞电影,喝最香的咖啡,相依相偎,怎么会如现在这般,有家不能回,连见心爱姑娘一面也不能。


许小慧问程采薇做不做蛋汤,程采薇说现在外面这么乱,剩下的几个蛋得等史教授来了一起吃。许小慧说那罗汉生怎么办,程采薇看着她笑了。

许小慧红着脸说:"明明是你叫我照顾好生哥,现在还这么笑我。"

"什么时候改叫生哥了? 还叫得这么亲热。"

许小慧追打她,两人追逐。许小慧说停停,生哥早上说一定要回家。

"天天喊回家,好像我们犯贱非得伺候他似的。跟他说,要走就走,一秒钟也别多待。"

许小慧让她去劝罗汉生,程采薇说现在战事又乱,实验室的事都管不过来哪有闲工夫管他。许小慧说你们从小一起长大还烦他啊,程采薇说烦他很多年了。

两人快走到罗汉生的房间,听见他唱戏的声音飘出来:"露从今夜白,月是故乡明。有弟皆分散,无家问死生。寄书长不达,况乃未休兵……"

程采薇走进去说:"你走吧,越快越好。"

罗汉生马上动作麻利地穿衣,对着窗玻璃照,用手指梳头发,说头发长了不少,回去第一件事就是剪头发,高兴得像即将出笼的鸟。

"从这里到你家,至少要经过鬼子的八道岗哨,每一道岗哨除了查通行证,还要搜身,遇到可疑的,鬼子还会用枪托把身体前前后后拍个遍,就像苏州河边有人用棒槌捶衣裳一样。"程采薇慢条斯理地说。

罗汉生立刻感到刚结痂的伤口一阵剧痛:"我知道你们为我好,可我真不能再待下去了。我还有很多事要做。你们一定要想办法让我出去。"

程采薇第一次从他眼里看到认真和恳求。因为彼此间某种隐秘的关系,他们心照不宣地将这种关系调适到疏离而不疏远的状态,并且认为,终有一天他们会有各自的生活,而不会伤及双方父母的一厢情愿和多年情谊。他们彼此未必有多么相知,但在这一刻,程采薇对他也多了一些意外的了解。

"想要活着出去,你就得死一回。"程采薇平静地说。

标着沪江医学院字样的汽车行驶在炮火袭击后高低不平的街弄,车窗外掠过残破的街道、房屋、枯萎的树木,行人贴着墙壁仓皇行走。

程采薇、唐可心和两名戴口罩的工人挤在后排座位,大家在颠簸中沉默。

程采薇朝盖着帆布的车厢看了看，问唐可心："没问题了吧？"

唐可心指指手里的包："有这个，只怕他们巴不得我们滚得越远越好。"

汽车驶到第一道岗哨停下。车上的人全都下车受检。唐可心从包里拿出一张证明递过去，说他们是沪江医学院的，要去墓地埋葬使用后的实验人体。日军看了看证明，喊一名伪军过来。伪军一看证明脸色发白。证明上面写着车厢里有一些是得传染病死亡的实验人体，这些传染病分别是麻疹、出血热、伤寒、疟疾，需要尽快埋葬。两名工人掀开帆布，日军一看果然是一具具死灰的人体，划开薄薄的衣服，身上有一道道已经缝合上的解剖刀口。日军逼伪军上前检查，看这些死人有没有得麻疹、伤寒的症状。伪军面色惊恐。

程采薇递上口罩，说这些实验人体经过消毒，传染性降低了，让他尽管放心检查。伪军戴上口罩战战兢兢地凑近车厢，匆忙地看了圈，向日军报告确实有传染病症状，因为他爹他叔都死于传染病，他一看就知道没错。一个日军举起刺刀朝人体刺去，抽出刀尖一看血都没有。另一个日军也跟着刺去。两人比赛着乱刺，哈哈狂笑。解剖过的人体再一次皮开肉绽。唐可心眼里充满了泪，程采薇小声说冷静点别让人看出来。

伪军对日军说传染病有危险。日军刺累了，挥挥手让他们走。

之后的几道岗哨，他们一次又一次经过这样的盘查。

车子在大街小弄颠簸数圈之后，暮色时分驶入同和里的小街。

车停下,两名工人爬上车厢,扒出一具用油布包裹的人体,盖上白布,两人抬着架子跟着程采薇朝前小跑。

程采薇停在一幢石库门前,边敲门边喊"罗姆妈"。门打开,两个工人抬着架子跑进院子里,快速把架子放在地上。曹大英看着地上盖白布的人,嘴唇瞬间发灰。

程采薇告诉她人没事。说完他们便跳上车,消失在夜雾弥漫的街头。

# 美琪大戏院刺杀行动

罗汉生穿上衣服打开门，门外曹大英端着一碗鸡汤站着。

"妈，我伤都好了，全胳膊全腿，能上山打老虎了，你还不放心我出去。"

"一个月，必须在家一个月才能出去。"

罗汉生看了眼冒着香气的鸡汤："现在物价贵得要命，有钱也买不到，你哪弄来这么多鸡，我都吃腻了。让我去见见安琳吧。"

"你们每天通电话，她要是还在法国你怎么办？"

"那不一样，你忍心看你儿子得相思病而死吗？"

"呸，那我宁愿没你这个没种的儿子。采薇把命搁在鬼子刺刀上把你救回来，你还惦记那千金小姐？你这没良心的。"

那天他躺在车厢底部，全身包裹油布，只露出两只鼻孔呼吸，一排木栅栏隔开了他与实验人体的寸许距离,忍受着剧烈的恶心和恐惧。那时他想,如果真的死了,那未免也死得太离奇、太悲惨,甚至悲惨得有点滑稽可笑。

那时他莫名其妙想到宋昆山。又黑又瘦,额角有一道伤疤的宋昆山站在他面前拎着长方形藤篮说:一个月前,在梅山丘,我们死了十六个人。他们是我们去浙东的九百多个青年中的一部分。他还说:你手上的这杯咖啡,多像小于中弹牺牲后身上血衣的颜色。她是梅山丘死的十六个人之一,她的身子被打得像一面筛子……

他想如果那时去浙东,就算埋在那里的死人堆里,肯定比眼下死在这里要好受得多……这么想着,他不再恶心恐惧了,并且有种前所未有的平静安然——等醒来时他已躺在自家床上,大夫给他打针挂水,父母忧虑地守着。

罗汉生说采薇的大恩大德他迟早会报的,让曹大英不用操心。

"咋报?以身相许,我反正把你整个人报给她了。"

"妈,我又不是我们中药铺的一罐大力膏,说送人就送人。好了,我出去一下马上就回来。"

曹大英拦住说除非从她身上踏过去。母子俩头毛倒竖,谁也不让谁。楼下七嫂喊:"太太、少爷,安小姐来了。"

安琳站在客厅里,提着两盒礼物,一身粉色洋装,一脸纯净的笑,仰望楼上下来的罗汉生。阳光落在她身上,她看起来像童话里的仙女那样梦幻失真。罗汉生停下看着她出神。在经历了一连串出生入死、险象环生的事后,安琳带着一脸从未经历过苦难的笑,如雨洗后的阳光落在他眼前,令他倍觉赏心悦目。

罗汉生抱住她,她在他怀里伏了片刻,挣脱开来,把法国带来的貂毛围巾送给曹大英。曹大英说收不得收不得,罪过罪过,罗汉生替曹大英收下,随手又揽住安琳。曹大英摇摇头说一张老脸都羞掉了。

情侣在房间里诉说别情,话像堵不上的泉眼流淌。罗汉生盯着安琳看不够,笑得像个傻子。曹大英要么自己送瓜子,要么派七嫂送点心,再不然拿鸡毛掸子在房间里掸掸拍拍。罗汉生索性捧起安琳的脸就吻,曹大英忙跑出去。

曹大英跟七嫂抱怨:"现在的姑娘真是大胆,直接跑男人家不说,还孤男寡女同处一室,脸皮厚得像砧板。"

"听说安小姐他爹是大官,少爷娶了她,不也能做官吗?"

"七嫂,我们是乡下人,可也是有骨气的。我们跟程家生死之交,汉生跟采薇定过娃娃亲,就算安小姐他爹是宣统皇帝,我们也不会攀皇亲国戚。"

"说得是啊,我们不能做陈世美,贪图荣华富贵——"

电话铃响起,七嫂接起,对方小声说找罗汉生。七嫂把电话给曹大英。电话里的朱砂喊了声罗姆妈。

"小朱,罗姆妈跟你讲,你马上把汉生喊出去,只要保证他不缺胳膊缺腿,以后天天找他都行。别问为啥,以后罗姆妈仔细跟你说。"

朱砂懵懵懂懂说好,他还担心罗姆妈不放人呢。曹大英让七嫂喊罗汉生。前两天她把他房间里的电话机拆了,怕他跟安琳说个没完。罗汉生下来接电话,安琳也下来,两人看彼此的眼神还是甜得化不开。几句话后,罗汉生傻子般的笑容消失了。朱砂说马上要执行一项重要任务,要求他半小时内到宁波路石库门。

朱砂的语气冷静简洁,不容他有疑就挂掉了电话。罗汉生回来后,林与明打来电话询问他那段失联的状况,跟哪些人接触过,盘问得严谨仔细,好像怕他把他们卖了。罗汉生又恼火又好笑,心里跟自己说以后就退出锄奸队,再也不跟这伙人来往了。

现在朱砂不容置疑让他立刻过去。要是他当面这样说,他准一脚把这家伙踹黄浦江去了。但再想想还是决定去,跟他们说清楚,以后各走各的。

罗汉生跟安琳说出去一下就回来,先送她回家。安琳用柔媚无邪的眼神看他,看得他的心温软成一汪水,低声说以后会一直陪着她。

安琳说司机还在外面等着,爸爸只允许她一礼拜出门一次,就不麻烦罗汉生送了。她比较怕曹大英,怕她带着威严冷淡的笑。但她又很尊敬曹大英,之前三天两头让罗汉生带最时尚的礼物送给未来的婆婆。可这依然改变不了曹大英威严冷淡的笑。她询问罗汉生,仔细检讨自己的言行举止,答案依然混沌迷惑。

母子俩商讨过，曹大英说程采薇的事要让安琳知道，做人得有良心。罗汉生说这事他能处理好。所以迄今为止，安琳对罗汉生与程采薇定过娃娃亲的事一无所知。

罗汉生送安琳坐上汽车，她还在窗里向他挥着手笑，他感到很对不起这个满心只有他的姑娘，越发觉得离开锄奸队是必须做的事。

苏桃在煮盐水花生，鲜香气味从厨房弥漫出来。每一回行动前后，他们都会吃一顿好的，这让出发和归来都充满了期待。

林与明和队员们在等罗汉生开口，只等他答应后立即展开对汉奸方宽的刺杀行动，这是一个他们行动数次未遂的老奸巨猾的汉奸官员。罗汉生看着窗台上越长越苗壮的韭菜，它又茂盛如林。

在这次行动中，罗汉生被分配到的任务很轻松，行动后他只需要在案发现场撒"当汉奸者杀无赦"的传单，撒完后可立马走人。这是他们以往每一次刺杀行动的必经环节。每次撒传单的人轮流来，按计划这次轮到他。

苏桃端出盐水花生招呼大家吃。朱砂伸手抓，被她拍掉，说要等大家一起吃。陈马修说他们在等罗汉生的决定，宁小强说罗汉生决定着他们能不能愉快地吃一顿饯行饭。

"生哥，你行行好答应吧，我们说好了同进同退，你可不能半路走人啊。"朱砂恳求他。

"我上回就说过，日通仓库之后就不干了。还有，我这次是从死人堆里捡回了一条命，够对得起大家了。"

林与明走到罗汉生面前，两人平静对视。罗汉生不像其他人那样对他有莫名的畏惧，有人说林与明的眼睛能飞出子弹把人杀死，他不这么认为。林与明温和地说跟大家一起再吃顿饭，苏桃又哄又逼罗汉生坐下，罗汉生也不好再矫情了。

大家剥花生，喝酒，说行动的若干细节。陈马修和宁小强负责找到方宽，林与明负责刺杀，朱砂和苏桃负责事后制造混乱。他们用花生壳作模拟，在桌上摆开沙盘。对每一个环节、步骤和细微的疏漏瑕疵，反复比较核算，彼此争得面红耳赤又心悦诚服。苏桃不停地给罗汉生夹菜，说多吃点，以后可能就吃不到她做的一手媲美国际饭店的好菜了。

他们津津乐道于一场绝密刺杀行动，无视一个可能与这次行动无关的人，好像旁边只是多出了一只碗、一盘菜。罗汉生坐立不安，倏然意识到林与明的绝顶狡猾——他们是故意说给他听的，因为他们要把他卷入事件之中。如果这次行动失败，他毫无疑问将承担难以洗清的冤枉。

他什么也没说，用最快的速度吃了一把花生，起身离席。大家仍没有停止讨论，只有朱砂、苏桃担忧的目光跟着他朝门口移去。

罗汉生的手搭在门把上，陈马修和宁小强也看过去。罗汉生打开门，只剩下林与明专心致志地摆弄花生壳，调整模拟沙盘的射击角度,他已全然进入一场即将奔赴的杀戮。罗汉生背对着大家说他会准时到,便关门离开。

众人静默了一会儿击掌欢呼。林与明让苏桃再拿些花生,苏桃说吃完了,现在物价飞涨,物品奇缺,花生还是朱砂从乡下弄来的,事成后只能吃土豆。陈马修说他会想办法弄些炒毛栗,这一定会是一场值得用更好的食物来庆功的刺杀行动。


静安寺路与戈登路交叉的美琪大戏院,人流熙攘,附近弄堂众多,前可进后可退。陈马修和宁小强在附近小弄堂的豆浆摊喝豆浆。

之前他们反复侦探,汉奸方宽很可能会来美琪大戏院看最新上映的美国电影。美琪大戏院新开张,生意火爆,首映美国歌舞片《美月琪花》一票难求,按说市政府宣传处处长方宽会早早尝鲜,不幸的是彼时他母丧,不得不恪守一段远离欢娱的孝子辰光,以免本就不佳的名声更遭人耻笑。

陈马修和宁小强将鸭舌帽的帽檐压得很低,喝着豆浆,紧盯戏院门口。离电影开场还有四十来分钟,他们已蹲守了一个小时。朱砂和苏桃潜伏在戏院对面的一幢旧楼里,他们的任务是等林与明在大戏院完成刺杀跑出来后,在二楼平台点几堆火以忙中添乱。

炒毛栗、炒花生瓜子、酒酿汤圆的叫卖声从烟火袅袅的弄堂另一头传来。这座华丽光鲜与破败萧条同在,并混杂着枪炮声的都市，仍然岁月蹒跚日夜辗转。

陈马修指着弄堂说现在有点早，他去看看有什么好吃的，因为他答应过要用更好的食物来庆功，行动结束后不可能有空再去买。宁小强犹豫了一下让他快去快回。陈马修提醒这里离戈登路巡捕房很近，在巡警和日本人的眼皮子底下要小心。

陈马修颇感兴趣地在几家摊子前看吃的，问价格，警惕地观察四周。后来他在炒毛栗摊前停下，嗑了几颗眼珠子大小的毛栗，就要了三斤。他跟小贩聊了几句，很快揣着用旧报纸包好的糖炒栗子回来。他一来一去很快。宁小强松了口气，他一个人盯着有点紧张。

接着他们走到旧书店，这里正对美琪大戏院门口。一会儿林与明也走进来。他们静默地翻书，彼此装作素不相识的样子。店主拿着本书埋首其间，沉寂得像积灰的古书。

离电影开场三分钟时，一辆黑色小汽车开到戏院门口，下来一个戴灰色礼帽、穿黑色大衣的胖子，他有一颗圆硕的脑袋。陈马修手里的一本书落在地上，他捡起。林与明朝美琪大戏院大步过去，书落地的暗号是说那个黑衣胖子就是汉奸方宽。陈马修与方宽有过一面之缘，其他人只在报上见过。

方宽转身又从车上抱下一个十多岁的男孩，随后还有个烫发女人下了车。应该是他们一家来看电影。这符合他们事先打探到的情况。方宽一家走进大戏院，林与明与他们距离两米左右不紧不慢地跟着,陈马修和宁小强紧随其后进去,目光锁定方宽的座位。林与明在最后一排座位坐下,等两人回来反馈。

陈马修很快回来,低声说糟了那人不是方宽。林与明一惊。陈马修又说他发现了另一张更像方宽的脸,只是当时他只顾盯着那假方宽而忽略了真方宽,现在那个真方宽坐在第七排第三个座位。林与明思索了一下说明白了,让他们仍然按原计划于行动后掩护他撤离。

林与明注视着暗淡灯光下的一排排人头,盯着陈马修说的第七排座位上的圆脑袋,他旁边也坐着一个女人,一时无法从背后判断那是否真是刺杀对象。根据刚才从旧书店的匆匆一瞥,他也有方宽的大致身貌。如此看来,整个电影院至少有四颗圆脑袋。他们身边无一例外有个小孩,或有个女人。

检票员来抽检电影票,林与明主动拿出电影票,顺便跟他聊了几句。

罗汉生坐着老蔡的黄包车,停在他们之前去过的旧书店门口。当大戏院里涌出惊慌失措的人群时,他会让老蔡奔跑,他则从黄包车后面撒下传单。这是所有行动中危险系数最小的一次任务。

罗汉生说在戏院门口等人,他优哉游哉地翻书,好像这只是一场需要耐心等待的约会。老蔡在戏院门口张望几眼,跑回来说电影都开场了,等的人怎么还不来。罗汉生说不急。老蔡聪明起来说懂了,罗汉生问他懂什么。老蔡说不敢说怕他不高兴,罗汉生让他但说无妨。

"那我真说了。罗少爷在等一个姑娘,那姑娘可能跟别人在看电影,所以你等在这里抓,抓——"

罗汉生愣了愣,笑:"老蔡,你不跟张恨水去写鸳鸯蝴蝶派,真是浪费了。"

"我爱听《玉梨魂》《啼笑因缘》,要让我写书,那是张飞绣花了。我就一身力气,才气要去娘肚子里打个转才有。"

老蔡想去旁边喝茶,罗汉生没答应,他一向很好说话,现在连口茶也不让喝。罗汉生说大戏院里随时会有很多人跑出来,到时他拉上车拼命跑,越快越好,别的什么都别管。老蔡想问为啥,想了想没说,他是个黄包车夫,雇主让干啥就干啥,何况罗少爷一向待他不薄。于是他紧了紧裤腰带说罗少爷尽管放心就是。

上半场电影结束,林与明走到陈马修说的那个真方宽后面的两排座位坐下,同时也留意着第一个方宽。陈马修和宁小强跟着挪动了一下座位,他们要随时掩护林与明撤离。

灯光暗下来,下半场电影开始了。银幕上出现"方处长有人找"的字幕,这是电影院很常见的找人方式。林与明用猎狗一样犀利的眼神迅速捕捉到第一个方宽立起半个身,很快被旁边女人拉下。这变化很短促,短到几乎没人留意到。林与明立马锁定了这个短促瞬间。

宁小强跟陈马修说快跟上,陈马修僵在座位,或者他看电影入神了。宁小强推了他一把，陈马修醒过来，跟他朝林与明那边过去。

林与明站起身，后面的观众提醒他坐下不要阻挡他们的视线。林与明掏出一支用手绢裹着的手枪，借助银幕的光线，越过观众的头顶，精准地朝刚起了半个身的方宽的后脑勺连开三枪。那颗圆硕的脑袋乍然迸血，歪倒一边。旁边的女人疯叫起来，方宽的儿子吓哭了。

枪声与电影里的歌舞声混成一片，观众蒙了，接着混乱起来，纷纷朝门口跑。陈马修和宁小强为林与明挤开通道，让他快跑。林与明突然被人从身后抱住，他用胳膊肘向后撞击，身后的陈马修急切地说跟他走。林与明没有听他的，反而一头扎进人群，像浪花涌向潮水。陈马修挤不进去，在人潮中呆立片刻，掉头挤去。

老蔡对罗汉生说坐稳了，拉起黄包车头也不回地狂跑。罗汉生沿路撒下传单，传单落地，飘上天又落下，在人群中飘飘扬扬。有人抢着看，有人抛之不及。枪声、警笛声骤然响起，由远及近呼啸而来。

与此同时，美琪大戏院对面的二楼浓烟滚滚。苏桃和朱砂从另一个楼梯逃下。人们喊着火了、着火了，这给本就混乱的街头添了一把堵。

跑了一段路罗汉生喊停下，老蔡刹住脚，林与明从弄堂跑出来，瘸着一只脚。罗汉生跳下黄包车让他坐上。林与明跟他说了几句，罗汉生朝锄奸队的联络点跑去。老蔡灵活地奔窜在长弄短弄，如同鱼游在茂盛的水草中,逃开不时从头顶撒来的渔网。

罗汉生打开门,冲到窗口,把韭菜从窗台上拿下,找出林与明交代的资料扔到火盆,点燃,稍缓了口气。宁波路的联络点他们平时主要用于聚会,资料不多。林与明独来独往,很多秘密藏在只有他知道的地点,所以保证他的安全更重要。

烟雾越来越浓,罗汉生打开另一扇窗。

门踢开,陈马修在烟雾中出现,咳嗽着问林与明他们在哪儿。跟在他后面的是几名日本宪兵。宪兵踢掉火盆,资料已烧。罗汉生与陈马修对视。陈马修说他本准备来移走韭菜,没想到被日本宪兵盯上了,所以他是被迫的。

罗汉生笑问这话他自己信吗?陈马修没理他,在屋里翻箱倒柜,没找到有用的。他移开厨房的菜橱,从壁橱找到用油纸封的几张纸,翻看了一下交给宪兵。他再找了一会儿,用日语跟宪兵叽咕几句,意思是没有了。

"没想到你日语这么好,真看不出。"罗汉生说。

陈马修解释:"我一个堂叔在日本留过学,教过我几句。"

"你能不能用日语背一下我们加入锄奸队的誓词?"

陈马修不吭声,蹲下身在烧过的资料里寻找残纸片。

"誓词长了点,那么背一下队训。"

陈马修找到一片残纸片,对着窗外的光线照:"说这些有用吗?"

罗汉生用不太流利的日语说:"抗日杀敌,复仇雪耻,同心一德,克敌致果。"

宪兵一时反应不过来。陈马修脸色煞白,把残存的纸片交给宪兵。罗汉生又换成中文重复了一遍。宪兵醒悟过来,用枪托狠狠捅了他一下,正好捅到之前的伤口,他痛得弯下腰。宪兵揪起罗汉生朝屋外推。

陈马修佝偻着身子默默跟在后面。

"小时候我家有条看门狗,很聪明,还会给我叼鞋子。有一天半夜家里进了贼,两只肉包子下肚,这狗不但不叫,还帮贼开了院门。要不是我爸起夜看到,怎么也不信这条忠心耿耿的看门狗,竟然给贼人开了门。"他扭头看陈马修,"陈马修你能相信吗?"

陈马修眉眼扭曲:"罗汉生你跟我说这些没用,你跟日本人说吧。"

"有的人连狗都不如,肉包子都还没叼到嘴里就卖了国。"

"是,我贪生怕死,我要留条命吃香的喝辣的。今天要不是宁小强盯得紧,你们早就被一网打尽了。现在他们运气好都跑了,你有种,就替他们都受了吧。"煤球厂会计陈马修摸着口袋里尚有余温的炒栗子,深感委屈。

上海全面沦陷,日军横扫上海滩,每天都有人死在日军的刀枪下,陈马修曾经沸腾的热血也开始变凉。日通仓库任务后他想退出,但看到林与明看似温和的面孔上那双冷酷凶悍的眼,又咽下了。他没有罗汉生敢想也敢说的勇气。在知道这次的刺杀任务后,他想拨通一个电话,但在拨通的那一刻犹豫了。他亲眼看到许多汉奸死于锄奸队的枪下,他不想成为其中一个,同样也怕成为另一方的枪下之鬼。他在二者之间犹豫徘徊,用多年的会计经验精打细算,盘算衡量,最后算出日军胜数似乎更大一些。他对自己的职业经验还是颇为自信的。

他提出要买炒栗子为大家庆功的时候,就下决心要脱离这种朝不保夕终有一天会死于其中一方的地下生活。他跟市政府宣传处处长方宽谈条件,提出事成后要给他一笔丰厚的钱,然后他会带妻小回安徽老家,把摇摇欲坠的徽派老宅修好,过与世无争的下半辈子。四年前,路远迢迢跑来上海的父母,在买菜路上死于淞沪会战的日军炮火,这成为他加入锄奸队的初衷,如今又成为另一种理由。当然这个意思他没有告诉方宽。

方宽吓坏了,他不知道自己与日军的眉来眼去何时走漏了风声,竟让自己成为锄奸队的目标,连他明天要去美琪大戏院看电影都能掌握,传说中的军统特工委实厉害。他要陈马修提供锄奸队的下落,陈马修很为难。因为他们一向有行动即集结、行动结束即解散的习惯,他们走出宁波路石库门后,除非有下一步行动,否则谁也找不到谁。何况行动就在第二天。陈马修后悔跟林与明他们的私交还不够密切。

方宽满口答应陈马修的要求,转身向日本宪兵队求救,要求他们迅速逮捕这支军统暗杀队。不料宪兵队要求他按原计划去美琪大戏院,他们会派人围住戏院,引蛇出洞将锄奸队一网打尽。他叫苦不迭,明白自己已然成为砧板肉,要么挨军统的枪,要么挨日军的刀。他转身又向陈马修求救,答应付更多的钱。两人绞尽脑汁想了个办法,安排一个替死鬼扮他,到时陈马修引杀手指向假方宽,可结果还是功亏一篑。

面对后脑勺不停淌血的丈夫,方宽夫人抱着儿子瘫倒在座位上。她当然想不到,她丈夫在接受了日本的清酒和美女的料理后,在管控的报纸上日益美化中日亲善,东亚共荣的行径,导致其几个月前就被列入锄奸队的刺杀名单。

陈马修跟弄堂里卖炒毛栗的小贩讨价还价,一是他确实想买栗子,以证实所承诺非虚,二是想减轻一点快要崩溃的压力。当时他有过通知队伍提前撤退的闪念,他很清楚跟方宽通电话时的自己多么肮脏污秽。但当他看着那个手掌皲裂的小贩在风中哆嗦着称栗子时悲伤欲泣的样子,想到有一天自己会不会也如此穷困潦倒,或者更可能的是死于一场失败的行动。他需要有更多的钱财保障自己和家人活得好好的。

他阻挡林与明撤离不成,看着被拖出去的方宽的尸体心里想,世上没有比我更不想你死的,因为我只拿了你那么一点钱。不管怎么样,我都要从你身上再捞点。于是他迎着冲进戏院的日军宪兵队队长谦卑地弯下腰说,太君我给你们带路。

# 难友相托

　　林与明看着手下的三员大将,小声哭泣的苏桃,怯怯地给苏桃递手绢的朱砂,两手抱着脑袋不时狠捶的宁小强,第一次怀疑曾经引以为傲的眼光——怎么就发现不了陈马修有成为叛徒的可能。

　　现在他们躲在法租界诺曼底公寓,陈马修不知道有这个第二联络点。

　　日通仓库爆炸后,罗汉生一度失踪,成为林与明最大的心病。罗汉生动辄声称不跟他们干了,虽然他认为这是公子哥儿脾气,未必会那么做,可挡不住罗汉生说多了,也心起疑虑。这次行动的前一天,罗汉生说他从死人堆里捡回一条命够对得起他们了。那时他非常恼火,有过"不放过"的凶狠念头。好在罗汉生最后还是跟他们干了。

当时他给了检票员一些钱,托他在银幕上打上"方处长有人找"几个字,接着看到第一个方宽立起半个身子,心中一凉——他几乎没怎么留意过的陈马修,那个戴着金丝眼镜、沉默得有点老实、父母死于淞沪会战、精打细算经费的支出、想方设法查找提供汉奸的线索、为了弄清日通仓库的情况还只身入过虎穴的陈马修,刚才提供的是假线索。不知什么时候,他叛变了。

林与明自责连只读了几年高小的朱砂都不如。朱砂跟他说过好几次,陈马修眼神闪烁心怀不轨,当然他抱怨的是其对苏桃的殷勤,连带着对他整个人都有偏见。当时他还批评朱砂对同伴有成见,责令朱砂抄了八遍"同心一德,克敌致果"。

朱砂安慰苏桃,又抓住宁小强的手要他别捶自己了,捶死也没用,叛变的回不来了,被逮捕的还得想办法去营救。当时他躲在宁波路石库门的弄堂角落,眼睁睁看着罗汉生被日军押走,后面跟着对日军一脸媚笑弯腰驼背的陈马修。他惊呆了,气得用拳头拼命地砸墙。

宁小强的痛悔不比林与明少,他父亲在淞沪会战中被日军砍掉了一只胳膊,他和陈马修同病相怜、同仇敌忾。他多数时候跟陈马修搭档,出生入死。他认为自己瞎了眼,没早点看清陈马修的嘴脸,所以发誓有一天要杀了这个狼心狗肺的臭叛徒、死汉奸。

"那天他还说要买炒栗子庆功,我还劝他省点钱,我们经费不多了。他还说为了抗日这点钱算什么,没想到,呜呜呜——"苏桃哭。

"说这些啥用,赶紧想办法救罗汉生啊!"朱砂着急地说。

林与明看着他们,风雨飘摇的当口,谁也不知道谁会成为迎风折断的一根芦苇。陈马修算是折了,要是罗汉生几顿毒打下来也扛不过——他没跟队员们提起是罗汉生让出黄包车让他逃脱的。既然如此,他也不想节外生枝。

林与明站起身说:"大家分工。苏桃、宁小强找陈马修的下落,朱砂去罗家通知罗姆妈,还要通知罗汉生的女朋友安琳,她父亲安子敬在社会局,会有一些影响力。我跟重庆方面联络,尽快找到更好的营救办法。"

他检查门窗,关掉电灯,拉严窗帘,声音在黑暗中响起:"我们接下去要走的路还很长、很暗。但我相信,我们最终能胜利。"停了停,他沉声道:"余誓以至诚参加铁血锄奸队,誓以杀尽汉奸、恢复民族尊严为愿……"

声音在诺曼底公寓重重帷幕掩盖下的屋里低响:"余誓以至诚参加铁血锄奸队,誓以杀尽汉奸、恢复民族尊严为愿。今后在组织领导下积极工作,服从指挥并绝对保守秘密,如有违反,愿受最严厉的制裁……"

朱砂磕磕巴巴把事情说完,偷觑曹大英,等着挨她骂。曹大英一直抽烟,一句话也不说,整个人罩在烟雾中,像一尊上供的土地娘娘。

罗得裕束着袖管走来走去好几回,鼓起勇气向曹大英抱怨:"从小就宠着他,他想做啥事都由着性子。我每天起早落夜守着几家铺子,他不肯帮也算了,还隔三岔五添乱。上回莫名其妙失踪两天,回来一身伤。刚刚好,又跑去抗日,这么大一个国家,是他这种人救得了的吗?"

曹大英一把掐灭烟头,把烟蒂捏得粉碎:"罗得裕,你是越老越糊涂了。四年前我们娘俩是怎么在炮火中逃到安昌的?我们一个店铺是怎么被炸掉的?爹的画像是怎么被鬼子一劈两半的?我这颗脑袋还差点被鬼子砍了。换成我是我儿子,我也恨不得上前线抗日。"

"罗阿爸、罗姆妈,你们不要急,我们在想法子救汉生,都怪我们没保护好他。那个,汉生有个女朋友——"

"我罗家三代单传,十亩地一根苗……"罗得裕扯起袖子擦泪。

"我曹大英这张老脸也不要了。朱砂,你过来。"她从抽屉里找出一本账本,翻到其中一页指着号码,"你给安琳打电话。"

罗汉生被一名特务推进牢房,扑倒在地,挣扎很久才起来,拖着血渍斑斑的身体,艰难地挪到一张破席上,好一会儿才把自己放平。

屋里弥漫无以名状的脏臭,对面墙角落也铺着一张破席子,一条破被褥,似乎盖着一个人。他仔细辨认,发现破被褥里露出一颗脑袋,一动不动,不确定那是一个人,还是仅仅是一颗脑袋。他喊了几声，那人还是一动不动。死了？他跟自己说，都能从沪江医学院实验人体堆里爬出来，这又算得了什么。

他身上只剩下几块衬衫残片，从头到脚是一条条渗血的鞭痕，全身肌肉绞着扯着痛，以至于之前的旧伤也痛得不那么突出了。

门外特务持枪走来走去。罗汉生把房间的角落看了个遍，也找不出一点缝隙。就算虫子能飞出去，特务也能把虫子腿一枪打掉。

外面传来悲惨的呼喊，有男声也有女声，听起来像一群野兽被逼到断崖绝路而发出的号叫。叫声刺得他全身抽搐。片刻，一连串爆栗似的枪声响起。

枪声停下，四周很静，静得像狂潮退后的沙滩。浓重的血腥味从四面八方飘过来。他一阵恶心，一点也没疼痛的感觉了。他终于对着破席子大声干呕，心里跟自己说，我得出去，我得活着，我不能死在这个魔窟，这很没出息，很不值得，我必须活着出去。

呕吐声惊醒了墙角的人，那人翻过身，抓了把地上的什么东西朝罗汉生扔来。罗汉生脑袋重重一击，一看，扔过来的是只破鞋子。他又气又蒙，朝那人喊砸我做什么。

那人轻蔑地吐了口口水："小瘪三，吺没种气。"

罗汉生摇摇晃晃朝他走过去："你有种，有种再骂一遍。"

那人笑："小赤佬，想打一架是不是？来来，我看看是日本人的皮鞭厉害还是你的身手厉害。"他将了把破烂的袖子，一将，袖子掉了下来。他提着破袖子哈哈大笑。罗汉生也觉得好笑，一时怒气淡了。

声音惊动门外的特务,跑过来敲着铁门吼:"找死啊?!"

罗汉生靠墙坐下。"我们现在都落日本人手上了,也算难兄难弟,省点力气,别窝里斗了,"他伸出手,"我叫罗汉生。"

那人嘎嘎笑:"罗汉也能生儿子,那你是小罗汉。"

"你还真没说错。我爸妈结婚几年都没我,后来他们去寺院的罗汉殿拜,回来后就有了我。"

"罗汉威武神勇,怎么有你这个没种的儿子?"

"你为什么进来?"

"我饿了,抢了几个馒头。"

罗汉生懊恼,他干的是惊天动地的大事,结果跟个鸡鸣狗盗之徒关一个屋,说出去都让人笑话。他回自己的角落坐下。

那个人又笑:"馒头里有重要消息,被我吃掉了。我叫朱尾巴。"他转过头,乱糟糟的头发里果然有根小辫子:"我娘说保命的。"

罗汉生好受了些,总算不是跟小偷小摸为伍了,但一时判断不出此人是哪一条道上的,就朝他竖大拇指以示敬佩,觉得不够,又比了个 OK 手势。

朱尾巴朝他靠近,张望门口,小声说:"小大姑娘小打扮,青布包袱白纽襻。朝奉留我吃晏饭,啥下饭?"

罗汉生莫名其妙,朝旁边移了移没理他。

朱尾巴再朝他靠近:"喂,快回答啊,啥下饭?"

"你是不是被打糊涂了？什么乱七八糟的。"

"看来我们真不是一条道上的。那你干吗冲我竖大拇指还跷起三根手指头，我还以为——"他低声说，"兄弟，接下去枪毙的可能是我了。托你个事，不过你得先回答我，你是不是真恨鬼子？"

"如果我手上有把刀，会把他们剁成肉酱，蒸上三天三夜。不过他们的肉太臭，只能喂狗。"

"你看着我的眼睛再说一遍。"

罗汉生看着他又说了遍，朱尾巴盯了他一会儿说："行，我以前开赌馆的，一个人眼里藏着什么，我能看个八九不离十。想把鬼子剁成肉酱的，能算半个自家人，事已至此我也赌一把了。你要是命大能出去，去同德医院附近找一家宁波汤圆店，老板娘叫麦花香，又黑又胖又漂亮，屁股结实好生养。我们……"

朱尾巴在等一个从四明县梁镇来的人，他们接上头后去找麦花香，接着三个人再去找第四个人，他们四个人要做一桩大事，这事关系到浙东地区的抗战局势。现在他被抓，梁镇来的人找不到他，也就找不到麦花香，更找不到第四个人，中间断了一节链子，那桩大事更是无从谈起。

罗汉生心中一紧："梁镇来的人？他叫什么名字？"

朱尾巴狡黠一笑："我得留一手，虽然你不像坏人，可也不能保证是百分之百的好人。你找到麦花香啥都明白了。我们的接头暗号上一句是'小大姑娘小打扮，青布包袱白纽襻。朝奉留我吃晏饭，啥下饭——'"他清了清嗓门,"记牢了,下一句是'乌背鲫鱼……'"

罗汉生一头雾水,让他说清楚点。铁门外一阵杂乱的脚步声,门一开冲进两名特务,拖起朱尾巴就朝外走。

朱尾巴哈哈大笑,使劲脱下鞋踢向罗汉生,朝他眨眼:"我娘说小辫子保命,这回看来失灵了。乌背鲫鱼——"声音消失了。

罗汉生默记刚才的几句话,这些民谣暗号对他来说太难了,他仅记住了"小大姑娘小打扮"这句。转头看到他刚刚丢过来的鞋子。鞋子?一个将死的人,鞋子对他还有什么重要的?

楼下再一次响起爆栗似的枪声。枪声停后,四周又空旷如野。

罗汉生望着窗外呆立了一会儿,捡起两只鞋子,掰开仔细看,发现其中一只鞋头粘着一个铜钱,抠出来,是一枚绿锈斑斑的乾隆通宝。


安琳在弹钢琴,弹的是她最喜欢的《魂断蓝桥》里著名的苏格兰民歌。

她眼前浮现滑铁卢大桥,相逢、相爱、泪水、生离、死别,她为电影里的爱情而哭泣,旁边一个英俊的男子递上手绢,他有男主人公那样清澈深情的眼神,后来还送她回家。他们也相爱了,像电影里的玛拉送给洛伊的幸运符那样,她把嵌上照片的八音盒送给罗汉生。他们学着电影里的情侣,在烛光餐馆约会,喝咖啡,跳舞,在明灭不定的烛光里亲吻,在雨中撑伞散步。罗汉生也像洛伊那样对她说过,"我找到你,就绝不放你走"。

她放声大哭,弹钢琴的手指凌乱激烈,像玛拉那样大声骂着"可恨的战争",钢琴发出刺耳难听的声音。弹着哭着,她连人带琴凳倒在地上。

安琳醒来时,父亲安子敬坐在床沿,捋她额头的头发,眼神忧戚,见她醒来,连忙挪开手,端起床头柜上的碗说喝鸡汤。安琳转过脸。此前她恳求父亲解救罗汉生,安子敬得知罗汉生与美琪大戏院刺杀案有牵连,一口回绝。

安子敬说:"方宽是日本人的红人,日本人对他的死非常震怒。"

安琳冷冷地说:"你还没忘记妈妈是怎么死的吧?"

安子敬一阵心塞。安琳的母亲那年患重病,安子敬请了好多医生,好不容易有了起色。那时安琳的舅舅,一名抗日青年被日军逮捕。安琳母亲恳求丈夫相救,其时安子敬步步高升,反而将小舅子和其他抗日分子供给日军。安琳母亲得知后气绝身亡。这是安子敬最不愿被戳中的痛。

他低吼:"没错,就是因为我没忘记,所以不想跟你那个罗汉生有来往,也不想你被卷进战争的残酷旋涡。下个月,下个月你必须给我回法国。"

安琳拉掉胳膊的针头,从床上坐起,把安子敬手上的碗摔了。安子敬给了女儿一巴掌。安琳捡起地上的碗片朝手腕割去,安子敬赶紧抢夺喊来人啊。一阵忙乱后,安琳的手腕多了道血痕。

安子敬戳着脑袋说："行行，我提这颗脑袋去跟日本人说。要是日本人下手早了，别把账记在爹头上。"

"要是这样，我会像玛拉那样去滑铁卢大桥，做玛拉做过的事。"

安子敬凶狠而伤感地说："什么玛拉不玛拉的我不懂，我只知道，如今这个世界上只有我们父女俩了，你必须给我好好活着，活得好好的。"

罗汉生再一次被密集的枪声惊醒，他动了动身体，血肉跟席子粘在一起，裂肤般疼痛。他想下一个该轮到自己了。

他又饱尝了一顿鞭子，还是没有吐露队员的行踪。事实上他也不清楚他们现在在哪儿。陈马修被特务赶进行刑室，脸色惨白地要他说出其他人的下落。罗汉生笑着要他凑近点，陈马修半信半疑挪过来。他饿虎扑食过去，被他躲开了。结果他挨了一顿陈马修抽过来的鞭子，下手比日本人更狠。

他从席子下摸出八音盒，吃力地拧发条，双手紧捂，听叮叮咚咚悦耳的声音。

宁有故人可以相忘，曾不中心卷藏？宁有故人可以相忘，曾不睠怀畴曩？……疼痛浅了淡了。他回想与安琳喝咖啡，跳舞，在阳光下追逐，在雨中漫步……那是没有枪炮杀戮的好时光，这样的日子还能不能重来——

铁门轰然打开，几只脚朝他过来，喝令他起来。罗汉生攥紧八音盒,他想到了阎罗地府有它陪着不至于那么无聊了,但愿别被夺走了。

两名特务推着他喊快点,罗汉生说疼得走不了要不拿担架抬他,他会跟阎罗王说说他们的大恩大德,这样会早点把他们也带下去享福。

一个特务说:"想死?便宜你了。真看不出你小子后台这么硬,要是再晚点,明年的今天就是你的忌日了。"

罗汉生想问这话什么意思,抬眼看到门口站着一个陌生人,对他点头说罗先生我们走吧。他想反正本来就要枪毙的,最坏的也不过是死,便装熟识的样子笑了笑,跟他出去。

汽车驶出日本宪兵队大门,罗汉生急切地问到底怎么回事,是哪一方把他救出来的。司机给他一套衣裤,说自己只是奉命来接他,别的一概不知,过一会儿他就知道了。罗汉生想也只能如此,索性换好衣裤闭目养神,身心一松便沉沉睡去。

醒来时汽车停在一间茶馆门口,司机说里面有人等他。伙计把他带到楼上,一个戴帽子的人坐在靠窗的座位。他在对面坐下,那人抬起帽子,摘下墨镜。

罗汉生想过,救他的可能是林与明,可能是宋昆山,但想不到是安子敬——安琳的父亲。他疑惑地问:"是你救我的吗?"

安子敬喝了口茶,点头又摇头:"我确实想要救你,为了安琳,我唯一的女儿。我跟她说,我提这颗脑袋去跟日本人说。"他有点激动。"你知道安琳为了你跟我闹成什么样了？绝食，把自己冻着、伤着，不喊我一声爸。罗汉生，如果安琳现在还在法国，我真希望你早就死在日本人手上。"

"真是抱歉，没能让您如愿。"

"可我不能看着女儿为了你把自己折磨死，我只能赌一把，准备向日本人求情。也是老天长眼，恰好汪主席身边的丁部长给我打来电话，他已经跟日本人解释清楚，这是误会，美琪大戏院刺杀案另有他人，要我把你带出来，"他轻松地摊手，"这就很好，我乐得做顺水人情，跟安琳也好有交代了。"

罗汉生再一次陷入迷糊，汪主席？丁部长？他根本不认识这两个大汉奸，他们怎么可能把他从魔窟里救出去。就算林与明跟重庆方面联络了，可重庆跟这两个汉奸不是水火不相容的死对头吗？这怎么可能——

"我也不明白你的手眼怎么通到天了，不过我也不打算弄明白。这个世界上有些事，糊涂点可能会更好。我之所以告诉你这些，是要提醒你，安琳虽然不谙世事，但要是知道你如何出来的，她对你会有什么看法，你心里最清楚。所以——"他戴上帽子，"从今往后，你不欠我的，我不欠安琳的，安琳也不欠你的，大家谁也不欠谁的，井水不犯河水，各走各的，可以吗？"

罗汉生被这一连串匪夷所思的事弄得理不清头绪，茫然点头。

安子敬脸上流露出惋惜的神色："你聪明，有才干，本来很符合做我女婿的要求。要是走正道,你会很有出息。只是很可惜,可惜了。"他戴上墨镜走出茶馆。

罗汉生喝了几口茶,怎么也想不出自己是如何从有去无回的地狱活着出来的,又想算了先回家。他忍着疼痛走出茶馆。

没走几步,一辆黄包车跑到他前面停下,老蔡喊罗少爷。罗汉生说你怎么知道我在这里。老蔡嗯了一声,罗汉生上车,发现车上还坐着一个戴帽子的人,不摘帽子也能看出他是林与明。

罗汉生瞬间明白了:"我知道你手眼通天,可没想到你能通天到两个大汉奸。怎么,打算再一次宁汉合流?"

林与明微微一笑,说先去洗个澡把晦气洗掉,他已经找了医生帮他疗伤。不管怎么说,全胳膊全腿出来就好。

"安子敬怎么回事? 如果是你们把我救出来的,为什么不名正言顺做,还要通过他恶心我一把?"

"你跟安子敬的女儿这么相爱,不通过他把你捞出来,岂不是太可惜?"

"他是他,他女儿是他女儿,希望你们公私分明,不要把安琳牵连进来,她是无辜的。"罗汉生愠怒。

"家国忧患至此,还有什么能做到真正的公私分明? 对了,你听过三十六计中有一计,叫作借刀救人吗?"

"有吗? 我只听说过借刀杀人。"

"哈哈哈,刀既然能杀人,当然也能救人了。前面是混堂,正好赶上头汤浴。罗少爷委屈你了，不能请你泡大澡堂。"

热气蒸腾的老虎灶浴室，一根细铅丝挂了块浴帘，罗汉生用小木勺舀热水往身上浇，小心地洗血痂，不时咝咝呼痛。林与明与他一帘之隔，一边洗一边跟他说起这一场匪夷所思的营救。

汪伪政府里位高权重的丁部长，一年前被美女特工刺杀未遂，夜夜梦见被人追杀，已然是惊恐之鸟。之后在重庆"伺机立功协力抗战"的"晓之大义"下，逐渐"懂事"。珍珠港事件更把丁部长这样的人从梦中炸醒，深感来日不长，他开始悄悄向重庆输送可靠情报，并配合重庆的指示屡屡营救被捕的特工人员，以期为自己留条后路……罗汉生也就意外而幸运地被救出来。

罗汉生用浴巾捂伤口，一时疼痛又舒服。他还是不明白为什么要多此一举通过安子敬把他救出来。林与明让他再想一想。罗汉生突地一惊，一把掀开隔开的帘子。林与明拿浴巾遮身体说干啥，不该看的别乱看。

他骤然领悟："难道你们下一个目标是——"

林与明得意地点头，说你小子还没被日本人打傻。

罗汉生不得不佩服林与明果真是老奸巨猾的特工，这所谓"借刀救人"或"借刀杀人"，一则试探他们的下一个锄奸目标安子敬是否还有"协力抗战"的可靠性，再则此举明确告知安子敬，他罗汉生就是锄奸队的人，也就把他彻底绑上锄奸队这架战车。怪不得安子敬惋惜地说"太可惜了"。他想跟林与明狠狠打一架，又深知此时力有不逮,只得冲他面目狰狞地挥拳头。

林与明宽慰他:"放心,混堂我今天包了,就我们两个。烧老虎灶的是聋子。"停了停,真心实意地说:"汉生,这次你让出黄包车让我逃命,是你替我受了罪,欠你的这笔恩情,我会记得的。"

罗汉生默默放下帘子,倒了桶热水,然后一掀帘子朝他劈头盖脸地倒下去。林与明抹着满脸的水喊你疯了,你关了几天真的疯了。罗汉生一抹脸,放声大笑。

曹大英在院子里晒雪菜,腌好的雪菜铺在竹匾上,满院飘着咸香。

罗汉生捡了几瓣雪菜放进嘴里嚼:"老妈的手艺就是地道。"

曹大英白了他一眼,继续忙自己的。罗汉生讨好地帮着晒菜。

"大少爷忙国家大事去吧,咸菜萝卜鸡毛蒜皮的事哪轮得到大少爷管?"

"一室不扫,何以扫天下? 小时候腌雪菜,你非得让我踩实菜缸里的菜,说男人踩出来的才好吃。"

"小时候叫你朝东,你不敢朝西。叫你喝稀的,你不敢吃干的。大了大了,什么都跟娘反着来,就喜欢往火坑里跳。"

"妈,现在的上海,哪个地方不是火坑? 你跳也得跳,不跳也得跳。跳下去,说不定掘地三尺还有活路。"

曹大英放下手里的活,整整儿子的衣衫:"汉生,妈从小宠着你护着你,你做啥事都不太管你,因为晓得你有分寸。可这个世道,越来越没分寸了。"

罗汉生看见母亲头顶的白发,他仔细地拣出,拔下,举到母亲面前。

曹大英叹:"娘老了。"

"越老越值钱,罗家的传家宝。你可不能随便出去亮相,要不然准得被抢。"

曹大英说他嘴巴甜得抹了蜜似的,就不晓得用在程采薇身上,光用来哄安琳。

罗汉生说出去一下晚饭前肯定回来,曹大英说走吧别碍着我晒雪菜。罗汉生说一定全胳膊全腿回来,曹大英问前两天学的那首"小大姑娘小打扮"民谣记住没,罗汉生说记住了。

他走到门口说:"妈,你要相信,有一天我们会让这个世道有分寸,决不会让它一直乱下去。会有这一天的。"


罗汉生穿过几条街弄。走着走着,感觉身后有人跟着。他走到一处转角贴墙而立。等到脚步快近时,他倏然出现,过来的是一个步履蹒跚拎着菜篮的老头,慢吞吞地经过他身边,慢吞吞地走远。他继续走,再走了一段,依然感觉身后有人。他果断翻过弄堂的矮墙,翻进一间空院子,再从院子里翻出去,七绕八绕拐到一条街上,跳上黄包车,让车夫快跑向同德医院。

离同德医院还有一百多米时他下了车,察看四周,确定不再有人跟踪。同德医院附近的店铺大多关门,偶有几家也半掩着。他沿着肃杀的街来回走了一圈,没找到宁波汤圆店。经过一家店铺,排门开了一半,里面雾气袅袅。一条布幌子在门口飘晃。走了两步他退回来,再看幌子,见幌子上画着一只狗一只鸭子,它们趴在水缸边沿,水缸里漂着几粒圆圆的汤圆,上书"缸鸭狗"三字。

他走到排门口喊买汤圆。过了一会儿,一个三十来岁包着蓝印花头巾的胖女人从里面走出来,拿勺舀汤圆问:"要几个?"罗汉生想起他吃过很多回宁波汤圆,就是没把这老字号跟汤圆想到一块儿去。

他低声说:"小大姑娘小打扮……"

胖女人盯了他一眼,脸色发白,没理他,继续舀汤圆。

罗汉生继续说:"青布包袱白纽襻,朝奉留我吃晏饭,啥下饭?"

胖女人面无表情地回道:"乌背鲫鱼肉圆嵌,韭菜花儿炒鸭蛋。"她朝屋里一指:"外面冷,先生进店铺吃吧。"

罗汉生进屋,坐下迫不及待要吃。她向他摊开手,罗汉生愣了一下,从口袋里摸出那枚乾隆通宝。她拿过铜钱仔细看。一口汤圆下去,糖馅滋出来,罗汉生直吐气。他说小时候宁波姑婆经常做给他吃,猪油桂花馅,好吃得不得了。

他吃下两个才问:"你是麦花香吧?"

麦花香没应声,盯着铜钱看。罗汉生暗想,我死里逃生跑你这里说一句莫名其妙的话,带一枚不值分文的铜钱,难道就为了骗你一碗汤圆吃吗?他摸出钞票压在碗底,瞥见麦花香满脸泪水。

他放下碗筷,局促不安:"我跟那个朱尾巴关一间屋,他人很好,关心照顾我——"他想起朱尾巴用鞋子扔他,骂他小瘪三,"他说你,又漂亮又能干——"他想起朱尾巴说她屁股结实好生养,"他到死都惦记着你。"

麦花香抬起泪水涟涟的脸:"他真这么说吗?"

"是,他说要是能活下去,准会讨你做老婆,生一堆儿女。"他有点懊恼没能编得更好听些。

"他开赌馆掩人耳目。那天晚上特务查赌馆,他掩护其他人撤离,被抓了。"

门口又有人喊买汤圆。顾客对麦花香说:"小大姑娘小打扮,青布包袱白纽襻……"

罗汉生过去一看,宋昆山。

宋昆山对他的出现一点也不惊讶,继续说:"朝奉留我吃晏饭,啥下饭?"

"乌背鲫鱼肉圆嵌,韭菜花儿炒鸭蛋。外面冷,先生进店铺吃吧。"

宋昆山不理会一脸蒙的罗汉生,一口一个汤圆说好吃好吃。罗汉生怀疑之前鬼鬼祟祟跟踪自己的就是这家伙,看这回他想玩什么花样。

宋昆山吃完汤圆,拉麦花香进里屋,两人嘀嘀咕咕。宋昆山出来，问罗汉生想不想知道他为什么也来这里。罗汉生冷冷地说没兴趣，起身要走。

"你来这里，只是对暗号交信物，干完就拍拍屁股走人吗？"

罗汉生说他是来告诉老板娘她相好死了，要不然还有什么事。宋昆山把他按在椅子上，要跟他仔仔细细地说。

"你刚才避着我，现在又要跟我说，你这不是脱裤子放屁吗？"

"罗汉生，堂堂圣约翰大学学生，大户人家出身，怎么能说这种粗俗的话？这种话我说才合适。听好了——"

朱尾巴等从梁镇来的人，正是罗汉生猜个八九不离十的宋昆山。

宋昆山这次到上海主要办两件事：一是说服罗汉生跟他走，二是保护一批医学院学生到梁镇。在梁镇的四明游击纵队里，大批伤员在生死边缘等待救治。

宋昆山找到朱尾巴的赌馆，赌馆被捣毁了，朱尾巴被抓了。看上去嗜赌如命的朱尾巴其实是淞沪游击纵队的交通员，赌馆是地下交通站。他找到万不得已才能单线联系的第二联络点宁波汤圆店，没想到宁波汤圆店又搬走了。他无奈回头再找罗汉生，罗汉生又人间蒸发了。这段时间，他像瞎猫撞死老鼠，找遍了半个上海，偶然在路上发现罗汉生，于是悄悄跟踪，未料罗汉生找的宁波汤圆店也正是他要找的——

"等等，朱尾巴说你们接上头后，还要去找第四个人，这第四个人是谁？不可能是我，因为我之前不认识朱尾巴，不可能在你们的计划之内。"

"这第四个人，需要你帮我们一起找。"

"宋昆山，在翡翠西菜馆我已把话说清楚了，我不想卷进你们中间，"他思考了一下又说，"并且你要记住，我为军统做事，而你们是共产党，我们各为其主，不是一路的。现在抗日，我们暂时把枪口对准日本人，但其实我们还是对头。这不是你我能左右的，这是命。"

三人沉默了。罗汉生把彼此早已心照不宣的底牌彻底亮了出来。

宋昆山用像从未认识他的幽深目光看他，过了一会儿说："其实，我对你已不抱希望了。我们需要的是一名赴汤蹈火、九死无悔，有坚定信念和牺牲勇气的战士，罗汉生你哪一点符合？你就是一个自私自利、苟且偷生、贪图享受，把抗战当成时髦行为，点缀一下空虚生活，给自己脸上贴金的上海小开，我们怎么可能把抗战大事托付给你这种人呢？"

罗汉生不以为忤，起身笑道："这不就好了，彼此看不上，各走各的路。"

"你可以把我说的当耳边风，可你对得起朱尾巴的信任吗？对得起一个死去难友的托付吗？"

罗汉生想起朱尾巴一把扯下破袖子要跟他打架的模样，又好笑又心酸，但脸上仍是淡漠："人生本就萍水相逢，无所谓对不对得起。"

"滚。"

罗汉生走出去,麦花香拉他回来,让宋昆山进里屋。

麦花香捻着绿锈斑斑的乾隆通宝,说以前她的汤圆店开在广慈医院附近,跟朱尾巴的赌馆隔一条弄堂。赌馆生意好,赌棍们饿了要吃汤圆,她每天送汤圆过去。赌棍调戏她,朱尾巴会出来打圆场。后来朱尾巴交给她一些纸条,第二天有人来汤圆店取走纸条。她不明白这些能起什么作用。再隔一段时间,朱尾巴来店吃汤圆时经常会说,八路军或新四军在某地歼灭了多少日军,打了几个胜仗。他很高兴,至少要吃三十个汤圆,急得她喊客人不够买了。后来她的店铺被日军炮弹炸了,睡梦中的她被压在瓦砾下,朱尾巴带人扒了半天把她扒出来,手指扒得血淋淋,送她去医院,每天侍候她,帮她在同德医院附近重新开了一家汤圆店。那时他说,那些情报送来送去,就是为了将来建立一个永远不用担心半夜被炸到、一个想吃多少汤圆都足够的新中国。她不敢相信,他赌将来一定会实现。

麦花香轻声说:"他还赌我将来一定会嫁他,我说这辈子最瞧不上的就是赌棍,就算死也不会嫁他。现在我想嫁他,他却死了。"

罗汉生沉默,是谁给了一名赌棍以勇气,以生命为赌注,赌一种吉凶未卜的前途和未来。也许,他只是披着赌棍的外衣,脱下外衣他们是一样的青年。可他能笑着唱着温婉的江南民谣走向刑场,面对爆栗般的枪声——

"跟我们一起干吧。朱尾巴走了,我们两人没法完成这件事。"

宋昆山抱着胳膊看他，罗汉生懒得理他。把一批医学院女学生带出上海？他想到程采薇。上海已是日本人的天下，上哪儿找"一批"？他不作声，不打算把认识几个医学院女生的事说出来。

宋昆山好像看穿了他的心思："我们的人会把医学生安排好，用不着你操心。你要做的是跟我们一起，把这批学生不伤一根毫毛地送到梁镇。"

麦花香说："虽然朱尾巴跟你认识不久，但我相信你不会辜负他，对吗？"

罗汉生掏出几个银圆放桌上："你做的汤圆很好吃，比我宁波姑婆做得还好吃。"他看了眼宋昆山："就当我今天没来过吧。刚才说的那些，我忘了。"

他快步出去，身后传来宋昆山的怒吼，接着是银圆朝他后背砸来的声音。麦花香奋力劝阻，以免宋昆山冲出去把他撕成碎片。


罗汉生走进院子，发现母亲在教安琳织毛衣。他惊讶地眨眼，没错，是她们俩。安琳挽住他胳膊说人家都等大半天了，罗汉生有点尴尬，曹大英笑嘻嘻不当回事，跟平时的她很不一样。

"妈，今天是不是准备了一桌很好吃的鸿门宴？"

曹大英朝安琳一努嘴："人家要带你去吃法国大餐呢。"

"我和伯母聊了好长时间，我们离开上海，去法国吧。"

罗汉生想过离开锄奸队，摆脱宋昆山，或离开上海回老家，唯独没想过远走异国他乡。

安琳憧憬："法国虽然也沦陷了,可好过中国。一起去吧!爸爸会帮我们买好船票,你不是很喜欢大海吗?我们在海上航行一个多月,天天能看到海上的日出日落,好不好吗?"

"你爸不反对我们在一起吗?"

"只要你答应和我去法国,他什么都不计较。汉生,伯母同意了,我爸爸答应了,我们也能在一起。你一次又一次遇险,我有多害怕你知道吗?"

上海,无休止的战乱,在刀尖烽火中行走,随时随地的枪林弹雨。他坐的那架战车开得越来越快,不知什么时候会驶向死亡深渊……也许,法国真是个不错的地方。

曹大英脸上带着复杂的情绪说:"去吧,虽然安琳——我跟她说过,她说会努力变成我喜欢的儿媳妇——但只要我儿子平安,跟他喜欢的姑娘在一起,我还有什么好说的?"

"我们要是走了,你和爸爸怎么办?"

"我们把店铺盘出去,回安昌老家。中国这么大,总有几块清净地吧。"

罗汉生抱住她们,一时感觉把自己的整个世界抱住了。一个男人如果做不到保护他爱的女人们,至少应该做到不让他爱的女人们为他担惊受怕吧。

# 杀叛徒

罗汉生与林与明面对面坐着,两人喝了两壶茶,还是没人开口说第二句话。罗汉生说的第一句话是要离开锄奸队,因为他要去法国了。

罗汉生并不着急,有滋有味地喝茶,他说出后便身心轻松了,有海阔天空的敞亮,现在麻烦扔给了对方,不再属于他。

林与明开口了,声音沉沉:"现在是抗战最艰难的时刻,胜负就快见分晓了,任何一方加一点分量或减一点分量,都决定着这场战争的生死存亡。每一个人的离开,都是巨大损失。你觉得这个时候提出来,合适吗?"

罗汉生沉默着喝茶,多说于人于己皆无益。

"你去意已决,我也不强留了。还有最后一次行动,你务必参加。"林与明说出刺杀对象的名字。

窗外的阳光照进来,温温热热,春天快到了,罗汉生还是不由得打了个寒噤。

下一个刺杀目标是叛徒陈马修。

美琪大戏院刺杀事件后,陈马修失踪了。锄奸队去陈马修的老家淮安,他老婆的娘家,找遍了所有跟他有一丝半缕关系的藏身之处,都没有消息。林与明告诉队员们,哪怕这支队伍只剩下他一人,他也会追杀陈马修到底。

川沙乡间一所树木掩映的小教堂里,一个牧师站在桌上擦彩色玻璃窗。他擦得很仔细,要把这些陈年积灰擦得干干净净。

阳光照进彩窗,他全身染上缤纷光斑,一切看起来平静祥和,还有点神秘奇幻。他擦得过于专注了,也可能是彩色光斑糊住了眼,以至于没有留意到有几个人在他身后站了很久。当他感觉到身后动静时,已来不及了。

林与明走上前,朱砂和宁小强举枪跟上,对准隐匿在这座原本人去楼空的小教堂里的陈马修。林与明让他下来。

陈马修从桌上下来,捏着抹布,看看还蒙灰的半扇彩窗,心头有点不舒服,很想上去把剩下的半扇窗擦干净。

林与明打量教堂,点点头:"你很会找地方,一般人还真想不到来这儿。"

陈马修朝他身后张望:"罗汉生呢,只有他知道这里。"

"都这时候了,你不向你的上帝忏悔,还质疑别人?"

"敢出卖别人,为什么不敢现身?"

教堂门推开,罗汉生站在门口,两手插在衣袋里。光线从他身后洒进,所有人看着他,他不紧不慢进来,像一名不太虔诚的教徒前来做礼拜。

陈马修脸上浮起悲伤的微笑:"罗汉生,当初我们坐在这里时,会想到有一天我们用枪指着彼此吗?"

陈马修出生后被人丢在这间小教堂里,好心的牧师抚养了他三年,后来被一对淮安夫妇领养。三年对婴幼儿来说没什么记忆,他长大后才知道自己有这个特殊身世,就来此"寻根"。教堂已半废弃,自然寻不到根。陈马修带罗汉生来过,没跟其他人说起,因为这不是体面事。那时他们坐在彩色光斑笼罩的教堂里,谈论他们名字的由来。罗汉生的名字来源于父母拜了罗汉菩萨,马修在希伯来语中是上帝的赠礼的意思。

"当时我还说过,我的罗汉菩萨跟你的上帝,会不会在天上打架。现在他们倒相安无事,我们已水火不相容了。"罗汉生说。

"林队长,汉生,朱砂,宁小强,大家各有各的信仰,各有各的菩萨上帝,各烧各的香,不行吗? 为什么一定要把人逼上绝路?"

"因为你把我们当成香,烧给了你的上帝。犹大出卖了耶稣,请问你们的上帝能饶恕吗?"林与明冷冷地说。

陈马修绝望地看向罗汉生，罗汉生冷漠地转过身，背对着他。

陈马修指着罗汉生喊："如果我是叛徒，那么他呢？他出卖我，也不是好人。"

"你错了，他是来拯救你的灵魂。只是很可惜，上帝不会喜欢你这样的人，你进不了天堂，只能下地狱。"林与明从陈马修手里拿过抹布，擦了擦那扇擦了一半的彩窗，把抹布扔地上。"你放心走吧。积灰的窗户可以擦干净，你的罪恶，只能留到下辈子去擦了。"

枪声响起。

陈马修的脑门胸口同时中枪，鲜血像水花一样四处迸溅。他口袋里的栗子落地。所有人沉默地看着一个个活泼弹跳的栗子，仿佛他们更关注的是这些东西。

陈马修仰面倒地，望着彩色穹顶，眼中缤纷迷幻，他嘟囔了声"上帝啊"，便再也没有声息。

罗汉生一动不动地看着。他参与过很多刺杀，街头巷尾，电影院咖啡馆，高官小吏，成功的失手的，可没经历过这样一场像捻死蝼蚁一样轻松的刺杀。

朱砂说走吧，罗汉生说要料理一下陈马修，找块干净地埋了他。

"除掉他是为了拯救更多的人。你没做错，不必心怀歉疚。在我们的队伍里，任何无故违背誓言要离开的，都是背叛者。"林与明凌厉的目光扫过三个人。

"抗日杀敌，复仇雪耻，同心一德，克敌致果。"朱砂和宁小强一挺腰身喊道。

罗汉生一言不发。林与明叮嘱他小心，三个人离开教堂。

罗汉生蹲下身，捡起抹布，擦陈马修脸上的污血。擦着擦着，他甩掉抹布，冲着地上无声无息的人吼："好好一个中国人，起什么外国名字？什么上帝的礼物，你看看，上帝把你这个糟糕的礼物抛弃了，半文不值！不值！"

罗汉生提着大包小包陪安琳在永安公司购物。安琳帮他试衣，系领带，絮絮叨叨地说去法国不能丢中国人的脸，一定要打扮得很绅士。罗汉生意兴阑珊。

安琳问他是不是对衣服不感兴趣。罗汉生点头又摇头，安琳嘟起嘴，扔下衣服出去。罗汉生追上去哄她。两人又和好。罗汉生说衣服可以少买一些，到了那边也可以买，先送她回家。安琳温顺地说好。

两人跳上老蔡的黄包车。身后另一辆黄包车不紧不慢地跟着，车夫和车上的人都用围巾遮住脸，与他们保持不远不近的距离。

安琳教罗汉生简单的法语，"早上好""晚上好""晚安""再见"，罗汉生认真地学。安琳一遍遍纠正，罗汉生故意念错。安琳拍打他，他搂住她。老蔡歪过头偷看，罗汉生瞪他一眼，老蔡憨笑着跑。后面的黄包车始终与他们保持距离。

罗汉生把安琳送到家。安琳叮嘱他记住后天下午三点日本邮船株式会社的邮轮,英美轮船都停航了,船票是她爸爸辛辛苦苦弄来的。他们需要途经新加坡,绕道好望角,抵达法国,长达四十余天。只要他们在一起,这就是一场罗曼蒂克的海上爱情之旅。

罗汉生打了个响指表示赞同,安琳像花蝴蝶一样飞进院子。他微笑着目送她进屋,转身时微笑消失,一脸忧思。他掏出钱包抽了一沓钞票给老蔡。老蔡受宠若惊说不用这么多,罗汉生让他拿着。

"罗少爷,我再拉你一段吧,以后你很少会坐我车了。"老蔡不舍。

"我想一个人走走看看,就算它破得不像样,到底还是生我养我的上海。"

老蔡让他小心点早点回家,拉着黄包车走了。罗汉生看着他弯腰驼背的身影,心中发酸。他拧开八音盒听着音乐,沿街走去。

走过一条小街,转角蹿出两个人,一个用麻袋套住他脑袋,另一个用绳子绑住麻袋,把他扔到黄包车上,拉着车一路狂奔。

坐在黄包车上的人死死捂住他的嘴,他只能发出愤怒的哼哼。他第一个念头就是林与明。在小教堂,林与明杀鸡儆猴过:在我们的队伍里,任何无故违背誓言要离开的,都是背叛者。

他喊不出声,只能在心里把林与明的祖宗十八代骂个遍,他痛骂朱砂无情无义,这几年妈妈做的霉干菜蒸肉就是喂狗也比喂他好,骂宁小强不知好歹,一次次接济他吃喝穿用,结果也是个白眼狼。

黄包车停下，他们解开麻袋绳子把他拖出来。罗汉生一看眼熟，再一看是汤圆店，宋昆山一脸赔不是的笑。罗汉生扑过去，两人扭打起来。宋昆山连挨了两拳，只是挡着不敢还手。麦花香拉开他们喊住手。

"为什么要逼我？为什么你们每个人都要逼我？我上辈子跟你们有杀父之仇夺妻之恨？为什么非要逼我上梁山？"

"不，你弄错了，不是梁山，是梁镇。"

罗汉生撕开衣扣："来吧，给我两枪，把我抬到你们那个梁镇。"

宋昆山给了自己一巴掌，朝地上一啐："是我贱。"

麦花香捡起扣子帮罗汉生缝上，轻声细语："汉生，扣子掉了，我麦花香能帮你缝起来。在梁镇的山里，很多战士的伤像撕碎的衣裳一样，我多想把伤口缝起来，可是，我做不到。你可以帮我们缝上他们的伤口，战士们的伤好了，有力气了，就能拿枪把鬼子赶出中国，你说是吗？"

宋昆山冷冷地说："如果我得到的消息没错的话，你们锄奸队出了叛徒，他已经被你们杀掉。还有，军统特工无故擅自离队，格杀勿论。罗汉生，你随时会死于非命。"

罗汉生沉默，他们说的每一句话都击中他不敢声张的要害。

陈马修被杀，对他毫无疑问是一个警告。林与明也许不会怀疑他，但也不会像以往那样信任他了。而信任一旦开始瓦解，就离怀疑不远了。他不会成为陈马修，但有可能会落得跟陈马修一样的下场。他的后背隐隐渗汗。

更重要的是，麦花香说的话像细针一样戳痛他的心。与安琳一起离开战火中的中国，漂洋过海去一个"安乐地"，这听起来是一个美妙浪漫的计划，但为什么没有给他一点点的开心？他一点也没憧憬过那种遥不可测的安乐世界，因为他心里很清楚——那是不可能存在的世界。他可以欺骗所有人，唯独欺骗不了自己。

前无去路，后有追兵，上海已不是他能待下去的上海。梁镇，也许是他能选择的唯一的最好的路了。只是安琳——他摇摇头，把她温柔可爱的模样摇掉。

麦花香端上两碗热汤圆。两人埋头就吃，屋里只有稀稀哗哗的吃喝声。麦花香像姐姐一样看着他们。

吃完汤圆，罗汉生淡淡地说："说吧，下一步的行动。"

宋昆山说他们已联系上第四个人，通过他的动员，已经有十二名医学生报名。根据计划至少需要三十名医学生，才能满足救治任务。宋昆山来上海已经耽搁很久，他们必须在五天内集结人员赶赴梁镇。

罗汉生想到程采薇、许小慧，想到那些敢拿手术刀解剖人体但看见蟑螂老鼠就大呼小叫的女生，心里笑了一下，她们那双穿着高跟鞋从未踏过一寸山路的脚，能踏上浙东的山路吗？

中药铺阁楼，两个人头在昏黄的灯光里浮现，他们喝酒，吃花生，从下午聊到黄昏再到深夜，还在聊。

朱砂要求罗汉生到法国的第一件事就是寄来正宗的法国香水，他要送给苏桃，这样苏桃会对他多笑笑，看他的眼神会多一些温柔。罗汉生默默地笑。虽然他们聊了很久，但是他还是没说出自己真正的去向。

"保护好苏桃，她虽然与我们经历过很多风雨，但毕竟是姑娘，别让她受伤了。"

"我知道，我会用命保护好苏桃。"

"行动的时候，要清楚枪口是对准谁的，不要做让自己后悔的事。"

"我明白，我的枪只会对准汉奸——要不，生哥，你别去法国了，留下来，我们找一条新的路，好不好？"

"什么样的路才是新路？你说。"

朱砂沉默。他也清楚留在锄奸队并非长久之计，可茫茫黑夜，去哪里找一条新路？

"如果有一天，我是说如果，朱砂，我们各自改变了身份，成了对手，甚至成了敌人，我们会不会拔枪相见？"罗汉生盯着他的眼睛。

朱砂愣住，他没想过他们会有这样的一天，这意味着什么呢？

中药铺的药香沉郁缥缈，气味令人迷眩又清醒。朱砂隐隐觉得罗汉生离开锄奸队可能没那么简单，也许他并不是去法国，而是去某一个神秘的地方。他似乎猜中了什么，又不敢确定，也不想捅破罗汉生不愿让人捅破的那层纱。

"如果有一天，我也是说如果，生哥，我们永远是兄弟，是打断骨头连着筋的兄弟。我就算把枪口对准自己，也不会对准你。"

罗汉生一笑。两人的手握在一起，重重摇了摇。罗汉生给他倒酒，给自己也倒满，说喝酒。

中部

涉夜而行

# 医疗救援队

　　莫里哀路一处大花园内,散落着三幢简洁的小洋房。其中一幢洋房窗帘低垂,一群人聚集在地下室,耐心地喝着咖啡、茶水,等主人的到来。

　　地下室很宽敞,摆设简单,长条桌上摆着几盆茶点,几条靠背长椅围合四周。咖啡香气浓郁,罗汉生没有往常的品尝心情,想早点弄清洋房的主人是谁。

　　宋昆山和麦花香之前称罗汉生认识房主,且有密切交往。他们卖关子,说到时他自然会知道。罗汉生很困惑,他没来过这里,屋里也没有透露他可能认识房主的一丝痕迹。进来的全是女生,他一个都不认识。她们三五成群低声交谈。宋昆山跟麦花香也只顾商议他们的事。

罗汉生有些寂寞，一口接一口喝咖啡。陆续进来的人在他身边坐下，黑压压一片。倏然进入这个陌生圈子，他不安、激动、忐忑，又无比期待了解。

又进来几个，许小慧、唐可心、楚琼华、王映霞，最后一个是程采薇。程采薇对他点头笑了一下。罗汉生惊讶失语，程采薇不觉意外，似乎他的出现在预料之中。罗汉生在宋昆山提到"一批医学院女大学生"时，不期然想到程采薇，当时他认为不可能这么凑巧。现在程采薇已然"凑巧"到了眼前。

所有人安静耐心地等小洋房主人现身。

再过了一会儿，一个中年人走进地下室，身后跟着几个女生。众人轻轻鼓掌相迎。罗汉生闭闭眼，再睁开看，是史哲夫。史哲夫朝程采薇点点头。

程采薇起身说："现在人数是二十五，我们的队伍正式命名为'四明医疗救援队'。这位是四明游击纵队的宋昆山同志，游击纵队上海联络点的麦花香同志，还有一位——"她看罗汉生的目光意味深长："罗汉生。圣约翰大学学生，前军统铁血锄奸队队员。"

众人纷纷看向他，有人发出惊讶的呼声。

罗汉生很窘迫。他无所谓在大庭广众下招摇过市，可很少这样在众目睽睽之下被拎出来隆重"介绍"，尤其她强调了他的身份，这有点像给他的一个"下马威"。

史哲夫招呼罗汉生，罗汉生站在他旁边，一时就像答不出问题的小学生被叫上讲台，局促不安。他看程采薇，程采薇嘴角露出捉弄的笑。这反而让他心一横，挺直腰背，让自己恢复一贯的自如。

史哲夫向大家介绍，罗汉生如何只身一人炸日通仓库，躲过日军的搜捕，躺在实验人体下逃出生天，参与刺杀汉奸……众人注视着他，没有欢呼，没有鼓掌，但目光中显然有敬佩。这让罗汉生很惭愧。

他更乐意接受宋昆山指责的——把抗战当成时髦行为，点缀一下空虚的生活，给自己脸上贴金的上海小开——这会让他好受一些。指责让他无所顾忌，赞美却是有代价的。

显然史哲夫在向大家诚恳表明，这个刚进入他们圈子，与他们"不一样"的人，值得他推荐，也值得大家信任。可史教授为什么要费尽口舌不遗余力地把他拉进他们之中——倏然他意识到，难道史哲夫就是宋昆山和麦花香说的"第四个人"？

"是的，现在可以告诉大家，党组织交给我的任务，我这边已暂告一段落了。接下去，要交给宋昆山、麦花香、程采薇，"史哲夫拍了拍罗汉生的肩膀，这已然回答了后者对他的猜测，"还有罗汉生。"

宋昆山把一张地图挂上墙，指着地图告诉大家去梁镇的路线。他们要先坐火车到杭州，再从杭州步行到绍兴，再坐船过江翻山越岭到梁镇。伤员们的伤情再也拖不得，队伍必须尽快出发。

程采薇给队员们分了三组，宋昆山带一组，麦花香带一组，她和罗汉生带一组。分组后，各人带自己的队员找角落开小会，大体是分发行军手册,宣读纪律,准备要携带的物品、药品,以及叮嘱保密事项等。他们小声讨论,争辩,赞成或反对。他们脸庞红润,眼睛明净,如雨后拔节的春笋,浑身散发出如子弹呼啸刺破云霄的高昂意气,连他们的头发都在如此明确地表达。

罗汉生不禁感喟,他们是同龄人,他最多也就比他们大一两岁,可自己怎么就像上海这座颓丧破败的城市里腰上挂一串叮当作响的钥匙的中老年人——这不就是自己的父亲罗得裕,或者说他将来有可能成为的人的模样?

他清晰地记得,小时候有一回曹大英回老家,罗得裕带他去几家店铺盘账。有一笔账差了两块五毛,罗得裕拨着算盘珠子拍着账簿跟伙计们脸红脖子粗地吼叫。他悄声说他的压岁钱可以帮补上,罗得裕吼着,这是补钱的事嘛,这是家业子孙后代能不能吃饭的事——他蒙了,两块五毛就能让一家店铺倒闭吗?那天他跟父亲从一家店铺到另一家店铺,罗得裕不停盘账,不停发火,从一大早到半夜三更摸黑回家,路上他还摔了跤,连哭都不敢。罗得裕死灰着脸说盘账亏了好几百块,杀千刀的,怎么就雇了这帮光吃饭不干活的家伙。罗得裕没错,他千辛万苦拼下上海的方寸江山,为的是能让子孙后代有饭吃,吃饱饭。他享受着父母拼来的一切,可他很清楚,父亲传给他的衣钵并不是他想要的。

程采薇与队员们开好会,跟罗汉生说他俩带一组,要他跟大家讲讲注意事项。

罗汉生边思考边说:"大家应该有过很多出行经验,或者一次游学,或者一次旅行。不过你们可能很少有逃难的经历吧。"

许小慧兴奋期待地看他,准备听一个有趣的故事。

"一九三七年八月二十八日,我和母亲提着大包小包到南站,回老家,很幸运挤上最后一趟开往杭州方向的火车。火车开出十几分钟,南站就被日军轰炸机炸了。当时有一千八百多人在候车,当场炸死两百五十多人。如果迟一步,炸死的两百五十多人里就有我和母亲,"罗汉生尽量让自己平和叙述,"这也是我后来加入锄奸队的原因。"

"那是一趟什么样的火车,脏乱、发臭、饥饿、血腥、伤残、哭泣、号叫。我们的包里有吃的,可根本不敢拿出来,因为一点点食物就会被一抢而空,我母亲让我忍着,说只有忍耐到头才有活路。我饿得直啃袖子,渴得嘴唇出血,可为了能活着到老家,就只能苦苦忍耐着。"

大家陆续围过来听,史哲夫、宋昆山他们也听着。程采薇第一次听说这些,这个以往她视之为公子哥儿的罗汉生让她颇感意外,原来他并不是她以为的那种人。

"我以为够倒霉了,没想到倒霉的事还在后头,后来整条铁路瘫痪了,一群拆白党冲上来,把我们的行李掳掠一空,还杀死了几个乘客。我们踩着他们的血被赶下火车。那时大雨倾盆,道路泥泞,前不着村,后不着店,我又冷又湿又饿,哭起来,母亲给我一巴掌,说还没死哭什么。我们在地里挖了几个小番薯,填了肚子继续上路……"

大家用惊奇的目光打量这个刚加入他们队伍的人,此人身上糅合了太多复杂成分,圣约翰大学生、军统特工、逃难者、四明游击纵队新成员……他经历的,是他们听闻而不曾遭遇过的,他的确与他们"不一样"。

"我说这些,是为了告诉大家,一个经历过颠沛流离的人,是能够与你们一起走的。"罗汉生平静地结束话题。

史哲夫把一个纸袋交给他,拍拍他的肩,什么也没说,走出地下室。

出发日期定在明晚七时十八分,北站出发,分别是七号、九号和十一号车厢,每一组一节车厢。

他们走出小洋房。罗汉生打开纸袋,里面有一张画,画里是一簇簇开在山坡上的红色花丛,花瓣沾着露珠,生机勃勃,鲜活明媚。

"这叫映山红,又叫杜鹃花,每年春天,梁镇漫山遍野都是这种花。传说它是杜鹃鸟啼血而染成的。现在,梁镇的映山红只怕被鲜血染红了。"程采薇说。

罗汉生小心地收起。像史哲夫这样的人原本可以独善其身,可以不必站队,甚至可以过得更优渥。可他依然选择了某个方向,将自己推到决绝的境地,是什么样的信仰让他这么选择?

"你没有能力也不用为史教授担心,他能保证自己的安全,"程采薇看穿了他的想法,"希望队员们能说服父母,还有行程要准备充

分,不能带得太多也不能太少。其实这些我都不太担心,担心的还
是你。"

"你是不是多虑了?"罗汉生觉得她担心得有点好笑。

"你能说服安琳吗?"

罗汉生语塞。从他跟安琳告别,到被宋昆山"绑架",再来这里
开会,他居然一点也没想过她,更没想到明天下午他们将去法国的
约定。如果去跟安琳告别,那必定是一番费尽口舌的解释。如果不
告而别,也绝非他的作为。看来她的担心不是多余的。

他硬着头皮说不用担心。程采薇目不转睛地盯着他,不说话。
罗汉生再三强调他会解决好自己的事情。她还是盯着他,他摸摸自
己的脸。

"你以前的身份特殊,你们的人不会轻易放过你,你又落入过日
军的视线,这次出行会有风险。你得改变一下。"

"怎么改变? 我又不是孙悟空有七十二变。"

程采薇说跟她去实验室,她有办法让他改变。罗汉生问她想做
什么。

到了医学实验室,程采薇让罗汉生闭眼,和许小慧在他脸上涂
涂抹抹,拿小剪刀修眉毛,拔汗毛。罗汉生想说话,被许小慧捂住嘴
说不许开口。他只能任由她们折腾。

在昏昏欲睡时罗汉生被摇醒,他睁眼一看,吓了一跳,许小慧举
的镜子里是一个陌生老者,脸形比父亲还要苍老瘦削。他眨眼,镜

子里的人也眨眼。罗汉生说想不到她们还有这一手。

许小慧沾沾自喜:"我们学过给实验人体化妆,你是活的,皮肤有弹性,反而比较难弄。"

"要不我死一回给你们看看?"

"不要啦,你还得带我们去梁镇呢。我早就等这一天了,今天晚上我肯定睡不好,太兴奋了。"


罗汉生在回家路上走了一段遇到老蔡,他招招手,老蔡让他坐上。他有点纳闷,老蔡怎么没平时那么热情。再一想忍不住笑了。

他变声说了地址,老蔡回头看他,这地址是罗汉生家,眼前这人怎么也住那片石库门。罗汉生不动声色,老蔡不时回头偷望,神情疑虑又不敢多嘴。到家门口,罗汉生笑起来。老蔡听到熟悉的声音,骂自己猪脑子怎么就认不出罗少爷,又问他怎么变成这样。

罗汉生想到老蔡是四明县人,问他想不想回老家。

老蔡兴奋地说想啊,说完沮丧地低下头:"我来上海十多年了,当初想攒点钱回家盖瓦屋,可现在只能养家糊口,没脸回去啊。"

"我明天要去四明县,你答应我一件事,我就带你回家,帮你盖瓦屋。"

"罗少爷,你你你不是要去外国吗?"

"你帮我挑行李,我完成你的愿望,怎么样?"

"好好,可我还有老婆儿子。"老蔡惊喜得不敢相信。

"一起回去,落叶归根,迟走不如早走。"

老蔡说他马上回去收拾行李。罗汉生拿出钞票,让他买好明晚北站七时十八分的火车票,在候车室等他。老蔡扯起袖子擦泪,拉起黄包车飞跑。罗汉生听到激昂的绍兴戏飘过来。

曹大英打开院门,见到罗汉生的第一眼就是赶紧关门。罗汉生继续拍门,曹大英举着扫帚气势汹汹骂他瞎了眼。罗汉生大笑,曹大英仔细看了看,又朝他打来,这回认出了儿子,气他捉弄老娘。

罗汉生让母亲坐下来,给她点上一支烟,把一切真相说了个透,包括他前几年加入军统锄奸队,怎么一次又一次刺杀汉奸,怎么炸日军仓库,怎么躲藏在实验人体下逃生……

曹大英对儿子的行径有所风闻,但并不很清楚。除了操心他的终身大事,她都由着他。可眼下,儿子做的事越来越超出一个母亲能操心的范围了,他要去打鬼子——她一口接一口抽烟:"锄汉奸,你在暗里。打鬼子,那是在明处。我们是中国人,我们不打鬼子谁去打?可话说回来,儿子,梁镇到底不是上海的街弄,那是真刀真枪,子弹不长眼睛啊——"

"妈,爷爷的画像是怎么被劈成两半的?"

曹大英进屋拿出罗老太爷的画像,画像已糊上,但还是能看出鼻梁到额头的裂痕。母子俩静静地看着。罗汉生心里说:爷爷这仇我得替你报。

曹大英把烟吸完,捏碎烟蒂:"去,儿子,去打鬼子——"

"等等，"罗得裕走出来，对老太爷画像鞠了个躬，转身又说，"你们刚才说的我都听见了。儿子，这些年你做的事，怎么就不肯跟爹说呢？"

罗汉生哑然。从小到大他信赖母亲多于父亲，父亲整天忙于店铺，热衷盘算而疏于父子交流，胆小怕事而明哲保身——这都是他"不肯跟爹说"的理由。

"我知道，我没你母亲那样大胆泼辣，也没你那样有自己的想法。可是我知道，汉生，你应该有自己的活法。"他用目光摸着老太爷脸上那条奇怪的裂痕，"自从你爷爷的画像被劈成两半以后，我就想，这何止是劈一张画像，这是劈罗家列祖列宗的脸。如果有一天，你能把鬼子劈了，也算是给你爷爷报仇了。"

罗汉生有点难过，他忽略了父亲的感受："爸，我没想到你会支持我。"

"好哇罗得裕！我嫁给你这么多年，还是头一回看你这么硬气。当初要不是看你老实好欺，我也不会捧捧打打把自己撑得这么强。"

"这都是命吧，我没用，你太能干，就有了这个把我们的长处短处捏得正好的儿子。"

罗汉生抱住父母，三人在画像前沉默地拥抱。曹大英还是哭了。罗汉生让他们早点把店铺盘出去回老家，这样他才能在外安心。

罗得裕安慰曹大英："放心吧，儿子不会有事的，我罗得裕早年也是有名的绍兴师爷，绍兴师爷算计过的不会有错。”

一家忙着为罗汉生准备行李。家里有药铺，少不了带药品。罗汉生说吃的用的少带点没事，药品一定要带足。罗得裕还跑了几家同行药铺买来稀缺的西药。曹大英忙乎一阵子，猛想起问安琳那边怎么说。罗汉生说今天下午她就去法国，她一走他也就少了牵挂，正好。

曹大英说："等等，虽然我不是很中意安琳，可你这样跟负心汉有啥区别？本来说好跟她走，现在不说一声扔下她就跑，这算啥？做人不能这样不讲情义的。"

"我要是跟她说不去，她连跳黄浦江的心都有。以后写信跟她解释吧。"

"你不告而别，她更会跳黄浦江。儿子，做人做事要地道，去给她打电话。"

罗汉生拿起电话又放下，放下又拿起。想到安琳的依依不舍泪眼相向，想到她会在码头心急如焚望穿秋水，罗汉生无论如何也开不了口跟她说再见。他骂自己胆小。既然选择了双宿双飞，就该不计世事无问春秋。既然选择了走一条更少人走的路，就得放弃儿女情长。他又拿起电话接安公馆，漫长的等待时刻，他的心跳得像当年在电影院初见安琳时那样。他忽然想到，不管告别还是不告别，终究还是辜负了一个爱他的好姑娘，再多的语言解释，也不抵她对他的万分之一。他搁下电话，靠在椅子上长舒一口气，不觉如释重负，转瞬又心重千钧。

他回房间整理物品。过一会儿电话响了，他盯着电话机迟迟不敢接。曹大英跑来问他为什么不接，他苦笑。曹大英只好接起电话。果然是安琳，她问罗汉生准备得怎么样了，她派车子来接他去码头。曹大英说不用不用，他们会送他过去，也算是为儿子送行。安琳说谢谢伯母，他们一到法国就会报平安，她一定全心全意照顾好罗汉生。她还说了很多温柔乖巧的话。这个姑娘清楚自己并不是未来婆婆的最佳儿媳人选，于是竭尽全力示好示乖，为自己营造可期的幸福未来。

曹大英后来说要准备行李，一手放下电话另一手抹泪，说从没有撒过谎，现在老了老了反而学坏骗一个好姑娘，罪过啊，造孽啊。

时针指向下午三点的时候，天空传来汽笛冗长的声响，罗汉生想也许就是安琳坐的那班邮轮了，那么——再见了安琳，再见面或者是下一次，或者是下一辈子，忘记我，无论如何你要好好生活……

傍晚程采薇打来电话，说原定的还有五名队员的家长不同意，他们要马上去说服。罗汉生赶到程采薇说的贝勒路，面对一幢气派的西式公寓。程采薇指着其中一间说有两名队员是双胞胎，父母把她们关在家里，她们打来电话求救。

"我们的纪律是自愿参加医疗队，包括父母也要自愿，既然他们都不同意，我们非得强求吗？这样好吗？"

"没有人天生喜欢送死,更别说翻山越岭去送死,如果可以选择而问心无愧,我也想过安逸的生活。前方赴汤蹈火,后方苟且偷生,我会问心有愧。因为我是一个医生,"她望着灯光稀落的窗户,"一个中国医生。"

罗汉生问该怎么做。程采薇说双胞胎中的姐姐徐晴有个男朋友,父母挺中意这男生,他要做的是假装男朋友把姐姐约出来。罗汉生说不行,约出姐姐那妹妹怎么办。他询问许家父母的情况,说有办法了。

他们来到附近邮局。罗汉生对电话里的许父说,他是布业公所办事员小张,会所近期要举行一次募捐活动以支持抗战,募捐数额大的有机会进入董事会,所以请他和夫人马上来会所商谈。许父欣喜而疑惑地问为什么要夫人同去,罗汉生说这次希望募捐到金银细软,所以要获得内眷的支持。许父赶紧说他马上就去。罗汉生搁下电话说等他们出门就上去接人。

程采薇看他谈笑风生好像真有那么一回事,问怎么这么有把握。罗汉生说许父做布料生意且做得风生水起,那必定加入了布业公所。前几天恰好看到报上登了布业公所要调整董事会成员的消息,他将计就计试探一把,正好调虎离山。

两人赶到许家楼下,没多久一对中年男女从公寓里出来,招了辆黄包车匆匆离开。程采薇说这俩人正是许家父母。他们上楼敲许家门。徐晴、徐朗姐妹俩打开木门,隔着铁门说父母带走钥匙,反锁了门，还是出不来。

罗汉生让她们随便扔出一把钥匙，再加锉刀。她们拿出钥匙、锉刀递给罗汉生。罗汉生拿钥匙在锁上试了试，又拿锉刀挫挫打打。反复几次后铁门打开了。姐妹俩带上简单的行李匆匆离家。到了楼下，她们对着公寓鞠躬说爸爸妈妈对不起。罗汉生的鼻子一阵发酸，觉得自己做了一桩坏事。

他们又马不停蹄地赶到第三名队员家。她已被父母带到乡下。

第四名队员的父亲已去世，母亲重病，他们默默留了些钱就走。

第五名队员的父母说她要是去梁镇，他们就跳黄浦江。女生眼睛哭肿了，罗汉生安慰说照顾好父母也是为抗战出力。

罗汉生问程采薇她父母的想法，程采薇说他们会很快回老家。这个原本她不太看得上、不太正经、不太当回事的公子哥儿，以她想不到的机智缜密，再一次冲破了她的成见。

# 火车上

老蔡挑着两只箩筐,一家人很早赶到北站,在候车室里等了两个小时。

老蔡十二岁的儿子看别的孩子啃着糖葫芦、芝麻糖,直咽口水。老蔡妻子塞了把炒豆给儿子,转头问老蔡他说的罗少爷到底会不会来。

老蔡不高兴,他跟罗少爷交往那么多年,他为人厚道出手大方,平时坐车多给钱,过年过节给双倍,还送过金华火腿、美国罐头,这样的好人上海滩打着灯笼也找不到,怎么能这样昧着良心说话呢——说着他眼睛一亮,扔下箩筐朝前跑。

过了一会儿,老蔡拉着一个戴帽子的老人过来,兴冲冲地说来了来了。老蔡妻子一看,傻眼,这哪是罗少爷,分明是罗老爷啊。她呆呆地不敢说话。老蔡催她快谢谢大恩人,要不是罗少爷他们哪能回老家。老蔡妻子还是不作声。老蔡正要生气,罗汉生笑着指指自己的脸,老蔡醒悟过来,抓抓头发说怪不得你认不得。

罗汉生拿出奶糖给老蔡儿子,孩子惊喜地抓着糖不敢吃。罗汉生说他们要坐火车到杭州,再从杭州步行到四明县,问他妻儿是否吃得消。老蔡说都是过苦日子出身的,哪会吃不消。罗汉生给他一个点心盒要他好生保管,照顾好妻儿,到了四明县再联络。老蔡说我还得给你挑行李呢,罗汉生笑笑说不用了。

老蔡把点心盒给妻子,叮嘱了几句,又跑回来,语气坚决地说:"罗少爷,四明县是我老家,你这趟是去我老家,我无论如何要把你送到,就像以前我拉黄包车把你安全送到家那样。"

罗汉生说:"行,那就走吧。"老蔡儿子吵着要吃点心,老蔡妻子打开盒子差点叫起来,盒子里是一堆锃亮的银圆。她看着丈夫和罗少爷的背影掉泪。她挑起箩筐,在儿子耳边说了几句话,老蔡儿子剥了颗奶糖塞进嘴,乖乖地扶着箩筐跟母亲走。

罗汉生对老蔡说他也得打扮一下以免被熟人认出,给了他一顶旧铜盆帽和一条粗布围巾。老蔡戴上,罗汉生说像个生意失败的商人。老蔡嘿嘿笑。

罗汉生走向候车室,走着走着慢下来,迎面过来两张熟悉的面孔——林与明和朱砂。他一阵愤怒,他们还是不肯放过他,都追杀到火车站来了。他索性等他们过来,可这两人面无表情,径直走向

出口处,好像不认识他。罗汉生愕然。老蔡问怎么了。罗汉生反应
过来,回头看。这时林与明和朱砂也觉察不对劲,朝他所在的方向
望过来。罗汉生说快把我挡住,老蔡机灵地站在他身后。两人一前
一后朝检票口快步走去。

林与明和朱砂果然发现刚才擦肩而过的老者的异样,返身回候
车室,挤向检票口。检票员不紧不慢地检票,说急啥都赶着投胎啊。
林与明看到了酷似罗汉生的一个背影,尽管化妆能改变人的面孔,
可身影和走路姿态是很难改的。

这时一根扁担横扫过来,重重打在林与明的脑袋上,痛得他眼
冒金星。他捂住头喊是谁,一个戴铜盆帽、围围巾的挑夫挑着行李
说对不起,笨手笨脚转过身,扁担从另一边横扫过来,又一次打在他
脑袋上。林与明的脑袋嗡嗡作响,身体摇摇晃晃倒下去,朱砂冲上
前扶住。老蔡喊让一让挑着担挤进检票口。两人再朝拥挤的人群
看去,哪里还有那个疑似罗汉生的背影。

林与明气急败坏地说那挑夫跟罗汉生准是一伙的,朱砂说放他
一马吧,他没有功劳也有苦劳。林与明无可奈何,恨恨地盯着熙熙
攘攘的人群,让朱砂以后当心点,别做陈马修也别做罗汉生,这两种
人都是他讨厌的。朱砂望着人群心里说,生哥如果真是你,一路保
重。再见面时,但愿我们还是兄弟,但愿——

罗汉生上了火车,老蔡挑着他的两个大袋子跟在后面。进车厢
后罗汉生找到座位坐下,老蔡牢牢护住大袋子坐在两节车厢中间。

罗汉生观察四周,发现几名队员散坐着,双胞胎姐妹打扮成乡下姑娘的模样,对视一眼算是打过招呼。程采薇坐在他后面的座位上,不动声色,眼神冷峻。

"为什么带了一个外人?"她发现刚上车时罗汉生与老蔡在说话。

"我雇的挑夫。"

"行动还没开始,你就第一个违反纪律。罗汉生,你太不成熟了。"

"我出钱,他出力,我多年的熟人,你讲点道理好不好?"罗汉生有点反感。

"我再说一遍,这不是道理,这是纪律。"

"随你怎么说。你要看不上眼,大可把我踢出局。"罗汉生靠着座位懒洋洋的,让自己坐得舒坦些。

程采薇恼火,这个罗汉生真是狗改不了吃屎,刚看着顺眼点,一转脸又是这臭德行。吃香喝辣过惯了好日子的公子哥儿,目中无人,真以为自己天下第一,这回去山沟沟非得让他多吃点苦受点罪不可。这一想她的气顺了点,也不理他了。

火车启动,发出老牛拉破车般呼哧呼哧的沉重喘息。声音嘈杂,空气混浊,罗汉生旁边都是陌生人:面容愁苦的中年男,拖儿带女的妇人,哭啼吵闹的小孩,咳嗽不断的老人。这样的环境对一支特殊队伍反而有利。他朝对面的队员们看,他们与周围人等并无二致,他放宽心,拉低帽檐,合上眼。

在火车老迈而不失稳重的行驶中,他警觉地假寐,不时启开眼缝留意四周。

火车开了二十来分钟,有人在他面前停下。他看那人的脚,高跟鞋,黑裙,一个红色行李箱放在脚边。想必是其他车厢经过的女乘客,他没理睬。那人还是站着不动,好像被人施了定身法。他抬了抬帽檐往上看。

安琳眼中汪着一眶泪。罗汉生摸了摸脸,惊诧她怎么能一眼认出化过妆的自己,再一惊,她怎么也上火车了,她竟然不去法国而追来了。

他一言不发朝车厢连接处走,安琳跟上。他们走到老蔡那边,老蔡傻呆呆看看他们,朝旁边挤了挤,给他们让出一角位置。罗汉生一手撑着车厢壁挡住她,以防她失态被人看到。安琳呜咽。他小声问她怎么找到这儿的。

其实从提出去法国那时起,安琳始终忐忑不安,可仍然抱着侥幸说服自己相信。她在码头等着,一直到汽笛响起,也没能等到他的到来。她不顾父亲的催促怒吼,提着行李从船上跑下,赶到他家。她的眼泪和悲伤打动了曹大英,曹大英告诉她他的去向,也透露了他改变的模样。她直奔火车站,花大价钱从别人手上买到车票,一节车厢一节车厢地找,终于找到他。

"就算你面目全非,我也能找到你。你去天涯海角,我也要去。"

罗汉生的内心翻江倒海,一把将她抱住,以示歉疚安慰。

"对了,我在车上碰到我同学,我们跟你去梁镇吧。"安琳朝旁边招手。

一个身穿藏蓝色布裙的女生一直站在旁边,扶着行李箱,饶有兴趣地看他们。罗汉生有点尴尬,觉得被人看了一场好戏。

女生过来,落落大方地对他笑笑:"我叫李静姝,安琳的高中同学。我本来要去苏州旅行写生,可上错了车。很高兴能跟你们同一趟车。"

她向他伸出手。罗汉生犹豫地伸手,伸到一半僵住了。

程采薇从旁边走过,凛冽犀利的眼神扫了他一眼,快步走开。这次不用她开口,他也自知安琳和这个李静姝的突兀出现,给队伍带来了多大的麻烦。

李静姝对罗汉生的犹豫似乎不介意,笑了笑转过身。

安琳既然来了他又怎能弃她于不顾,他需要一个她留下的充足理由。安琳说她在法国接受过战地救护训练。罗汉生说太好了。他指了指李静姝小声说她不能一起去。安琳说李静姝是孤女,读过南京医学院,后来对美术更有兴趣,就转读艺术学校,平时旅行写生,靠给人画像谋生。罗汉生暗自庆幸,看来她们不但不是麻烦,说不定还会有大用呢。他让她们等一等。

程采薇听完罗汉生的讲述说:"安琳暂且不提,那半路冒出来的李静姝是怎么回事?你想想,兵荒马乱的年代,一个年轻姑娘独自外出写生，这么巧半路遇到同学，称坐错了车，然后要跟同学去一个人生地不熟的地方，你觉得可信吗？"

罗汉生想她的疑虑不是没有道理。不过就算如此，也无非是这个姑娘行事草率而已，一个山沟沟还能让人有什么目的呢？最多也就是如她说的旅行写生。这个程采薇一惊一乍搞得草木皆兵风声鹤唳。

"之前我看到新闻，张大千先生带了一批画家去莫高窟临摹壁画，照你这么说，全民抗战他们却游山玩水，兵荒马乱的年代就不能搞艺术了？艺术家就没饭吃了？不要把什么事都往坏处想。"他急中生智想到这个理由。

程采薇瞪他，找不出反驳的说法。

"安琳接受过战地救护训练，李静姝读过医学院，正是我们需要的人手，当初队员们不也是这样四处招来的吗？你是不是过于敏感了？"

程采薇穿过车厢去找宋昆山和麦花香。

李静姝跟安琳回忆在中西女中读书的愉快往事，包括有多少男生暗恋、明恋着她们，发出了纯真笑声。安琳问她为什么读了一年医学院后改读艺术学校了。李静姝说其实她从小就喜欢画画，只有面对山水自然时她才会忘记自己是孤女的身世。安琳就不再追问，说以后她们在一起就不会孤独了，并且还会有很多同龄的朋友。李静姝满怀期待地点点头。

　　程采薇找宋昆山、麦花香商议,他们认为安琳追随罗汉生情出于衷,这个李静姝就算动机不纯,最多也就是想找个赖以栖身之地。说实话,很多人当时也只是为了一口吃的走上革命道路。麦花香说小时候家里穷,父母要把她卖掉,她逃到上海,找了家汤圆店做帮工,就因为汤圆店有吃的,她才在上海落了脚。宋昆山说当初自己听说北方一天能吃三顿结实的大米饭而扒错了火车,人心一样的。再说李静姝读过医学院,正是求之不得,一定要把她留下。程采薇想了想觉得他们说得没错,回车厢告诉罗汉生她们可以同去梁镇。

　　李静姝向程采薇深深鞠了一躬,这个幅度很大的鞠躬让程采薇愣住。李静姝解释,她读艺术学校时有个日本老师,受他影响深,所以有这个习惯。以后她一定会控制好,以免让人不愉快。罗汉生也跟着说,圣约翰也有很多日本老师,他们跟侵略者不一样。

　　程采薇跟她们交流医学问题,安琳比较生疏,李静姝思路清晰,还提供了几个很好的救护方法。程采薇又询问了一些她自己了解的南京医学院的情况,李静姝对答如流。几番对话下来,程采薇也自觉多虑了。她要罗汉生照顾好她们,抵达杭州后,还有更漫长艰苦的路途等着她们。

　　安琳感激:"采薇,谢谢你能让我和汉生在一起,我不会给汉生丢脸,也不会让你失望。"她亲昵地挽住罗汉生的胳膊。

　　程采薇看看她,再看看有点尴尬的罗汉生,莞尔一笑,回自己的座位。

火车抵达杭州城站,外面下着细密的冷雨。去年四五月间的宁绍战役,城站站台在日军的轰炸下尽毁,现在只有个简陋的廊棚供旅客遮风挡雨。棚顶发出啸叫,甚是凄冷。这让大家之前对未知路途产生的那么一点憧憬和幻想,瞬间跌落至泥泞地面。

罗汉生用雨水洗过脸,恢复了本来面目。李静姝扶一位老人下火车。罗汉生颇生好感,程采薇也看到这一幕。

队员们从各自车厢出来,通过一道道严密岗哨,陆续来到事先约定的火车站外的小树林集结。程采薇清点人数,发现少了许小慧和王映霞。罗汉生打着手电正要去找,两人匆匆过来。他责问她们干什么去了,两人支吾不肯说。他一边正色说她们不遵守纪律随意行动,一边看程采薇,表示自己这个领队也算称职。许小慧委屈地说:"我们解小便不行吗?"大家笑起来,罗汉生赶紧闭嘴。

宋昆山说队伍白天休息,夜间行路,携带的食物统一分配,不能有人吃干的,有人喝稀的。吃过后稍事休息就要出发。从这里到梁镇,起码三个日夜,包括陆路、水路和山路。队员们拿出各自带的食物交给老蔡和麦花香保管。罗汉生让老蔡拿出母亲做的烤鸭烧鸡,请大家先吃一顿好的。大家闷声大吃。

宋昆山三口两口吃下鸡腿,抹抹嘴:"今天大家吃顿好的,接下来我们就要像当年红军长征一样,虽然不至于爬雪山过草地啃树皮,但也得有这样的精神毅力。我们去梁镇,要做好吃苦耐劳还有牺牲的准备。大家怕不怕?"没等大家回应他又说:"我知道你们都好样的,不会怕。还有,我们有两名新队员加入,请她们介绍自己。"他看看李静姝,觉得很顺眼。

安琳害羞,罗汉生就替她介绍。他没有说他们的关系,可安琳看他的眼神以及他的情不自禁,还是让大家看出了他们之间的不一般。李静姝说她与安琳是同学,坐错车而与他们同行,读过南京医学院,因喜欢美术后来改读艺术学校。

"大家可能会奇怪,我为什么改读不赚钱的艺术学校。这是我的梦想。就像鲁迅先生当年读医学,后来弃医从文。我是鲁迅先生的崇拜者,我想学习他救国救民需要先救思想的精神。这次机缘巧合加入你们,希望有机会为大家好好服务。"她又向大家鞠躬致意。

大家被她的诚挚打动,轻轻鼓掌。

宋昆山说李静姝讲得很好,梁镇正需要像她这样的青年,老天有眼把这样的人才送到革命队伍当中。安琳半嗔半娇对罗汉生说,他想方设法把她丢下,她千方百计追来,还带来这么好的同学,他是不是应该好好感谢她。罗汉生想了想说,听说梁镇的春天漫山遍野都是盛开的映山红,到时采一大簇送她。安琳说幸亏没去法国,跟喜欢的人一起抗战,那就是革命的罗曼蒂克。罗汉生想取笑她,又不忍打碎她的天真幻想,就轻轻笑了笑。

程采薇见宋昆山满脸欣赏地看着李静姝,罗汉生和安琳喁喁私语,不免觉得自己的疑虑担忧有点以小人之心度君子之腹。她跟自己说别再胡乱猜疑了。

# 土匪黄老虎

队伍在雨雾交织的夜色中悄然开拔,他们披着雨衣打着伞,看上去就是一帮去乡下避难的城里人。

宋昆山小组在前,麦花香小组居中,罗汉生和程采薇的小组压阵。三组相隔两百米左右距离,大家零零散散顾自赶路,这样既能互援照应,又能分散目标。

老蔡挑罗汉生的行李,还想替其他人再分担些,大家很识相,不肯让他挑。老蔡嘀咕这些姑娘细皮嫩肉的,那么远的路咋走啊。

之前火车上大家分开坐,罗汉生没细看,这回把她们的名字和模样记牢后,他吃惊地发现,许小慧和王映霞穿着高跟鞋,走路一歪一扭,好像她们不是去行军参战而是去参加一场舞会。再看安琳穿的也是高跟鞋。她两脚往后退缩,似乎这样能把鞋子遮掩起来。李静姝递来一双厚实的布鞋,说她常出门备有鞋子。安琳赶紧换上说太合适了。

罗汉生陡然觉得,此后安琳的每一个行动、每一句话,对的或错的,都与他有关。而她兴致勃勃的样子,似乎认为这真是一场革命的罗曼蒂克而不是残酷的战争,到了梁镇一定要跟她细细说一说。

一检查,队伍里有七个人穿高跟鞋。带布鞋的都换上,没带的只能走到底。许小慧说她习惯了没关系,王映霞说除了高跟鞋她穿不惯别的。

队伍在湿冷的雨中前行,不时有人摔倒,就近的同伴将人拉起继续赶路。安琳保持高昂的意气紧跟着罗汉生。罗汉生说两人要保持距离以免引人注目。她答应,没过一会儿又紧紧跟上,怕被丢下。老蔡见安琳湿淋淋的模样于心不忍,身为黄包车夫最无法忍受有人赶路。他问罗汉生附近能不能找到一辆手推车,他拉安琳小姐坐车。罗汉生说他现在是挑夫而不是黄包车夫,管好肩上的担子就好了。安琳理直气壮地说她准能跟大家一起走到梁镇,要老蔡别担心。

程采薇走在队伍的最后面,不时清点人数,唯恐落下一个。跟她保持相当距离的是李静姝,默不作声地赶路,看上去像走惯了长路。也是,一个习惯于旅行写生的画家,要比一般人更吃得了苦。

他们走出市区公路,走上乡间小路,绕过田间土路,在惊惧的狗叫声中经过一个个荒无人烟或灯火零星的村庄,像落在地上的星光影子,移过一个个地方。

天空出现微弱的白光时,雨也停止了。宋昆山那边传来话,说准备找地方休息。罗汉生的心一宽,回头见安琳眼泪汪汪抽着鼻子,问她怎么了。她小声地说脚疼。他说马上要休息了再忍耐一会儿。安琳说什么时候才到啊,罗汉生想:这连十分之一的路程都不到就受不了,接下去可怎么办?

他们进入一个只有十来间屋子的小村落,敲了几户没人开门,后来敲开一家,一个老人开门就喊老虎你回来了,抱住前头的宋昆山呜呜哭。宋昆山不敢动,等了一会儿挪开身子问老婆婆:"我们在你家休息一下可好?"

老人擦了擦浑浊的眼睛,仔细看他:"你不是老虎,为啥骗我?你是骗子。"

"老婆婆,我是老虎的朋友,我们能不能在你家休息?"

老人觑了一会儿,开门让他们进来。她一个个数人,一二六,三七八,乱数一通,唠叨着回来了回来了,总算回来了。屋子简陋破败,只有她一个人。宋昆山说太好了,少了很多麻烦。罗汉生颇为不忍,他们这么多人哄一个孤苦无依的老人,不是骗子是什么。程采薇拿出钱给老人,说要在她这里睡觉。老人关上房门藏好钱,捧出一条被子说你们睡吧。

这么多人只能席地而睡。宋昆山从柴房抱出一捆捆稻草铺在地上,大家拿出随带的棉被盖上。宋昆山说接下去要是连房子也找不着只能睡露天，前线睡的是尸横遍野的战场，他们能睡在这里已是很幸运了。

宋昆山刚躺下，老人过来冲他说："老虎，你走了这么长辰光才回来，娘记得你啊，你不记得娘。"

他只好起身扶老人去一边。一问一答才弄懂，老人的儿子老虎多年前抗拒交粮被官府抓了，出来后索性干起土匪营生，隔个把月给娘送吃的用的。这回大半年没见了，只怕要么又被抓了，要么死于非命。宋昆山见老人忽而清醒忽而糊涂，既不敢不信，也不敢全信，回身见罗汉生也过来，便让他也问问。

罗汉生认真地说："老婆婆，你有什么话要带给老虎，我们会捎口信，让他早点回家。"

宋昆山觉得他很天真，良民成土匪已是惨事，土匪再变回良民简直就是跟老虎商量剥它的皮。再说让老人凭空多一个不可能等到的盼头，何其残忍。这上海小开真是不知天高地厚。

老人说让老虎早点回黄家坡，娘的膝盖骨天天发痛，再不回来就等不着了。罗汉生说记住了。他喊老蔡掏出一只烧鸡，老蔡急了说你娘熬了一夜做的。罗汉生说少废话。老人掰了一只鸡腿啃着，脸上浮起皱巴巴的笑。

程采薇没睡，他们商议留一个人守着，不能全部松懈。她巡视地上躺着的队员，目光落在李静姝身上。她躺在角落里，跟其他人保持距离。看样子她睡着了，很适应这种随时席地而睡的生活。这是一个旅行画家的习性吧。她斯文沉静,说话有分寸,身上罩着一层模糊的神秘——程采薇捋了下头发,想把这种有点质疑的复杂情绪捋掉。梁镇的战士们在流血,这时候最缺的就是后方医疗救援,她不能因某种不确切的感觉,而对一个半途加入队伍的同行者有偏见。

经过白天的休整,夜色又一次降临时他们再次开拔。他们把屋子打扫干净,麦花香还替老人洗了衣服被褥。出发前老人拉着宋昆山不肯放,喊老虎老虎你咋又要走了。不知为什么她总把他认作儿子。宋昆山掏出一包在上海买的舍不得吃的饼干给老人,说出门转转就回来,并叮嘱不要把有人来过的事告诉别人,要是说了他再也不回家了。

老人点头说不说不说,打死也不说。她靠在门框边看他们消失在夜幕中。宋昆山回头看去,老人瘦弱得像一根芦苇,随时会被风吹倒在地。

队伍出村没多久,大家听到吱嘎吱嘎的声响,老蔡拉着一辆手推车,上面装着行李,安琳也坐在车上。罗汉生问手推车哪来的,老蔡只好说他睡在老人家柴房,发现了这辆搁置的手推车,就跟老人出钱买了,想着路上能拉安琳小姐也能装行李,再说以后也能用上。

"大家把行李放到车上,拉人就不必了。"罗汉生说。

安琳只好下车,羞愧不语。罗汉生说走吧,累了我背你。

宋昆山从旁边走过,不以为然哼了声。罗汉生笑起来,随口说老人一直把他认作儿子，那么他肯定很像土匪了。

宋昆山停下脚步："要是别人说这句话，我准把他揍个半死。"

"那么你准备把我揍个半活吗？"

"没错。"话音一落，宋昆山就捋起袖子。

老蔡早看出他们之间的不对劲，一个箭步上前，抽出扁担挡在罗汉生面前："谁敢动罗少爷一根头发，先问问我老蔡答不答应。"

宋昆山的拳头离老蔡的面孔只有寸把，停下。老蔡横眉竖目，罗汉生一动不动，安琳惊慌地拉着罗汉生往后躲。

"都这个时候了还少爷少爷。我们这里没有资产阶级少爷小姐，就算是皇亲国戚，加入队伍，都是一律平等的革命战士。"宋昆山说。

"不就跟你开个玩笑，活跃气氛，你就这么玩不起吗？你是不是以为只有你在革命，别人都在请客吃饭？"

"不错不错，还听得懂毛主席的话。那么你记住了，我们不是土匪，不是强盗，永远是抗日的革命战士。"

程采薇拉开他们："吃饱睡足让你们吵架的是不是？逗口舌之快显得你们很英雄是不是？有本事多打几个鬼子，要不然都是废话。"她一指罗汉生："你胡说八道，向宋昆山道歉。"说完转身向队伍挥手："大家趁天黑多赶路。"便大步朝前不再理睬他们。

安琳代罗汉生向宋昆山道歉说以后不乱开玩笑了。宋昆山哼了声，追上队伍。

走了四五里路，眼前出现一座险峭的山岭。宋昆山说这一带叫铜钱岭，翻山岭能缩短一个小时，就是山路加夜路很难走。他们在山脚下歇息。罗汉生走到宋昆山旁边，风轻云淡地说到了梁镇请他吃顿好的。宋昆山板着脸说不接受糖衣炮弹。

"看来这些年我请吃请喝的，都白瞎了。"罗汉生悻悻地说。

"你骂我一个我不计较，你骂的是我们的队伍，所以得请所有人，才能平息民愤。"宋昆山有恃无恐。

"你家伙这跟打家劫舍的土匪有什么区别？"

"你再说一遍试试。"

两人吹胡子瞪眼又要闹起来，程采薇说开拔了。他们带着各自的队伍往山上爬，说到了梁镇再争个长短。

山路狭窄陡峭，夜色漆黑，松涛低吼，横生的荆棘杂树拦在道上，领头的宋昆山负责开路。远处时有枪炮声响，大大小小的战事此起彼伏。他们不敢打手电，只能借着朦胧夜光摸索前行。前面走的人多了，山石不时滚落，砸到后面的人。麦花香让大家把行李顶在头上护着。老蔡的手推车在山路上很难拉，他死拉硬拽舍不得丢车，队员们在后面使劲推。

翻过一个山头后，穿高跟鞋的许小慧、王映霞和几名队员再也走不动了，坐在地上抱脚喊痛，脱下鞋一看，血泡溃了烂了，跟袜子粘在一起。

老蔡从手推车上拿出一包草鞋，说他在老人家柴房用稻草打了几双鞋,本来想带回家,现在看能不能派上用场。罗汉生说老蔡你收获不小啊。

宋昆山让她们穿草鞋,许小慧看着手里的鞋迟疑着,王映霞穿上草鞋站起,马上喊痛。粗糙的草鞋把她们溃烂的脚戳得更痛了。

"你们的肉是豆腐做的吗?动不动喊痛。"宋昆山说。

"脚都破了还让她们穿,有本事你穿高跟鞋试试。"罗汉生说。

"这样吧,老蔡的手推车现在拉人了,脚痛的坐车。"程采薇说。

"车上的行李交给我们。大家坚持到底,胜利离我们不远了。"麦花香说。

一行人继续翻山越岭。车辘辘在山路上发出古怪的声响,像受伤的老虎发出的低哮。

翻过又一个山头后,他们来到一处平缓山谷。宋昆山发现前方有一点火光。没等他看清是村庄的烟火还是路人的火把,四周多了一圈火光,他们被团团围住。围住他们的是一帮脸上蒙黑布的人,二十来个,人数跟他们相当,一半人举着明晃晃的大刀,一半人举着火把。

"放下行李,饶你们一命。"其中一个粗声粗气地说。

宋昆山之前往返过铜钱岭,没听说有强盗土匪出没,这回真是遭殃了。这帮穷凶极恶之徒说得出干得出,可行李是大家的全部身家,尤其是好不容易才备齐的药品和医用器械,要是落到这帮土匪手上,那可就白白糟践了。

罗汉生走到宋昆山旁边，老蔡提着扁担跟上，整支队伍只有他们三个男的。

女生们与山坡上的树叶一起发抖。程采薇、麦花香和胆子大一点的唐可心、楚琼华挡在面前，低声安慰大家别怕，尽管她们的心也在发抖。

宋昆山和罗汉生对视了一眼，这两个动辄针尖对麦芒的人，用眼神交换了彼此才懂的言语：见机行事。

"各位英雄好汉，我们一大家子逃难，本来就够惨了。请各位高抬贵手，行个方便吧。"宋昆山抱拳行礼。

"各位大哥，但凡有活路，相信你们也不会落草为寇，是这个世道把好人逼上梁山。我们还有点吃的，给你们留一些行不行？"罗汉生说。

那个粗嗓门抖了抖大刀："打发叫花子啊，看不起我铜钱岭金刀帮？要不试试我刀快还是你脑袋快？"

另一个瘦小个笑道："漂亮姑娘一大堆，今天真是天助我金刀帮。兄弟们，上！一人一个带上山当压寨夫人。"

土匪们老鹰抓小鸡般扑将过来。女生们四下逃散，三个男的护住这个，护不住那个，赤手空拳难以抵挡他们的大刀。几个土匪抢过行李，装上手推车就跑。安琳冲过来要救罗汉生，被程采薇拉住。

罗汉生挨了一顿拳打脚踢，抽出一把手枪，朝天开了枪。枪声震慑住众人。罗汉生顺势揪过瘦小个土匪，胳膊勒住他脖子，吼道谁敢动一动。土匪们惊住。老蔡一扁担将一个土匪抽得口吐鲜血。

"鬼子都打到家门口了,你们还当山大王,要不要脸你们。"宋昆山骂。

"鬼子强占我们的国土,烧杀我们的人民。你们跟鬼子有什么区别?"罗汉生的枪口对准拉着手推车往山上跑的土匪,"回来,我数一二三。一,二——"

"山上的,给我死回来。"粗嗓门吼道。

土匪们掉头回来。罗汉生枪下的瘦小个哆嗦着喊老虎哥我尿急。粗嗓门朝他踢来,骂声没用的东西。罗汉生和宋昆山对了一眼。

"你是老虎?黄家坡人吗?"罗汉生说。

老虎警觉地退后,举大刀:"咋的?你官府的吗?"

"我们从黄家坡过来,碰到你娘了。"宋昆山说。

"你娘说,她的膝盖骨天天发痛,你再不回去就等不着了。"罗汉生说。

老虎疑神疑鬼瞪他们。拉手推车的土匪回来,扔下车。老虎摸摸车把手再看看车轮,抬起头,脸上神情大变。老蔡说这车不是偷的抢的,是跟他娘买的,还给了他娘烧鸡饼干,还劈了柴浇了园,要不信现在回家去问问。

老虎的粗嗓门带着哭腔:"我能不记得娘吗?她膝盖骨痛了几十年,我一直记得。我去年又被官府抓了,兄弟们把我救出来。我得报答兄弟们,才带他们来这里找活路。"

"一个人再穷再苦都不是当土匪的理由。兄弟阋于墙,外御其侮,鬼子已经占领了我们的半壁江山,你们还趁火打劫,这个国家还有救吗?"罗汉生说。

程采薇她们收拾停当,朝老虎瞪了一眼,小声说这帮土匪跟日本鬼子一样坏。

老虎勃然大怒:"胡说,鬼子有我们这么坏吗?啊呸,我们有鬼子这么坏吗?啊呸,我们跟鬼子不是一路的。"

"当土匪终究不是长久之计。早点下山去看你娘,她天天靠着门框等你回家,把每个人当成儿子。"罗汉生说。

老虎摸着大刀死盯他们,好像要用大刀一样的眼神,把他们说的话切开来看看到底是不是真的。"行,我就当你们说的都是真话,我黄老虎也不是滥杀无辜的。"他往山上走,走了几步停下。"你们这么多人,差不多年纪,怎么看都不像一家人,这深更半夜的去哪儿?"

"至少我们不会干打家劫舍的事。"宋昆山说。

"我们做的事,就是不让老百姓因为吃不饱穿不暖而上山当土匪。"罗汉生说。

老虎想了想,摇摇头,往山上走。罗汉生盯着他的背影,在他即将消失时喊了声,跑上去,跟他说了些话,老虎琢磨了一下摇摇头。罗汉生走下山。宋昆山问他说了什么,罗汉生不吭声,宋昆山也没继续追问。

大家原地休息,吃干粮喝水,受伤的擦药,骂土匪。安琳问罗汉生有没有受伤,罗汉生说皮外伤不碍事。休整片刻后大家准备出发,这时山上蹿下几个黑影,又是刚才的土匪。他们送上一堆腊肉野味,说老虎哥送的当赔礼道歉,以后路过此地碰到什么难处,只管提金刀帮黄老虎的名号,说完又蹿上山。

罗汉生问宋昆山想不想知道他刚才跟老虎说了什么,宋昆山说不想知道。

"听着,省得你吃不好睡不着。我跟他说,要是不想做土匪了,也不想死在日本鬼子的枪下,就往东走,来四明县找我们。"

"送了两块腊肉,你就当人家是好人了?"宋昆山不以为然。

罗汉生对他说:"像黄老虎这种人,要么助纣为虐,要么为我所用。以后怎么样就看他的造化了。"

# 药铺杜先生

一夜跋涉，天亮时他们顶着一身湿淋淋的雾水，到了平原旷野与河网水路交错的地带。大家说路好走多了。

宋昆山说这里是萧山和绍兴的交界地，没了山川树林遮挡，一览无余，岗哨又多，鬼子和伪军的队伍时常出没，更危险，大家一定要小心。

他们挑着菜地里的田间小路走。虽然他们尽量拉开距离，装作各不相干的路人，可在静寂的清晨还是很醒目。几名早起劳作的农民盯牢他们，担心他们会拔走自己辛苦种的萝卜或番薯。这群行色匆匆的异乡客只顾埋头赶路，在他们茫然不解的目光中出现又消失。

宋昆山说要休息了，前面瓜田镇十有八九有鬼子驻军，只能趁晚上经过。

他们发现了一座废弃寺院，离镇子约莫两里地。大家进寺院，大雄宝殿蛛网盘结，四壁塑立的菩萨们缺胳膊少腿没头，几只惊惶的老鼠从破香炉里蹿出来，扬起烟灰，呛得大家直咳嗽。

宋昆山从后殿抱来一堆蒲团当棉垫子。大家就地取材，从菩萨身上拉披风，从禅房里找来席子，拼拼凑凑铺了一地，再盖上随带的棉被。

按分工，前半天由宋昆山、麦花香守着，后半天轮到程采薇和罗汉生。程采薇发现睡在旁边的是李静姝。她一向睡角落，现在空间狭小，也只能挤在一起。李静姝歉意地说可能会挤到她请原谅，程采薇说都这时候了还讲究啥。

殿堂阴暗，窗口挡着草帘子，也辨不出白天晚上，大家沉沉入睡。李静姝也发出了均匀的呼吸。程采薇隐隐觉得她过于礼貌，说话做事似乎经过仔细的衡量。这是自己缺少的。自己有时急躁了点，尤其对罗汉生似乎过于苛求，不知安琳会不会多心，不过她跟罗汉生又没什么……她的思绪有点凌乱芜杂，不知不觉便睡着了。

睡了半天醒来，程采薇让麦花香睡下，她走到殿门口守着。罗汉生也替上宋昆山，问她饿不饿他还有吃的。程采薇摇摇头，朝睡在地上的队员们扫了两圈，发现李静姝不见了。她赶紧告诉罗汉生，罗汉生带着还未完全清醒的睡意说可能去方便了吧。程采薇在寺院里找了一圈没有找到，到门口一看，发现田野边上有个人，是李静姝对着田野在画画。

李静姝听到身后的动静，指着田野村落说："这里的风景就像古诗里写的，'暖暖远人村，依依墟里烟'。"

她拿画板给她看，村舍，田野，河流，劳作的农民，一派安居乐业的田园风光。程采薇温和地说："以后不要乱跑，被鬼子发现就坏事了。"李静姝收起画板说："对不起，以后一定遵守纪律。"

老蔡在寺院的厨房里找到一口铁锅，煮了锅土豆，撒上盐，屋里香喷喷的，醒来的几个队员在吃。罗汉生说有老蔡在大家就饿不死了，老蔡嘿嘿笑。程采薇说好好吃啊，老蔡说梁镇的特产就是土豆，又香又糯，有盐烤土豆、油煎土豆、土豆炖鸡肉、土豆炒腊肉……大家来劲了，剥着土豆就着菜名画饼充饥，吃得津津有味。

突然，外面响起两声枪声，跟着是远远的呐喊声。罗汉生喊醒大家，让大家往殿后跑去。殿后坍塌的围墙通往一大片油菜地。老蔡背起铁锅拉起手推车，车上行李太重，没法拉出去。罗汉生说快跑别管了。跑了一程没动静，罗汉生说他去看看到底什么状况。老蔡紧紧跟上护着。两人摸回寺院，寺院里一如既往的寂静，再摸到方才睡觉的大殿，发现地上躺着一个人，浑身是血呻吟着。

老蔡高举扁担喝问什么人。那人举起一把盒子枪，罗汉生推开老蔡，也拔出手枪指向他。那人的手臂摇晃了一下，枪落地，抛到罗汉生脚下。罗汉生两手举枪问他到底是什么人。

那人捂着淌血的胸口，满是血痂的嘴唇哆嗦几下，声息微弱：

"鬼子,杀过来了,我们的队伍,只有我一个了……"

罗汉生扶起他,老蔡解下缠在胳膊上的毛巾堵住他胸口。那人断断续续说他叫谭木匠,瓜田镇抗日自卫队的,计划伏击驻守当地的日军步兵联队河野中队,夺取一批枪械,再投奔四明游击纵队。谁料自卫队有叛徒告密,队伍中了日军埋伏,六名队员牺牲,其余撤离,他负伤逃到这里,日军正追杀过来。他从怀里掏出一颗手榴弹给罗汉生,要他好好用在刀口上。老蔡跑到门口看,远处一队人马正朝寺院方向追来。

两人扶着谭木匠往殿后走去,谭木匠说日军有二十多人,让他们别管他快逃。宋昆山看他们扶着一个血人问怎么回事,罗汉生简单解释了一下。

罗汉生说要与日军对决,宋昆山说他们就三个男的,两支枪,一帮手无寸铁没经历过战争的女生,怎么跟二十多个日军决战。罗汉生说都追到眼鼻子底下了,逃是死不逃也是死,狭路相逢勇者胜,再说现在还多了一把盒子枪和一颗手榴弹。此时一排子弹击碎寺院的屋瓦,几乎擦着他们的头皮呼啸而过。

他们紧急商议,安琳和许小慧留在油菜地抢救谭木匠,其余人迎战。目前敌强我弱,不能与日军正面硬拼,只能智取。有利一面是敌在明处,我在暗处,再加上天色暗下来,可出其不意攻其不备。

老蔡眼睛一亮,说厨房有稻草、干柴、芦秆,用来点火最好了。当下决定把日军引进前殿和后殿之间的空地,来个关门打狗。他们把柴火堆放在空地上。老蔡拉回心爱的手推车，拿下行李，盖上柴火，头顶铁锅躲在后面，随时准备点火。

宋昆山的队伍埋伏在左殿，罗汉生和程采薇的队伍埋伏在右殿，麦花香的队伍埋伏在后殿。三支队伍轮流作战，不到万不得已不用手榴弹。宋昆山攥着谭木匠的盒子枪，罗汉生紧捂唯一的手榴弹，跟自己说好歹杀过汉奸，算是尝过了前菜，这回正面迎战看吃不吃得下这道硬菜。

约莫十分钟后，两名日军踹开虚掩的寺门，冲进前殿，发现地上一摊血，还有散乱的蒲团。他们朝泥塑菩萨扫射一气，本就残破的菩萨们纷纷跌落成泥坯。殿堂里没有任何动静。

一名日军跟门外的中队长河野汇报，说地上有血渍。日军队伍冲进来，咆哮，扫射。罗汉生等人趴在地上，等待发起最致命的袭击。日军见依然没有回击，便停止射击，排成两队，背靠背朝两侧瞄准。

长着一张瓦片脸的中队长河野一郎穿过前殿，走到前殿与后殿间的空地，这片地是斜的。他打量四周，寺院颓废，奇诡而安静。

河野从上海宪兵队调到绍兴警务队，之后又调到瓜田镇步兵联队。每当他开始一项重要行动，开头总是很顺利，结果却会因意想不到的事而功败垂成，这致使他的官职越来越小，越来越往乡下调。河野怀疑自己最后会因战绩不佳而被遣返回国，这是一个巨大的耻辱，与其很丢脸地回北海道，不如战死在中国。

这天他正因阵阵袭来的头痛而发脾气，士兵带来一个人向他汇报，说有一支十三人的抗日自卫队埋伏在他们准备去瓜田镇一个村扫荡的路上。河野立刻神清气爽，头一点也不痛了。这支由当地木匠、铁匠、泥水匠组成的自卫队，没多久就被他们打得七零八落，死的死，逃的逃。他砍杀了三名抗日分子，呼吸着浓烈的血腥味，全身的血脉无比通畅。

罗汉生盯着站在斜坡地上的这名日军，立刻记住了这张像瓦片一样的脸。他的手心一阵发痒。小时候他闲着没事，会在苏州河边捡破瓦片往河里打水漂，捡到完整的瓦片还会敲碎了再打。现在他很想一枪把这张瓦片脸打碎。

河野对这座快倒塌的寺院扫了一圈枪，四周依然没动静。他很不喜欢这座一点威严也没有的破寺院，眉头一皱命令烧了它。

士兵正准备动手，有人替他们做了。老蔡悄悄点燃手推车上的柴火，芦秆立马燃烧。老蔡低吼了声去吧，用力推出手推车。

熊熊燃烧的手推车借助斜坡，骨碌碌地滚向猝不及防的河野，顺带引燃地上的柴火，火势瞬间凶猛。河野稍稍愣了一下，逃向寺院门口。罗汉生和宋昆山左右射击，队员们用砖头石块猛砸。河野吃不准阴森森的破寺院里埋伏了多少人马，指挥日军改变队形，一支队伍四下扫射，另一支撤向门外观察情形。

双胞胎姐妹徐晴、徐朗中了枪。一个中了胸部，一个中了腹部。姐妹俩紧紧靠在一起，死咬嘴唇不吭声。程采薇和队员们扶她们往殿后油菜地撤离。

　　老蔡举起香炉大吼一声砸出去。香炉腾起陈年积灰的炉烟，迷住了日军的眼睛。罗汉生一枪击中一名捂眼的日军，血花喷溅了旁边的日军一脸。

　　火势引燃整座寺院。罗汉生他们虽占据有利地形，但毕竟势单力薄，遂往寺后撤离。日军发现夜色中的身影，再次追来。罗汉生让大家快撤，他和老蔡断后。

　　宋昆山跑进油菜地，程采薇和许小慧在哭，徐晴胸部中枪没救回来，徐朗昏迷了，暂时没有生命危险，但要转移到安全地带继续抢救，谭木匠也没救回来。这时他们发现，李静妹留在油菜地，没去寺院迎战。宋昆山问她为什么没去，李静妹低声说她想抢救伤员。宋昆山本来想批评，再一想她也没有说错。

　　程采薇抱着昏迷的徐朗满脸是泪，她说把她们两个带出来，还没到梁镇就剩下一个，太对不起她们和她们父母了。宋昆山说这笔账最后要算到鬼子头上。

　　受伤的十多个队员包扎了伤口。安琳焦虑地说罗汉生怎么还没回来。

　　这时，寺院方向传来爆炸声，火光腾空，在夜空中凝固。安琳哭着说汉生一定被炸死了，程采薇如挨了一记重重的拳头。宋昆山说快撤，安琳不肯走，程采薇说快走，就算罗汉生死了她也得活着到梁镇。李静妹和唐可心拉着她跑。

河野看到两条人影从烟火中蹿出,奔向油菜地,还发出响亮的敲打声。河野盛怒,他熟悉中国人这种原始的用敲锅向其他人通风报信的手段,这说明附近有一帮抗日分子在顽固抵抗。河野果断命令队伍朝发出声响的方向追袭。

在一片黑暗而广阔的油菜地,河野队伍追上一个黑影,另一个黑影不知什么时候消失了。士兵们朝黑影打出密集的子弹,黑影倒地。这时一颗手榴弹从背后投来,炸倒一片。河野回身时,横飞四溅的手榴弹碎片精准地飞进他的右眼。之前他逃过弹片擦过眼角一劫,这一次就不走运了。

河野捂住冒血的右眼号叫时,左眼清楚地看到倒地的黑影神奇地站了起来,后背似乎背着一口铁锅,消失在夜色中。他的号叫之响,惊得几只饥饿的田鼠惊惶奔窜。


宋昆山领着队伍来到瓜田镇城门。城门口一条护城河,日军岗哨跨河搭建,吊桥高高挂起,雪亮的探照灯旋转,照出五十米开外。他们烟熏火燎的狼狈模样,很难通过岗哨,而绕过镇子则要多走一夜路程。

宋昆山让她们埋伏在油菜地里,他趁着探照灯转向别处时,矮下身子快速奔向河岸。护城河很长,一百米开外探照灯才照不着。他回来告诉大家,队伍要走到一百米开外的河岸游过河,进入镇子。程采薇问哪些人会游泳,点了一下,会游泳的包括她和麦花香在内,只有五个人，李静姝也会。

她们跟着宋昆山，在探照灯转向别处时趁机奔向河岸。麦花香发现岸边有几块粗厚的木板，看来之前有木桥，现在断了。宋昆山想到了办法，把木板当浮船，让大家坐在上面，他和会游泳的人推着木板来回运她们过河。

回头一看李静姝站在岸上，程采薇喊她快下水，她说怕弄湿行李箱里的画。程采薇火大，旁边闪过两条人影，利索地游过来，是罗汉生和背着铁锅的老蔡。安琳悲喜交加欲扑向罗汉生，罗汉生说快走，把手上的一捆东西用力掷到岸上。

李静姝第一个坐上木板，行李箱顶在头上，程采薇推着木板，有说不出的反感，强忍住把她掀下去的念头。女生们一个接一个坐上木板，他们推着木板一趟趟来回。冬末的河水十分冰凉，水声哗哗响，他们忍着。

枪声又响起，日军追了过来。等最后一个女生上岸后，罗汉生捡起扔上岸的那捆东西，扛上肩就跑。

瓜田镇的街道空寂灰暗，死气沉沉。沿街两边有两三家店铺，透出鬼火般惨淡昏黄的光。一群人像影子一样掠过街道，浑身湿淋淋地不停发抖，有人打起喷嚏，在静夜里显得格外响。受伤的女生忍不住呻吟喊痛。高跟鞋发出脆响，她们脱下鞋，拎在手上，光着脚走，娇嫩的脚掌忍受着地面的刺痛冰凉。罗汉生往身后一看，地上有一长串湿淋淋的脚印。

有店铺启开门缝张望,发现了这一大群神出鬼没的身影,随即紧闭门窗。

不能再冒险前行了。罗汉生说必须找个地方停下,中弹的取出子弹,衣服要弄干,还有必须弄一批布鞋。宋昆山看着死寂的街道说能去哪儿呢。

罗汉生往街道两边扫了眼,朝前一指说去那儿。他走向一间挂着招幌透出微光的药铺,敲了几下门说抓药有急症请快开门,说了三遍,门开了条细缝。罗汉生用力一推,向后说快进来。

一群人拥进药铺,把开门的白须老人撞倒。随即关上门,扶起他。罗汉生说对不起借你家避一避。白须老人不说话,罗汉生把扛在肩上的家伙拿下来,大家这时才看清,扛在他肩上的是两支长枪。

"抗日的,鬼子追过来,把我们藏起来。不然吃我们的枪,或者吃鬼子的枪。"罗汉生抖了抖枪简单地说。

白须老人微微点头,一言不发向后院走。一群人跟上他。后院有间走马楼,他带他们上二楼,打开一扇狭小的只容一人进出的门。这是房间与房间之间的夹壁。他们一个接一个进去。老人锁门,下楼,仍一言不发。整个过程他既没有惊慌失措,也没有问东问西,好像是个哑巴。

他们挨个儿贴壁站着。有人说老头要是跟日本人说了怎么办,罗汉生说这么多人进了他店铺,他也脱不了干系。再则,开药铺济世救人一般不会有坏心眼。他没说出口的另一个理由是,他爹罗得裕也开药铺，对此他有天然的亲近感。

宋昆山问他和老蔡怎么过来的，两支长枪又怎么弄到手的。罗汉生说他和老蔡分头跑开，老蔡敲铁锅引日军追击，他从相反方向朝鬼子后背投出手榴弹。两人趁乱躲进油菜地。鬼子吃了两次血亏，无法摸清黑夜中到底埋伏多少人马，没有再追击。他和老蔡捡了两支长枪就赶上他们。

宋昆山说到底是暗杀出身的，罗汉生说这是夸人呢还是骂人，听着不像好话。宋昆山问大家谁还会开枪，现在多了两支长枪，兵强马壮了。程采薇说她学过，再指点一下准行。李静妹动了动嘴唇，似乎要说什么，结果还是没吭声。老蔡有点得意地说他以前用过猎枪，应该能对付。

伤员们身上的血不停渗出来。大家脱下外衣摁住她们的伤口，程采薇说再坚持一下，等日军走了做手术取子弹。

夹壁潮湿，气息阴霉，他们喘息着、煎熬着。屋顶突地落下一团黑乎乎的东西，落在一个女生脚旁，她尖叫，马上捂住嘴。老鼠在他们脚下蹿跳，一会儿爬墙一会儿落地，比他们更惊慌。麦花香说别怕别怕，要不是被困在夹壁转不了身，她准会逮住做红烧鼠肉，鼠肉又精又嫩可好吃了。宋昆山说得多放点黄酒辣椒。大家小声笑起来，不再那么惊恐。

杂乱的脚步来到他们附近，老鼠依然上蹿下跳，毛茸茸的皮毛擦着他们的腿脚，吱吱作响，他们屏声敛息大气也不敢喘。罗汉生和宋昆山举着手枪,程采薇和老蔡各举长枪,准备一旦遭遇绝境就反击。日军听到动静,拉开枪栓朝他们的方向过来。老鼠似乎为了表现存在感,从狭门缝隙中死命钻出去,蹿向日军。日军来了兴趣,嘻嘻哈哈追逐老鼠。

过了一会儿日军离开药铺。再过了一会儿夹壁门打开,老人温和地说出来吧。他们陆续走出,罗汉生心里说原来老人不是哑巴。

他们跟老人来到楼下,屋里药香满溢,两口大锅沸腾,白茫茫的雾气弥漫。老人指着一口锅里的药材问认不认得。程采薇认出草乌、川乌、生南星、蟾酥、番木鳖,这些都有麻醉止痛的作用。老人说就是麻醉止痛药,他们进来时他就发现有人受伤了。

三个伤员喝下汤药,十来分钟后昏昏欲睡,程采薇和队员们开始动手术。她们的呻吟声听起来没那么痛楚了。

罗汉生请教称呼,老人说他叫杜衡。罗汉生说杜衡是中药啊,老人问他怎么知道。罗汉生说他家也开药铺。

"杜衡有祛风散寒、活血止痛解毒的功效,用于风寒感冒、跌打损伤、腹痛胃痛——"他得意地炫耀不多的药材知识。

杜先生看他的眼神有点意外。罗汉生为刚才把他推倒且用枪威胁的行为道歉。

"我儿子也是抗日的。"杜先生淡淡地说。

"太好了,您儿子哪支队伍?"

杜先生默然很久,说:"半年前他被鬼子的炮弹炸成碎片。"

"原来,对不起——刚才鬼子没把您怎么样吧?"

"镇上就我一家药铺,我给鬼子队长看过病,我要死了,他们也没好处。"

也就是说,杜先生在忍受儿子惨死的同时,还得不露痕迹地把鬼子当正常病人一样看待。罗汉生从牙缝里挤出一句连自己也听不清的咒骂。麦花香过来,轻声跟杜先生说了几句话,杜先生沉思了一下,起身出去。

大家围着火炉烘衣服,喝水。老蔡切下从火堆里抢回来的两块腊肉,放火炉上烤。肉香四溢,大家直咽口水。老蔡切成小片分给大家,大家说到了梁镇老蔡就给大家当厨子好了,他连连点头说好。

炉子里的柴火噼啪作响。罗汉生拨弄柴火,安琳安静地坐在旁边。李静姝津津有味地吃着腊肉,宋昆山在她旁边坐下,把分给他的腊肉给她,她笑着摇头。宋昆山有点尴尬,只好自己吃。其他人挤在一起打瞌睡。空气暖融,温情脉脉,此前的血雨腥风似乎走远了。

程采薇动好手术说没问题了,路上小心看护就是。宋昆山说耽搁了半夜得赶紧上路,罗汉生认为伤员要休息一会儿,麦花香说他们轮流背伤员上路……

杜先生进来时带来一袋布鞋。大家穿上正合适。麦花香要给钱,杜先生说他们多打几个鬼子就是了。罗汉生在桌上放下两个银圆,用碗扣上。

杜先生带他们走进幽深的弄堂,有野猫从墙上跳过,凄凉地叫。他们绕来绕去,快晕头转向时来到一条长满芦苇的河边。杜先生说小河由钱塘江通浙东运河,再通曹娥江和姚江,到姚江就到四明县了。他们沿河岸走一个半小时就可以到绍兴安福镇。杜先生摸出一封信给罗汉生说到了安福镇再看,顿了顿又说多打几个鬼子吧,说完转身就走,佝偻的身影像夜雾一样消失在弄堂转角。

罗汉生摸到信封里的两枚银圆,很羞愧,心想真看错了杜先生。暗暗下决心要多打几个鬼子,好跟杜先生有个交代。

# 酒厂赵老板

进入古城绍兴安福镇之前,罗汉生把长枪藏在一条干沟渠。安福镇与安昌镇比邻,他倍感亲切,这是他老家。虽然他从小到大就回过三次老家。一次周岁时,一次十岁时,最近一次是逃难回乡。

绍兴去年就沦陷于日军手上,日军三五成群巡逻。他们混迹在人群中,保持不远不近的距离。根据安排,他们要去安福天庆客栈,这是宋昆山之前住宿过的,据说店家为人厚道。

宋昆山走了一会儿停下,说等等,罗汉生顺他示意的方向看去,那家客栈门口插着一面日本旗,跟客栈幌子一起飘动,一个穿马褂戴着瓜皮帽的胖子站在门口,对进出客栈的客人点头哈腰拱手作揖。宋昆山说这家店不能住了,罗汉生说去他安昌老家,宋昆山说不行,那得走回头路。一时无处可去,他们在路边摊坐下。为免引人注目,程采薇和麦花香她们去了另一家摊子。

两人商量了一阵,还是找不到可靠的落脚点。罗汉生记起杜先生的信,掏出一看,欣喜地说有了。杜先生信里说,他小舅子赵吉安在安福镇,有一家酒厂,到时托他找船到曹娥江。赵吉安是他儿子的舅舅兼继拜爹,儿子的事麻烦也跟赵安吉说一声,他原本不知如何提起这桩事。

宋昆山说这赵吉安不知有没有胆量接这趟差事。老蔡说当地风俗上门报红白事的,主人家都得招待一顿吃的,要不然会被左邻右舍指着脊梁骨骂。罗汉生说先安顿下来再说,再则杜先生父子忠烈,他小舅子应该也差不到哪儿去。

古镇到处有日军出没,好在长街幽弄,重院深宅,稍能遮蔽他们的身影。他们按杜先生信里的地址,穿过两条街,拐过四条弄堂,来到一座庄严的台门前。门额上刻"赵家台门"四字。宋昆山说按地址就是这里了。

罗汉生颇觉亲切,要不是这里是安福镇,他真以为就是外公家。为小心起见,他和宋昆山、老蔡先上前敲门,其余人躲在外面弄堂伺机而动。

门开了条缝,一个小伙计探出头。罗汉生说他们从瓜田镇来,受杜衡先生所托,要见赵吉安先生。小伙计结结巴巴说等等等等会儿,关紧门。

宋昆山跟罗汉生说,他们前面碰到老婆婆和她土匪儿子,再碰到杜先生,都是误撞误打,不可能老是有好运气。根据他的生活经验,好事不过三,过三就转弯,要是那赵吉安不肯帮怎么办? 要是不但不肯帮,还跟鬼子告密又怎么办? 罗汉生说难道他们手上的枪是吃素的吗?

说话间门开了半扇,一个戴瓜皮帽的胖子挺胸剔牙缝,结巴小伙计垂手跟着。宋昆山一脸吃惊。罗汉生一看,这人分明就是天庆客栈门口向路人点头哈腰的胖子。

胖子斜着眼问他们什么人什么事跟杜先生什么关系。宋昆山看他模样就不顺眼,但还得求人家,就朝罗汉生递眼色。罗汉生想的是先进去再随机应变,就拱手喊赵老板,说他们是杜先生的朋友,有要紧事,只怕隔墙有耳,容他们进门再说。

赵吉安一脸不乐意:"他能有啥要紧的,他一来信就没好事。"他朝里边走边说:"我跟你们讲,最好不要跟郎中做亲戚,看你一眼就说你有病,看你两眼就说你气血失常,多喝两口酒就说伤肝,要听他的,我开酒厂的还不倒闭了。"

看样子他对杜先生不满,这人还能托付吗? 可这一时半会儿他们这么多人能上哪儿去?

"赵老板,杜先生的儿子,也就是你的继拜儿子死了。"罗汉生开门见山。

赵吉安停下,转过胖乎乎的脸看他一会儿,再问结巴小伙计听到了什么。

"听听听听到了,杜杜杜杜少爷,死死死了。"结巴小伙计说。

赵吉安骂他胡说,罗汉生又说了一遍。

"死了？我继拜儿子死了？他才二十七岁。"赵吉安愣愣说。

"被鬼子炮弹炸死的,炸成碎片,一根完整的骨头也找不到。"罗汉生说。

赵吉安默不作声地走,走着走着绊了脚,结巴小伙计扶住他。罗汉生发现他的背一下子弯下去,跟刚才挺胸剔牙缝的神气模样判若两人。

走进客厅,赵吉安两手按着太师椅,仰脸看屋顶,张着嘴,一动不动,傻傻呆呆。罗汉生有点纳闷,这么大个人也不至于被这事吓着吧。结巴小伙计倒了杯茶说:"老老老老爷喝喝喝喝喝茶。"

赵吉安抓过茶杯重重一摔,放声大哭,猝然而怪异,罗汉生和宋昆山被吓了一跳。

"老老老老爷,不不不不不要哭——"

"啊——阿龙啊！我的外甥我的继拜儿子死了,他才二十七岁。我就一个外甥儿子啊！阿龙啊,他死得太可怜了——"赵吉安哭嚷。

在他断断续续的哭诉和小伙计结结巴巴的解释里,他们听了个大概:杜先生的妻子,赵吉安的姐姐早亡,临死前让儿子阿龙继拜了弟弟赵吉安,也就是说阿龙是杜先生和赵吉安共同的儿子。赵吉安早年丧子,对外甥兼继拜儿子自是心疼,曾打算送他出洋留学,可杜先生非但不肯,还送他去抗日打鬼子。杜先生和小舅子为这事大吵了一场，所以赵吉安对杜先生非常不满。

"我就讲不要抗什么日打什么鬼子，你看你看，现在连骨头也一根找不到。都怪你脑子不灵清的爹，我的阿龙啊——"他的哭诉变成了对杜先生的控诉。

宋昆山大怒，一拍茶几，又一个茶杯碎地。赵吉安停止哭嚎。宋昆山说抱歉不小心碰到了，心里恨不得把这个贪生怕死的死胖子暴揍一顿。

赵吉安擦眼泪鼻涕，吸着鼻子说："为啥死的是我家阿龙，中国这么多人去抗日，又不缺我阿龙一个。我赵家就一根单丁独苗，还是继拜过来的——"

罗汉生听得烦，这胖子不说人话不要紧，外面一群人要是出个岔子就糟了。不管怎么样先躲过今天再说，回头再收拾这个自私的死胖子。他走向外面。

宋昆山追上去，说进门前的预感真应验了，现在大家进来，那赵吉安要是向鬼子告密就全完了。罗汉生说他能让胖子闭嘴，还能让他请大家吃好的，再客客气气送大家上船。宋昆山说他还真长本事了。

赵吉安让结巴小伙计烧两碗年糕，说按报白事的乡间规矩让他们吃了点心再走。宋昆山想，不能跟这赵吉安说真话，也不能让他怀疑，最后还得让他弄几条船送他们上路，他罗汉生能有什么法子让这个不像好人的胖子心甘情愿做这桩刀尖舔血的事？

　　结巴小伙计端上两碗年糕汤,宋昆山索性就吃,暗想多一把力气也好。小伙计问另一位先生呢,宋昆山说在门口,结巴小伙计朝门口看了眼惊叫起来。

　　赵吉安从太师椅上起身,眼睁睁看一大群陌生人走来,多数是女的,看起来像学生,刚才那男的走在前面,他们浑身一股杀气,这股杀气在整座宅院里弥漫开来,煞是凶猛。他跌坐下来。

　　罗汉生清了清嗓子:"赵老板,我们是抗日队伍,路过宝地借住一天,到了晚上我们会坐船离开。对了,还要请你找几条船。"

　　他说得干净利落,赵吉安听得汗毛倒竖,这意味着他要接待抗日队伍,供他们吃住,还得送他们上船。这一连串事,任何一桩事被日本人晓得了,就算他脖子再粗,脑袋也会像削西瓜一样被轻易削掉。在此之前他在客栈和酒厂门口插上日本旗,才得以蝼蚁一般苟活。

　　"一个两个我还能应付,你们这么多人,我赵吉安担不起这桩杀头差事啊。我继拜儿子已没了,求你们放过我吧。"赵吉安哀恳。

　　罗汉生掏出杜先生的信,一字一句读给他听。赵吉安瘫在椅子上半死似的。

　　"我知道你不情愿,你既恨鬼子,又怕鬼子,既想杀鬼子,又不想自己动手。是的,没有人想死,包括你的阿龙也一样,他跟我们差不多年纪,他也想好好活着,天晴时吹吹风,下雨时看看书,吃点好的,穿点暖的。可是,如果每个人都不想送死,中国迟早会落在鬼子手上。赵老板,我们就是去打鬼子,替你送死,替你死去的阿龙报仇。

我们不求你帮多大忙,但至少,在我们淋雨时,借我们一片遮风挡雨的屋檐,行不行?"罗汉生语气平和,不急不缓。

赵吉安的胖脸抽搐着,还是一动不动。

"如果你不但不想帮我们,还想着跟鬼子通风报信,那么——"罗汉生晃晃手里的信。"这信可以证明,你跟我们是一伙的,你继拜儿子是打鬼子而死的,"他深叹了口气,"阿龙死不瞑目啊。"

赵吉安摇晃起身,结巴小伙计牢牢扶住他。

"带他们去酒厂,酒厂大好隐蔽,再做些吃的。客栈住了几个日本人,我当祖宗一样侍候着。你们以为我愿意吗?白吃白喝还嫌这嫌那,我恨不得在他们酒菜里下老鼠药,我恨啊。"赵吉安咬牙切齿。

"赵老板真是有心,还做好吃的。放心,我们不会白吃白喝。"罗汉生掏出五块银圆,一个个放在桌上,银圆发出脆响。

"阿龙死了,我有再多钱财还有啥用,我连养老送终的人都没有了。阿龙啊,小日本你们咋还不死啊——"赵吉安又哭嚎起来。


大家躲在光线幽暗堆满一口口酒缸酒瓮的酿酒坊里,吃了丰盛的饭菜,睡了结实的一觉。大家对酒糟鸡赞不绝口,麦花香跟结巴小伙计询问做法,准备到时候做给大家吃。

晚饭后老蔡去干沟渠取枪,他们等赵吉安找来船。他开酒厂的,自备一条船,还得再找一条。酒厂后门就有一条河,通曹娥江。

罗汉生眺望河流的另一个方向,那是安昌镇,不知外公是否安好,还能不能喝一碗最喜欢的花雕酒。还有远在上海的父母,就算关了店铺回老家,也是出了虎穴又入狼窝……他不敢再想下去。

天暗下来很久,赵吉安迟迟不来。宋昆山开始嘀咕这家伙是不是动坏心眼了,商人唯利是图,把他们这么多人交给鬼子,比他开酒厂赚得多多了。罗汉生说看赵吉安哭继拜儿子的样子不是装出来的,宋昆山说这赵吉安贼眉鼠眼眼珠滴溜溜转,说不定正撒大网准备把他们一网打尽呢。他这一说大家坐不住了。

程采薇说防人之心不可无,麦花香说再等半个小时,要是还不来大家就马上离开,有江湖的地方还怕找不到船。

在大家焦虑不安的时候,李静姝安安静静地坐在后门口,对着屋后的河道和岸上人家画画,说太有江南特色了,要不是要跟大家一起走,她真想留下来画个十天半个月。几个人赞叹她画得真好。

老蔡以拉黄包车的飞毛腿速度取好枪,沿河岸回来。对岸传来嘈杂纷乱的声音,扒开芦苇草木一看,赵吉安带一队日军正过来,点头哈腰一脸谄媚。他娘的,姓赵的果然不是个东西。他一路狂奔跑回酒厂说鬼子来了。

大家跑出酿酒坊,前院门一开,结巴小伙计慌慌张张跑进来,拎着扫帚拦住说别别别走。罗汉生揪住小伙计的衣领问他想干什么。

“东家叫大家到北厢房里躲起来,躲过这一遭,马上坐船到曹娥江。”小伙计脸色憋红,口齿伶俐起来。

大家疑惑。宋昆山说横竖是死,不如先听他们的。小伙计带他们到北厢房。这是一间阴森晦暗的屋子，一只只空酒缸倒覆在地。小伙计说快躲进酒缸里面。最后剩下的是罗汉生，小伙计扳起酒缸说快进去。罗汉生说要是骗了我们，你们会死得很难看。小伙计把脑袋摇成拨浪鼓说不不不会的。

酒缸里空气稀薄，憋闷，黑暗，外面的动静一点也听不出，就在他们快晕厥时，有人扳起酒缸，光亮和空气透进来。小伙计说没没没没没事了出来吧。罗汉生猛吸了两口气才缓过神，安琳委屈地说她快憋死了。

大家走到院子，赵吉安坐在台阶上喘粗气，一脸油汗。罗汉生问到底怎么回事。赵吉安又喘了一会儿气，说他找到船正往回走，路上碰到鬼子来酒厂，说河野队长过生日，要他送几坛好酒。他无法拒绝，只得带他们过来，进门时边骂小伙计偷懒不打扫北厢房，边使眼色。很多年前赵家少爷淹死在北厢房的酒缸里，那屋子从此就关门落锁，更不会去打扫。小伙计蒙了。好在他虽结巴却很聪明，马上懂了，就拎着扫帚跑来通知他们躲起来。

队伍在夜色中沿河岸走了一段，在一处隐秘河湾停下，两名船老大等着。罗汉生把杜先生的信给赵吉安。赵吉安抓着信说："我就说他一来信就没好事。"

船开动，罗汉生和宋昆山站在船头，看着赵吉安的身影与夜色融为一体。宋昆山说这一路也算有惊无险，我们多打几个鬼子，就是回报一路帮过我们的人了。

# 初到梁镇

两艘船由小河进入曹娥江,桨声欸乃,风声萧萧。河流离村镇陆地远,两边是田野,视野开阔,一旦有异样情况,船就隐蔽在两岸的芦苇树木丛中。两名船老大操作娴熟,后半夜船就进入了姚江。

船舱漆黑一团,随着有节奏的船身摇晃,加上一舱酒香,大家又沉沉入睡。这一次天亮后他们将继续上路。远处偶尔有枪声响起,擦亮夜空,离他们很远。船行替代了奔波,跟之前的生死颠沛相比,这是最为安逸的一段路程。

罗汉生白天睡足后晚上睡不着,索性起来走出船舱,迎风站在船头。夜色透露着黑沉而深邃的质感,星子密布,云层飘浮,好像他们的船在海上行驶。两岸黑黢黢的,树木快速后移,他的衣服、头发被风吹得猎猎作响,草木河流混杂的气味像流水一样洗过他的脸。

这个寂静时分,他觉得自己比白天还清醒。

他想起没多久前在上海狭窄局促的弄堂里闪展腾挪的岁月,恍然觉得遥远陌生,就像陈年往事。那段时光是他选择的,就像这颠沛一路也是他选择的。没有当时的那一段,也不会有今日这一段。现在他站在充满寒意的风中,清醒地发现,如果他一辈子在上海弄堂打转,很多年以后,他和他的人生也会如此狭窄局促。

船转了个弯,开到更开阔的河面,借着风势继续更快行驶。开阔的前方等待他的,有战争、血汗,有闻所未闻的艰难、从未遭遇的困顿,还有牺牲——不知为什么,他的心很热,热得发烫,渴望立刻抵达那块听说很久以至于有点传奇色彩的土地——梁镇。

程采薇从船舱里出来。两人在船头坐下,约定了似的静默,看天空的星、岸上掠过的树影,听水声、风声和遥远的枪声,领略这难得的安然。

“我到现在都不敢相信会去梁镇。”罗汉生说。

程采薇觉得奇怪,问为什么。

他仔细想了想,尽量表达出自己的想法:“以前,我并不想卷进某一种立场明确的纷争,或者说,我不想被某一种立场所裹挟。”

“国土沦陷后,没有谁能够独善其身。这不是选择,这是本能,连土匪黄老虎都不想跟日本鬼子一路,你怎么能把它看成被某一种立场所裹挟呢?”

船行驶过岸边一大片浓密的树林,黑沉沉中似乎潜伏着无以名状的险象，几只野鸭从树下面的水草丛中惊慌地游出来，朝他们相反的方向划去。

"连鸭子都知道避险，何况是人呢？我承认我自私了。我原本想过这样的生活，在大学里教书，以不卷入政治纷争为荣，战争与和平自有比我更聪明的人去解决，我无意于此，更不屑于此，"他追想原本想要的生活，"运气好的话，跟喜欢的人在一起，做学问，喝咖啡，就这样过一辈子，不是挺好的嘛。"

"那么你觉得，你的理想能在当下的中国实现吗？四万万同胞的血肉能筑成你的理想生活城堡吗？"

他缄默片刻摇摇头："世上既没有东方式的桃花源，也没有西方式的伊甸园。有的只是国破山河在。"

"你的话让我想起一个人。"

"谁？"

"史哲夫教授。他年轻时留学日本，壮心不已，发誓用医术拯救苍生，除此之外他对任何政治和战争都不感兴趣，只有医学无国界、无立场，跨越人性。直到有一天，"程采薇吸了一口寒意，继续说，"他接诊了一个在战乱中生命垂危的亲戚。当时史教授要给他用盘尼西林，他说千万不要用，省下来，留给前线抗日的战士，那样就能多打一个鬼子。"

船破开水面，哗哗响，夜鸟从水面惊飞而过。罗汉生默然。

"他用生命影响了史教授，也影响了我们。那天，是我擦去了他满身的血,我想让他走得干干净净。罗汉生,我不知道你到底是出于什么样的选择,和我们一起走上这条路,但我想告诉你,只要选择了出发,我就绝不后悔,再长的夜也要走。因为我相信,长夜将尽;我相信,长夜将明。"

河流尽头的黑暗处,有一点白光,随着行船的逼近慢慢扩散开来,是即将破晓的晨曦。罗汉生听着水拍打船底的哗哗声,顿然明白了,什么叫同舟共济,什么叫患难与共。

安琳走过来,挨着罗汉生坐下,用紧张质疑的眼神看着程采薇,不说话。

"罗汉生说,他的理想生活是跟喜欢的人在一起,做学问,喝咖啡。我呢,对咖啡过敏。你们坐一会儿吧。"程采薇笑了笑进船舱。

罗汉生说看日出吧。他们靠在一起,看云层由灰淡到亮彩、绚丽,再到璀璨,后来太阳挣脱云层束缚,跃腾升空,田野、树木、河流笼罩在金粉般的光泽里。安琳靠着他的臂弯温柔地说:"多美的日出。"

罗汉生拧开八音盒。河水浩荡,歌声悠扬:

宁有故人可以相忘,曾不中心卷藏?宁有故人可以相忘,曾不眷怀畴曩?……我尝与子荡桨横塘,清流浩浩汤汤。永朝永夕容与徜徉,怎不依依既往?愿言与子携手相将,陶陶共举壶觞。追怀往日引杯须长,重入当年好梦……

天亮时船行驶到姚江一处河湾,沿河岸再走三里,翻过一座山头就是梁镇。

船老大抱过两坛酒说这是赵老板送他们的。罗汉生谢绝,老蔡一手一个抱起酒坛子说:"赵老板出手阔绰一定会发财的,谢谢了。"

他们稍稍休整就出发,中午时分抵达梁镇境内。这支经过漫长跋涉的队伍,还要继续向四明游击纵队的驻地横水村行进。

翻过一条山岭,宋昆山指着前方说快到了。罗汉生深吸空气,闻到了清甜花香。他嗅着花香看到山崖边盛开着一大簇绚丽的花。宋昆山说这就是映山红,梁镇的春天漫山遍野都是,来,一人一枝。罗汉生一手抓住松树,俯身摘崖壁上的映山红,透过茂密的花丛隙间望下去,目光凝住。

花丛掩映的山崖下的松树林里,许多人影晃动。他喊来宋昆山。两人趴在地上,身子探出山崖,拨开花丛看,是一支日军小分队,他们或坐或躺,有的擦枪,有的假寐。宋昆山朝横水村方向看去,村里一片静寂,站岗的战士没发现敌情。刚才他们上来时显然与日军隔岭而过,幸亏没大动静,要是毫无防备之下被扫到,那真是出师未捷身先死。日军是什么时候盘踞在这里的? 是无意闯入,还是一支先遣队伍,又或是来扫荡的? 大家惊出了一身冷汗。

宋昆山骂:"我们路远迢迢跑来,还没开始抗日,要是刚到家门口就死在你们手上,也太丢脸了,不把你们收拾一顿,我宋昆山以后还怎么抗日?"

他们商议后,程采薇带队员们先去横水村报信,三个男的留下监视日军动向,一旦发现有变马上予以还击。安琳哭哭啼啼地说千万要小心啊。

罗汉生把长枪给老蔡,指点了一下,他说懂了。宋昆山埋伏在花丛后,脸上露出微笑。罗汉生问他为什么笑。

宋昆山瞄准日军,扣上扳机,悄声说:"我这次去上海办事耽搁太久,准会挨刘队长骂。我得准备一份厚礼孝敬他老人家,说不定会表扬我呢。"

罗汉生说别轻易开枪,他们就三个,鬼子有十几个,还不确定有没有更多人马,到时不但打草惊蛇还会被蛇咬一口。宋昆山说到了梁镇地头就得听他的。

两人争着,宋昆山的手一紧,子弹射向山崖下的日军。日军快速拉开阵势,朝他们连连开枪。崖壁的映山红纷纷折断飘落。罗汉生一手拉宋昆山,一手拉老蔡,就地滚到崖壁后,两人开枪还击。老蔡蒙了,怎么也拉不开枪栓。

日军追击上来。宋昆山的子弹打光了,罗汉生一枪击中冲在最前头的鬼子,喊快跑。三人跑向横水村,喊鬼子来了。前面有一处山崖,三人正进退两难,看到一支队伍从村里冲出来。宋昆山说我们的人来了。

此时他们处在日军与游击队两支队伍的中间,日军离他们更近,子弹从他们头顶的树梢中嗖嗖飞过。宋昆山说从山路跑下去有可能被鬼子追上,从崖上跳下去则还可以躲一下。罗汉生发现山崖下是一片不知深浅的黑幽幽的溪潭,他稍稍犹豫了一下喊快跳,就毫不犹豫纵身跳下去。

他重重落下,水花四溅,整个人像大石头直沉潭底,眼前白花花,咕嘟咕嘟直喝水。他想:完了,刚到就淹死了,真的死得太丢脸了。宋昆山和老蔡也跟着跳下。罗汉生的身子一稳,老蔡拉住了他,他站起身,潭水刚到腰部。宋昆山的脑袋撞上潭边一块大石头,昏了过去。两人拖起宋昆山,靠在潭边的山崖脚下。

山崖上响起激烈的枪战,碎石泥屑下雨似的落下来。老蔡羞愧地说他很久没打猎手生了。罗汉生说现在担心的是老宋有没有事。宋昆山满头是血,紧闭双目不醒。约莫一个小时后枪声渐止。老蔡爬出去朝上面挥手喊我们在这里。宋昆山微微睁开眼,小声问是不是打败鬼子了,罗汉生说看样子是的。宋昆山说,完了,准要挨刘队长骂了,头一歪又昏过去。

"宋昆山你是不是装死?这就是你送给你们队长的厚礼吗?喂,你醒醒,快醒醒——"

脑袋缠着绷带的宋昆山迷迷糊糊醒来,耳朵里灌满了喊他醒来的声音。一睁眼,跳进他眼眶的是一张长络腮胡子的脸,吓得他一闭眼又睡过去。

"宋昆山,别给我装睡,医生查过了,你只是外伤,脑袋没撞坏。

他娘的,你闯大祸了知道不?还不睁眼?我拿筷子把你眼皮撑开。"络腮胡子吼道。

"行行,我起来我起来。"宋昆山勉勉强强从床上撑起。罗汉生和络腮胡子扶起他。他垂头小声说:"刘队长,我错了。"

"谁让你擅自行动的?谁让你跟鬼子单打独斗的?"

"我们有三个人,不是单打独斗——"

"你们三根烧火棍能跟鬼子的先遣队比?让你去上海接医疗救援队,你倒好,才到家门口就差点让队伍死光光。我们这支救援队比金子还宝贵知道不?要是哪个有点闪失,你这条小命赔得起吗?"刘队长指着宋昆山的脑袋吼叫。

宋昆山捂着脑袋躲闪,嘀咕:别碰头,疼。

罗汉生憋着笑劝:"刘队长,老宋是鲁莽了点,可他出发点也是好的,他说——"宋昆山朝他眨眼示意别说,罗汉生装没看见,"这回去上海耽搁太久,怕你批评,所以想送一份厚礼给你。"

刘队长重重捶了一下床板。窗口的麦花香端着碗,对罗汉生示意她能不能进来,罗汉生摇摇手让她等会儿。

宋昆山小声说:"这一仗怎么样?鬼子消灭了吗?我们有没有人受伤?"

刘队长没好气:"打死三个鬼子,其余的逃了。我们伤了六个,医疗队在救了。"他转向罗汉生:"不过这次要表扬小罗,消灭了一个鬼子,枪法很准。还上缴了路上弄到的两支长枪,雪中送炭啊。很好，这才是一份像样的厚礼。"

"他可是我从整个大上海千方百计、千挑万选弄来的，当初还不肯跟我走，我嘴巴磨尖跟他讲革命道理，我说你迟早有一天会跟我走，这不，给我们带来了一名神枪手——"宋昆山趁机自我表扬。

"是的，经过宋昆山同志苦口婆心、语重心长地给我讲革命道理，动之以情晓之以理，我才答应他。这份礼就算再厚，宋昆山同志也有八九成功劳。刘队长，看在他千辛万苦把我们从上海带到梁镇的分上，你就原谅他这一次吧。"

刘队长看看这个，看看那个："行了，你们难兄难弟就一唱一和吧。看在你受伤的分上，今天就不跟你计较了。我还要去开会讨论安排救援队分组的事，还有罗汉生安排到哪里合适。"

罗汉生回答他随时服从安排，刘队长满意地点点头走出去。

麦花香端碗进来，说刚炖的蘑菇腊肉汤，让他补补伤口尽快好起来。宋昆山不肯喝，两人问为什么。宋昆山说他身上有伤，刘队长才肯放过他，要是伤马上好了还不被骂惨。

"看样子你特别怕刘队长，我看他挺和气的，虽然有点粗鲁。"

"刘铁生，心眼挺好的，就是脾气大。你看你看，我牺牲自己，让你在刘队长面前露脸，露得这么风光，你准会被重用。罗汉生你可不能忘恩负义。"

"行行行，之前欠你一条命，现在又欠你一笔恩情。反正我这条小命就交给你了，你让我打东我不往西，你让我上山我不下坡，行了吧？”

“你们两个别斗嘴了。张主任说晚上要给我们接风，我跟老蔡去厨房帮忙。老宋，你把汤喝了，喝不完以后别张嘴跟我要吃的。”麦花香说。

程采薇进屋，说要去后方医院看望伤员，问罗汉生去不去，罗汉生说去。宋昆山喊咋就这样把他这个伤员扔下了。

大家站在门外，还有一个十三四岁浓眉大眼的少年蹲在地上，用木枪瞄准地上的青虫吓唬，见罗汉生来了收起木枪说走吧。程采薇说这是刘铁生队长的儿子刘欢喜，一名能干的小交通员。刘欢喜一挑眉头很得意，大步朝前，后脑勺的小辫子一甩一甩。

罗汉生发现安琳和李静姝不在，程采薇说她们在收拾行李，待会儿过来。

罗汉生跟刘欢喜齐步走：“一起走吧，就我们两个男的，我怕她们欺负我。”

“不会啊，只有鬼子才会打我们，自己人怎么会欺负自己人呢？大哥哥你放心，鬼子敢打我们梁镇，准让他有来无回。”刘欢喜认真地说。

大家笑起来，罗汉生拍拍他的脑袋，很喜欢这个勇敢的少年。

后方医院在横水村的祠堂。屋子高深，庭院开阔。左右厢房的门虚掩。刘欢喜推开一扇门，屋里飘出药味、血腥味混合的气味。程采薇她们习惯了这种气味，罗汉生在门口停顿了一下，缓步进去。

伤员们见有人进来，有几个仰起身看是谁。

他们沿床铺走了一圈，有的断腿，有的断胳膊，有的全身包扎，有的包眼睛，有的脑袋包得只留一条眼缝……他们的伤口涂的都是黑乎乎的草药。就算大家是医学生，也还是被这么多伤员和这么重的伤情惊着了。程采薇发现很多伤口已感染化脓，发黑坏死。伤员们昏睡着，实在忍不住疼也只是哼哼。

刘欢喜在一名伤员面前停下，那伤员咧开干燥皲裂的嘴唇笑，说小欢喜你又来了。刘欢喜说这是他叔叔，爸爸的弟弟刘铁头。他轻轻掀开伤员的被子，大家吓了一跳，他的两条胳膊从肩膀处断了，伤口溃烂严重，一撮蛆虫在蠕动。刘欢喜拿水给他喝，他摇摇头说喝了要小便太麻烦。刘欢喜说我扶你，他还是摇头。刘欢喜着急地说医生姐姐救救我叔叔，救救大家。

大家穿上白大褂戴上白帽，打开医药箱，迅速归位，各显身手。

程采薇知道游击队伤员的伤情很严重，但没想到严重到这个地步。她对大家深深一鞠躬："对不起，同志们，我们来迟了，让你们受苦了。我们是来自上海的医疗救援队，路上耽搁时间太久了。你们在前线流血牺牲，为我们挡子弹，我们能做的，只有为你们治伤。我们只是刚出校门的医学生，技术还不够硬，还无法让你们健康如初，但我们会尽最大努力，医治你们的伤痛。还有，如果很疼，就喊出来，哭出来，这并不惭愧。"

一个伤员小声哭起来，有人喊好痛。这些在战场上不掉一滴泪不喊一声痛的战士,此刻落泪。

罗汉生有种有力使不上的无奈和愧疚。他不是医生,无法解除他们的伤痛。他未曾与他们并肩作战,不知他们如何从战场的死人堆里捡回一条命。他想起宋昆山给他看过的一只瘪塌的茶缸,一条皱巴巴的破毛巾,一只烧焦的皮鞋,还有他说的"你手上的这杯咖啡,多像小于中弹牺牲后身上血衣的颜色。她是梅山丘死的十六个人之一,她的身子被打得像一面筛子"——现在,他站在这些死里逃生的人面前,他们如此鲜活,又如此支离破碎。

"哭啥哭?男人抗日杀敌冲锋陷阵,本来就抱着必死的决心上战场,就算掉脑袋又怎么了?"刘铁头喊,血从他干燥的嘴角渗出,"怕死不杀敌,杀敌不怕死,站起来像男人,躺下了也得像男人,都把泪水咽回去。"

罗汉生拿过一杯水想扶他起来喝,刘铁头看看他,说不喝。

"大哥,我敬佩你是英雄,但你只是半个英雄。"

"什么意思?"

"古人说,唯大英雄能本色,是真名士自风流。饿了要吃饭,冷了要加衣,痛了要喊要哭,欢喜了要笑出来,这是人的本性。大家煎熬忍耐这么久,喊几声哭几下,有什么不对呢?还有,你嘴唇都裂开了,还不肯喝水,这无论如何也称不上英雄本色啊。"

"从医学上来说,过于压抑对伤情病情不利,适度释放有利于伤口愈合。这个是有科学依据的,医学书上这样写的,我们的教授也是这样说的。"程采薇尽量用他们能听懂的简洁语言解释道。

刘铁头愣了一会儿傻笑："原来这样。大家想哭就哭,想喊就喊吧。小兄弟,帮我擦一下。"他努努嘴。罗汉生蘸了点水帮他擦掉嘴角的血,扶他喝水。

"唯大英雄能本色。"一个伤员喊。

更多声音喊出来,声冲云霄,把很久以来压抑的疼痛都发泄了出来。

罗汉生把刘欢喜带出屋,刘欢喜问医生姐姐能否帮他叔叔接上胳膊。罗汉生语塞,刘欢喜催问能不能。

"不能。"

"不会接胳膊,那医生能干啥啊?"

"嗯,医生可以治感冒,发烧,肚子痛,缝伤口——"

"接不了胳膊,接不了腿,那要医生有什么用啊?我叔叔没了胳膊,以后怎么吃饭穿衣服,怎么打鬼子啊——"刘欢喜抱着祠堂的柱子哭,"游击队说,我爸爸也说,上海的医疗队来了就有救了……"

罗汉生不知如何把这难题向孩子解释清楚,他席地而坐,望着祠堂外起伏的山峦,那儿已有零星的映山红绽放。

"梁镇的映山红真是好看。欢喜,映山红谢了,还会再开吗?"

"会啊,每一年都开,映山红都开了几百几千年了。"刘欢喜不太明白这话的意思,还是擦着泪告诉他。

"那么人死了,还会活过来吗?"

刘欢喜认真地想了想,摇摇头。

"花会再开,人不能再活。比如你叔叔,再高明的医生,也无法给他接上胳膊。你要认这个事实。"

"鬼子把我叔叔害成这样。以后他永远不能打鬼子,也不能帮我做木枪了。"刘欢喜打量罗汉生,"医生姐姐会治伤员,哥哥你会些什么呢?"

这把罗汉生问住了。不管他怎么解释自己,在这个见过真正的战场的孩子眼里,他之前经历的无疑是孩子玩木枪一般的闹剧。可他也不愿在孩子面前说自己一无所长。

"来,把你的木枪拿出来给我看看。"他转移话题。

"你小心点,别弄坏了。"孩子从怀里掏出宝贝递过去。

罗汉生掂量了一下粗糙的玩具笑了,他相信自己很快能在孩子心目中树立威望。"我也会做,要是你枪法很准的话,说不定还能打鬼子呢。"

刘欢喜狐疑地看他,把木枪塞进怀里,一脸严肃:"那你给我做一把能打鬼子的枪,我是一定要替叔叔报仇的。拉钩,说话算话。"

"你得找斧子、刨子给我,我不是木匠,不过我会做。"

刘欢喜笑起来,罗汉生擦掉他眼角的泪。

外面一阵喧哗,夹着哭声。罗汉生到门口一看,几个村民围着安琳和李静姝在吵。安琳推开人群朝他扑来,罗汉生问发生了什么。

一个村民说在山上见她们东张西望、探头探脑，一不像村民，二不像游击战士，一看就是地主千金小姐，可她们说自己是上海来的医疗救援队队员。

"汉生你快帮我们说清楚，他们太不讲理了。"安琳委屈。

"大家都在救治伤员，你们两个为什么落队，在干什么？"

安琳看李静姝，李静姝解释安琳想摘映山红，她怕安琳不安全，所以陪她上山了。安琳把手里的映山红往身后藏，说不过想摘几枝花养，宿舍又旧又暗，想让屋子看起来活泼一些。

罗汉生满脸燥热，把她拉到身后，对村民们说对不起，她们确实是医疗救援队的，第一次见到山里的野花，新鲜稀罕，让他们见笑了。刘欢喜证明她们都是医生姐姐。安琳和李静姝趁机进了祠堂。

一个村民严肃地说："我信你们的话，也谢谢你们救我们的伤员。不过有一点要提醒你们，横水村是我们四明游击纵队的敌后根据地，村里村外有很多重要工事，不可以随便进出，这是纪律。"

罗汉生又道歉。村民们走开，又回头疑虑地看着他。罗汉生从他们的目光中看出了不信任。他把手盖在刘欢喜的脑袋上揉了几下，说要尽快做出能打鬼子的木枪。刘欢喜仰脸看他，满眼信任。


竹板桌上摆开十几道菜，鱼虾、咸笋、青菜、豆腐……加上红椒绿葱的点缀，色香甚是诱人。

女生们精神抖擞，站立在四明游击纵队政治部副主任张文山的面前。队尾站的是脑袋缠绷带的宋昆山。

张文山从见到他们的第一眼起，嘴巴就没合拢过，像捡到了一大堆宝贝。队员们的简历他看了两遍就记住，他们每报出一个名字，他就说出他们的年龄、籍贯、擅长、爱好，且如数家珍道出他们籍贯所在地的名人逸事。罗汉生吃惊，这个张文山个子瘦小貌不惊人，却有这本事，看来这支潜伏在深山的游击队不可小觑。

张文山招呼大家坐下吃饭，队员们神色忧虑。

"我知道，你们为伤员做了检查，心情沉重吃不下饭。可是，饭还是要吃，为什么不吃？我们不做骄兵，也不做受了打击就一蹶不振的败兵。我待会儿有事要先走，赶紧吃。"张文山喝了口酒，满意地点头，"好酒，正宗绍兴花雕。你们这一路惊心动魄，怎么还能带上两坛酒？"

罗汉生便把一路上遇到土匪黄老虎、药铺杜先生和酒厂赵老板的事简单地说了一下，宋昆山把罗汉生说服赵老板的一番言辞猛夸一顿。

"有这样拥护我们的人民，何愁打不败鬼子？大家会喝的来两口，不会的多吃菜。小罗，我敬你一杯。"张文山对罗汉生满是欣赏。

这是自上海出发以来最放松的一顿饭。回忆一段段历险，他们觉得眼下简直在天堂。

张文山放下酒碗："梁镇还没有全境攻克，包括集镇在内还有三分之二的村落在日伪军手上。目前，我们还不能公开打出游击纵队的旗号，只能以第三战区四明游击司令部的名义亮相，以利于灰色隐蔽。"

"张主任，从去年到现在，我们打了这么多仗，死伤这么多战士，怎么连个名分都没有？太吃亏了。"宋昆山很郁闷。

"再大的亏我们都吃了，灰色隐蔽，隐姓埋名，地下作战。总之为了抗日。"

"那也不能功劳让人占，苦劳自己留。"宋昆山还是愤愤不平。

"当初，我们从华中局、新四军军部奔赴浙东，临走前，陈毅军长、粟裕司令员特别关照我们说，到了浙东，抗日顺利，就在那里打天下。搞得不好，打起背包回来，可不要亏掉老本，"张文山拍拍他笑道，"我爹掌柜出身，从小我跟着记账打算盘，怎么能亏本呢。放心，我们一定能赚，并且赚得盘满钵满。"

宋昆山的伤口被拍痛，嗞嗞吸气。张文山给他夹了块腊肉以示抚慰。

张文山转向罗汉生："圣约翰大学化学系高才生，打着灯笼也找不着的稀罕人才，还带来这么一支宝贵队伍，跋山涉水来到梁镇，不容易啊。"

"抗战本就是我们的责任，只是惭愧我们来晚了。"

"对了，大学毕业以后你还做过什么？你父亲开商铺，你不会也像我一样跟着记过账打过算盘吧？"张文山随口问。

罗汉生看宋昆山，他没汇报自己参加过锄奸队的事吗？宋昆山忙着吃菜,没朝他们看过来。罗汉生感觉有点不对劲。

"他参加过那啥锄奸队,刺杀过汉奸呢,"一直没搭话的老蔡以为罗汉生不好意思表功,急切地代他说了,怕人家不信又说,"真的,我亲眼见过。"

"锄奸队?"张文山看罗汉生。

"毕业后,我参加了——军统锄奸队。"

张文山问宋昆山怎么没告诉他,简历上也没写。大家停下筷子。麦花香踩了宋昆山一脚,宋昆山疼得咧嘴。老蔡茫然问难道他说错了吗?

"张主任,我本想过几天向您汇报。我跟罗汉生认识很多年,彼此很了解。我在圣约翰大学当园丁的时候,罗汉生就是热血青年,一次次要求参加我们的队伍。我一直没同意……"

"喔,我记得你跟刘铁生队长说,他可是你嘴巴磨尖跟他讲革命道理才争取过来的。"张文山把筷子重重放桌上。

宋昆山和麦花香心虚地低头。屋子里鸦雀无声。

罗汉生觉得自己再不开口,屋顶就会爆出一个洞了。"张主任,都怪我没及时汇报。我是抗日队伍的新兵,对有些情况不熟悉不了解,现在国共合作,我参加过锄奸队,锄奸杀敌,这难道有错吗?"

张文山对大家说:"你们医疗救援队是宝贵的后方救援力量,来的时候是二十六个,胜利的那天,我希望一个不缺,完完整整地把你们交到父母手上。"

"来的时候是二十七个,路上遭遇日军时,徐晴牺牲了,"程采薇拉过徐朗,"她们是双胞胎姐妹,这是妹妹徐朗,她的伤还没完全好。"

"姐姐不会白白牺牲,你们多救护一名受伤的战士,就是在替姐姐报仇,你说是不是?"张文山说。

"是,姐姐的那份责任我也替她承担了。"徐朗哽咽。

程采薇说救援队主力是二十六名,还有两名后备队员,介绍了安琳和李静姝。张文山听后说革命不分先后,只要愿意加入,大门始终敞开。安琳欣喜地对李静姝说她们也是正式一员了,李静姝莞尔一笑。

张文山起身披上风衣:"你们早点休息。伤员的情况不用太担心,来日方长,你们先保护好自己,才能保护更多人。今天这一顿是我们最好的接风酒,以后的日子会很艰苦,大家要做好吃糠咽菜的准备。"他让宋昆山和麦花香跟他走,两人垂头丧气地跟了上去。

他们走后大家呆若木鸡。老蔡埋怨自己多嘴多舌,罗汉生给他和自己倒上一碗酒,安琳说你不会喝少喝点,罗汉生说她小看自己了。程采薇若有所思。李静姝认真地吃菜,好像没有比吃菜更重要的事。

罗汉生站起来:"刘欢喜问过我,医生姐姐会治伤员,哥哥你会些什么呢?我有点不高兴,我堂堂圣约翰大学毕业,会喝酒、喝咖啡,还会杀汉奸,火烧日军仓库,怎么能小看我呢?现在我明白了,人家看不上，我连抗日的资格都没有，那就卷铺盖走人呗。"他举碗喝下，漏出的酒水顺着脖子淌湿衣服。

安琳欲夺酒碗，他把她推倒。安琳跌倒，李静姝忙扶住。

"罗汉生你胡说什么？"程采薇过来夺下酒碗，"抗日是严肃的大事，参加革命，各方面都要经得起严格考验，张主任负责政治部，考虑问题仔细周全有错吗？而且据我了解，有些锄奸队杀了很多汪伪汉奸，但也破坏过地下组织，暗杀过很多地下党。史哲夫教授的亲戚，那位地下党联络员就是死在锄奸队手上。"

大家看罗汉生的目光有点陌生和惧意了。

"在对一个人没有充分了解的情况下，如果张主任对你丝毫不怀疑，那他还是一个合格的新四军游击队政治部副主任吗？"

大家很赞同。安琳嘀咕当初一起去法国就好了，就不会惹出这些麻烦。

罗汉生觉得自己处处不招待见，里外不是人，冲她发火："法国法国，天天就惦记你的破法国。有本事你去啊，安大千金小姐，要不要我买张飞机票送你去？还是八抬大轿把你抬去？"

安琳伏在李静姝的肩头委屈地哭。罗汉生拿起外套就走，程采薇对老蔡示意，老蔡忙追出去。

# 缴枪记

工作安排下来，程采薇是医疗救援队队长，麦花香和老蔡管救援队的伙食，安琳和李静姝是非专业医护人员，安排到新四明报社做编辑，救援队忙的时候她们要搭把手。他们统一住后方医院，离伤员近，随时能应对伤情变化。

罗汉生问安排他干什么，宋昆山说还没定，多休息几天，要不然跟麦花香和老蔡烧菜。罗汉生绕院子的水井转圈，宋昆山跟着转。罗汉生说怕我跳井啊，宋昆山说谅你也不敢。罗汉生说滚，宋昆山便跑开。

他坐在空落落的院子台阶上，大家各忙各的，就他无所事事。费尽周折从上海跑到梁镇，没想到落得这样一个下场。发火，身边找不着出气口；骂人，不知骂哪一个；想出去走走，这人生地不熟的万一被当作敌人抓起来——他从没觉得自己这么没用过。一转念想到刘欢喜,孩子说过他家在村西,两间草屋,门口有溪,溪边有一排歪脖子柳。他便跑出去。

刘欢喜蹲在屋门口用柴刀削东西,手势利索刀法娴熟。

"架势有模有样,自己都会做木枪了。"罗汉生蹲在他面前说。

"我这把太小,打不远。我要一把能打鬼子的枪。"刘欢喜把手里削的竹子弹给他看,是一种竹钉模样的竹器。

罗汉生其实没有做过木枪,他做过炸弹,只是凭自我感觉以及对枪的了解,认为可以搞定这种小把戏。刘欢喜进屋抱出一堆斧子、锯子、刨子,说是叔叔的,他以前是木匠。

罗汉生说除了工具还需要材料,比如做枪壳的木料要用上好的核桃木,壳身壳盖要有铁合页连接,底部用铁片封闭,壳身最好用皮甲包裹,最后整支枪刷上黑漆,出手一亮相那叫一个顶呱呱啊。刘欢喜满眼放光,催他快做。

"可上哪儿找材料呢?"他一摊手。

刘欢喜又抱出一截粗大的木头,吭哧吭哧拿到他面前。罗汉生不认识木料,用指甲掐了一下,说不行太松了做不了枪壳。刘欢喜抱出一截又一截,还是不行。

"你是不是不会做啊?"他生气了。

"磨刀不误砍柴工,我们进山找好木料吧。"

路上碰到巡逻的村民,刘欢喜说去山林砍柴火,不会去不该去的地方。村民看了两眼罗汉生,叮嘱刘欢喜别乱跑早去早回。

他们顺着映山红盛开的山路走。罗汉生上山一是为了找做枪壳的木料,二是为了摘映山红。昨天他冲安琳莫名发火,过后想想是自己不对。早上两人照面,安琳嘟嘴不理他,自己活该。

刘欢喜指着山岭说那儿是有名的杜鹃岭,有七种颜色的花,传说是七仙女下凡跳进溪水洗澡时脱下的裙子变成的。罗汉生说那就去看看仙女的裙子有多好看。

杜鹃岭上山花缤纷,深红浓紫雪青粉白。刘欢喜说像不像仙女的裙子盖在山坡上,他摘了朵花扔进嘴里嚼,罗汉生学着他尝了尝,酸酸的,有一点甜。

罗汉生摘了一堆花,眺望四周。山峦由远处的深黑一层层推至近处的深青浅绿深绿翠绿,绿色中又点缀着一些红。山峦间丝带一样的云雾缥缈,溪流在峡谷山麓间隐没。风从远处压着松林竹林的枝梢过来,到了近处又返回,引得松林竹林如在江面上起舞。鸟声此起彼伏,越鸣叫越清静。

罗汉生想:要是与世无争,或者外面的世界不来争,这该是多好的地方。它是桃花源,是《圣经》里的迦南美地,是适合诗歌音乐绘画的天堂——

他的目光落在远处的映山红上,看见有人对着山在画画。他叫过刘欢喜,两人走近,看清是李静姝。罗汉生看到画纸上有山水、溪流、花草、房屋建筑,画法精准,像一个老练的画手。

李静姝见到他们，稍愣了一下，说《新四明报》需要配插画，她不知画什么，就来找灵感。罗汉生问是否可以欣赏，李静姝递过画板。

"很好，李小姐，可不可以留给我作纪念？"

"这张不好，如果送人的是潦草之作，我会内疚。罗先生，我好好画一幅送你。"她把画撕掉，揣进口袋，拎起画具说一起回去吧。

罗汉生说真是可惜，刘欢喜说也想要，并说李姐姐以后想去别的地方找那什么灵感，他带她去。李静姝答应一定会送他们画。

宋昆山迎面跑来说张主任正找他，罗汉生问是不是分配工作了。

宋昆山没顾上回话，转头问李静姝在报社适不适应，吃不吃得惯，有什么问题尽管找他。李静姝说都好，就走开了，对宋昆山的热络没给予同等的回应，也没兴趣了解罗汉生做什么。宋昆山看她背影，眼神不舍。罗汉生喊他两声。

宋昆山回过神说快走，罗汉生问他到底做什么，宋昆山狡黠一笑说去了就知道，不会让他失望。罗汉生说他看李静姝的眼神不对劲，可能被眼屎糊住了，要他擦亮看仔细。

游击纵队政治部办公室，张文山和刘铁生在地图前比画。罗汉生把映山红放在门外，两人进去。张文山问他们在祠堂里睡得好不好，吃得是否习惯，有什么问题尽管找他。罗汉生回答一切都好，就是别人都有事忙，就他无所事事不习惯。

张文山跟刘铁生笑着对了一眼:"干老本行,行不行?"

"老本行?"罗汉生快速地想,难道还是刺杀这一行? 不能吧,都跟鬼子眼鼻子碰眼鼻子了,还来这一套。

"侦察员,差不多是你原来的老本行。"刘铁生跟着说。

"张主任,刘队长,我原来的事,你们可能误会了——"罗汉生想解释。

张文山摆手示意他懂:"宋昆山和麦花香同志把你的情况仔细跟我们说了,我也找了日通仓库爆炸案的上海报纸,美琪大戏院的刺杀新闻,你的表现完全合格。罗汉生同志,欢迎加入四明游击纵队。"

罗汉生想到安琳的父亲,有点犹豫。张文山问他还有什么想法,他便说了。

张文山想了想说:"不要紧,安琳父亲这种立场的,既可能成为有用的统战对象,也会成为破坏对象。不过他远在上海,影响不到女儿。这个暂且不用管。至于你和安琳掌握分寸就好了。干革命不是不要儿女情长,但也不能太儿女情长,明白了吗?"

罗汉生说明白。宋昆山说他的纪律问题由他严密监督,此人在圣约翰大学就颇受女生欢迎,不能不防着点儿啊。罗汉生打断他的话,问接下去怎么做。

刘队长指着地图上的一个点说老百姓提供消息,离梁镇二十里的陈家庄有个地主陈世祖,鱼肉百姓横行乡里,养了一支看家护院队,有十来支驳壳枪,正是游击队急需的。张文山说消息还不确切,要他和宋昆山先行侦察。

门外的映山红被风吹到门口,像跳动的火焰。张文山说把花送给安琳,下午出发,当夜回来,务必确保安全。消息确切与否,回来报告,绝不能擅自行动。

安琳和李静姝在堆满报纸的写字桌前忙着写写画画。

一丛映山红落在安琳面前的报纸上,她抬头,罗汉生看着她笑,宋昆山跟在后面。她把脸埋进花丛,心里对他仅存的幽怨无影无踪。李静姝识趣地走开,到另一边坐下继续画画。宋昆山偷看她,她的多才多艺、清冷傲气,让他有几分仰慕,也越发自觉土气,暗想什么时候找个借口跟她聊聊。

罗汉生只说要出门办事,让她下班回祠堂别乱跑,语气像叮嘱小孩子似的。安琳趁机撒娇,说到梁镇后没睡过一个好觉,竹榻床太硬,嘎吱嘎吱响。稻草垫铺有霉臭味。天天番薯土豆填肚子。不能每天洗澡,衣服没带够,牙粉忘带了没法刷牙……她越说越委屈。罗汉生难受,不只是因为她放弃金枝玉叶的生活跟他到山沟沟里吃苦,还有难以言喻的心塞。他安慰说回来好好陪她说话。宋昆山看不下去,酸溜溜地说别十八相送了快走吧。

李静姝随口问他们去哪儿。宋昆山正要张嘴,罗汉生拉过他就走。

两人走在山路上。宋昆山抱怨罗汉生对每个女生都很绅士礼貌,唯独对李静姝有点看法,害他在她心目中的印象也打折。罗汉生说只怕以后不只是印象打折,还有骨头也打折。宋昆山问这话啥意思,罗汉生没理他。

路边的树丛窸窸窣窣作响。罗汉生按住腰间的枪,喝问什么人快出来,宋昆山抓紧手上的枪。树丛拨开,走出衣着破烂的刘欢喜,背个破烂的背包,一手提破篮子,一手拎打狗棍,像个小乞丐,笑嘻嘻地站在他们面前。

"带上我吧,我跟你们一块去。"

"知道我们去干什么?"

"不管你们干啥,带上我,我能帮你们做事。"

"这孩子平时扮成小乞丐送《新四明报》,方圆十里都跑遍了,应该是刚才在报社跟上的。"宋昆山说。

罗汉生让他回去。刘欢喜顾自蹦跳在前头,神气活现地拍拍背包:"我走我的道,送我的报,四明山这么大,又不是你家的。"

两人一时也没招,再说都走出两三里路了,叮嘱他不能乱说乱跑。刘欢喜猛点头。刘欢喜带他们挑偏僻的山路走,说他来来回回多少遍了,树上有几只雄鸟几只雌鸟都清楚。他学山雀、鹁鸪、杜鹃的叫声,指着野花野果说这个好吃,那个吃了会拉肚子,那个吃了会死人,拍拍一棵树说这种树木做枪身最结实了,又兴奋地说他叔的伤口好多了,全好了又能杀鬼子了。

"他都没手了，连胳膊也没了，怎么拿枪打鬼子？"宋昆山说。

刘欢喜停下山雀般欢蹦的脚步。他似乎刚知道打枪要用手的。一个没手的人怎么能打鬼子呢？他嘴角一歪快哭起来，一低头向前跑，树上的鸟拍翅惊飞。罗汉生骂宋昆山大嘴巴，宋昆山说这不是明摆着的嘛。两人追上，你一句我一句哄。罗汉生说要是上战场会打断鬼子的胳膊，替他叔叔报仇，这叫以牙还牙，以胳膊还胳膊。宋昆山说连脑袋都提来。两人好不容易哄出刘欢喜脸上的笑。

陈家庄三面靠山，一面朝水。山上齐刷刷的层层茶园梯田，满坡翠色流淌。山下是山泉淌下形成的湖，湖水映着高天流云。

陈世祖的庄园面湖靠山，房屋一进复一进，重重叠叠，占据陈家庄最好的村口位置。门户紧闭，墙高三丈，高不可攀。两条大狗蹲在门口，不时朝天寂寞地狂吠。周边是破落屋舍，映得陈家宅院愈加霸气。

"听说陈世祖有九十九间屋子，他每天睡一间，三个月下来才能睡遍所有的屋子。"刘欢喜说。

"他娘的，怪不得要用看家护院队。"宋昆山骂。

"欢喜，想不想每天换一间屋子睡？"罗汉生问。

"不想，太累。"刘欢喜想了想摇摇头。

"要不要九十九间屋子？"

"不要，我会迷路。"刘欢喜还是摇头。

"这就对了,不需要的东西就是身外之物,上天不收走,也会有人来收走。"

他们先绕陈家院墙走一圈,发现陈家有三个门,南大门蹲着大狗,东侧偏门,北面小门。五六分钟后,有人挑着箩筐从小门出来,箩筐沿沾着几片菜叶。罗汉生说小门可能是进出厨房的。他们决定由小门进入陈家。

刘欢喜在篮子里装上泥,上面盖层草,装得结结实实,心疼地说他的宝贝讨饭篮被糟蹋了。他提篮朝小门走去。敲了几下,门开了条缝,一个厨子模样的露出半张脸问他干啥。

刘欢喜提提篮子,神秘地说:"山上溪坑刚抓的,千年王八万年龟,黑背白肚,背上五朵金花,很凶猛。要不要?"

"好几年抓不着野生王八了,你小子能抓到?"

"我家祖传三代抓王八,"刘欢喜掀开草给他看,"你看,这东西劲头可真足,差点被它咬掉手指头。"

黄昏光影中,厨子只看到一团黑乎乎的东西。刘欢喜盖住草说不要就卖给别人,转身就走。厨师把门开大说进来再看看。刘欢喜一进门,另外两人迅速冲进。

罗汉生用胳膊圈住厨子的脖子,让刘欢喜去附近村子,把报纸发完,完事后在村口等他们。宋昆山跟厨子说别嚷,他们有事跟他商量。

厨子带两人进厨房,另一个胖厨子在切菜,问他们是谁。厨子

揉着被卡痛的脖子闷声说亲戚,路过来看看他。胖厨子说随便带陌
生人进来当心老爷问罪,厨子不耐烦地说老周你避个嫌行不行,我
们商量家事。胖厨子不快地出去。

"陈家护院有多少人马?"罗汉生问。

"二三十,不太清楚。"

"跟护院队队长熟吗?"

"两个月前刚换新的,不太熟。"

"陈世祖平时睡哪间屋?"

"一般睡五姨太、七姨太、十三姨太的屋,随他喜欢。"

"今晚呢?"

"可能五姨太、七姨太、十三姨太,也可能九姨太……长官,我们
厨子是下人中的下人,哪会晓得这个啊,饶了我吧。"厨子哭出来。

"再想想。"

"对了,他今晚睡七姨太屋,傍晚我喂狗刚好看到,错不了。"厨
子说了陈世祖睡房的方位走向,还说门外有三盏红灯笼,还有两名
护院。

"行,你马上炖个牛肉汤。"罗汉生说。

宋昆山越听越不对劲,把罗汉生叫边上,说侦察手法也太粗
暴了。

"来都来了,不能空手,总得跟陈财主借点东西走。"罗汉生说。

"刚回梁镇的遭遇战你忘了,我还挨一顿狠批,再也不敢了。这

回你胆子更大,敢跟老虎商量扒它的皮。"

"没错,这叫与虎谋皮。上回鬼子使明枪,这回我们放暗箭,方法不一样,结果也不同。"

"张主任怎么叮嘱来着?不能擅自行动。当心扒不了老虎皮,还被张主任扒了皮。到时候别怪我没警告过你。"

"这么大个庄园,半个晚上我们很难侦察出结果,倒不如来个快刀斩乱麻。"

厨子烧好菜。罗汉生从锅里舀牛肉汤:"你闻闻这'王八汤',大补特补,乾隆皇帝都喝不到,陈老爷能不喜欢嘛。放心,我会送。"他安慰脸色发白的厨子。厨子快哭了,他连王八尾巴都没见到。

罗汉生端着汤碗出去。宋昆山把厨子绑在灶后,嘴里塞上抹布,端上酒壶酒杯和几个小菜,锁门跟上。走廊上两人碰到巡逻的护院,护院看看他们,以为是新来的,吸了吸鼻子说真香,没多问什么。

迎面过来那胖厨子,宋昆山小声说这家伙怎么应付。胖厨子狐疑地盯着他,罗汉生熟络地喊老周,胖厨子不由自主地点头,盯着他们的背影恍悟:原来要招自家亲戚进来,怪不得不让我听。明说好了,何必背着我使手段呢。

一扇雕花朱红门外挂三盏红灯笼,与树影轻晃。两名背枪护院站在灯笼下无聊地打呵欠。罗汉生给他们一人一块拳头大的牛肉块说两位兄弟辛苦了,护院问他们是不是新来的,宋昆山点点头。

他们啃着牛肉不再说什么。

罗汉生叩门："老爷,刚炖的王八汤,又烂又香,正当火候。"

一个护院吸了吸鼻子："像牛肉汤气味嘛。"

"牛肉炖王八,能把大山扒。回头请两位喝汤,还有剩的。"

门打开,脂粉气味扑面而来,一个衣衫凌乱的女人懒洋洋地问吃晚饭时咋不端上来,这会儿他们快睡了才拿来。罗汉生解释刚抓来的,这王八黑背白肚,背上五朵金花,老爷喝了一定大补力气。女人妩媚一笑说以前没见过你嘛,进来。两人进去,随手关上门。

头发花白的陈世祖躺在床上,呼噜呼噜吸水烟。两人放下盘子,罗汉生说老爷起来喝汤,便冲过去擒起陈世祖,捂嘴卡脖子。宋昆山三下两下把女人绑成一只粽子,扔到床上。一切来得像龙卷风一样快,陈世祖哼哼啊啊地挣扎。门外的护院咽着口水,小声说这牛肉王八汤看来真的很鲜,老爷都吃得哼哼响了。

罗汉生贴着陈世祖的耳朵小声说话,手枪抵在他淌汗的太阳穴上。宋昆山的枪一会儿对准他肚子,一会儿对准他胸口。陈世祖只能使劲点头。

陈世祖打开门,罗汉生和宋昆山站在他后面,用两支枪戳着他后背。

"去,把牛队长叫来,所有枪都拿过来。"陈世祖说。

两个护院嘴里的牛肉都没吃完,堵在嘴上发愣。

"把枪放下,滚!"

两人放下枪撒腿就跑。

"到底有多少枪?"罗汉生问。

"七支……"

手枪往他后背压了压,陈世祖改口:"八支……九支……十二支,真的是十二支,骗你我是狗。"

"有枪没子弹等于烧火棍,所以你还得送子弹。我们在前方流血牺牲,你们不肯冲上去也就算了,那就捐些枪、子弹,这笔账会给你记着的,也算是抵消你平时鱼肉百姓的罪孽。"

"是是是。"

"这么多东西很重的,待会儿送我们出村,劳驾还得找一辆手推车。"

"好好好。"

"还有没有其他武器? 老实讲。"宋昆山觉得他可能不止这点存货。

"还有一门土炮,很重,你们拉不动。三年前打过土匪,之后就没用过,不晓得还灵不灵。"陈世祖哭丧着脸。

"先存你这里,以后要用了,我让人来捎。"罗汉生说。

"行行行。"

牛队长带一队护院提着枪跑来,看他们的架势心知不妙,举枪对准罗汉生和宋昆山。陈世祖吼放下枪滚蛋,护院们放下枪离开。牛队长不情不愿,没了枪他等于光杆司令。陈世祖喊他带他们去北库房。

牛队长撬开木箱,稻草堆里排满整齐锃亮的子弹。罗汉生摸了把生硬冰冷的子弹,倍感亲切。土炮黑笨粗重,还没生锈,看来能用。他点点头说这门亲事定下了不能再许给别人。

牛队长把枪和子弹都装上手推车,上面铺盖稻草,像拉了车草料。

陈世祖跟罗汉生商量,能不能让牛队长代他推车,送他们出村。他好歹也是陈家庄的财主,有头有脸,要让村里人见了,以后哪还有脸面。罗汉生说他送出村讲究的是一个诚意,要不然以后怎么相信他还能送土炮。

在护院们诧异的目光中,一身绫罗绸缎、头发花白、矮墩墩胖乎乎的陈世祖,颤颤巍巍推着手推车出门。几个护院想帮忙,他让他们滚,别跟着。好在夜色浓重,村里关门落户,人影稀疏,没人见到他的狼狈样,只有几条狗仓皇地叫着。刘欢喜等在村口,说等得急死了,报纸都发完了。罗汉生说收工回家。

刘欢喜问陈世祖:"你胖得像猪,是不是光吃不干活的?"

陈世祖说他干过最重的活就是晚上拎夜壶。他们走出村子来到山脚下。可怜陈世祖哪干过这等粗重活,白白胖胖的手马上起了水泡,他说饶了我吧。

罗汉生告诉他:"枪和子弹是你送我们的,四明游击纵队的报纸也发到周边村落了,人多眼杂,风声走得快,你现在跳进姚江也洗不清了。记住，以后就算不站我们这边，也别跟我们作对。"

陈世祖点头如鸡啄米，在路边瘫坐下来。三个人推着手推车往山上走，回头看，陈世祖还坐着喘气。

张文山和刘铁生看着一车驳壳枪，两箱子弹，再看看三个人，无比吃惊。

"张主任，爹，他们不让我去，是我死皮赖脸非要跟。再说我也是去陈家庄送报纸，跟罗哥宋哥不搭界。"刘欢喜急着说。

"陈家庄园有九十九间屋子，很难查到有多少枪，藏哪儿。我就出主意，那叫啥，擒贼先擒王，我们就抓了陈世祖——"宋昆山说。

"跟他们没关系，我做的主。陈家庄园大是一方面，最重要的是，就算我们队伍进去缴枪，也是大海捞针，只怕有闪失。所以我想用最小的代价，换取最大的收获——"罗汉生把他们两个拦在身后。

刘铁生拉过刘欢喜发火："你个小兔崽子，以后再乱凑热闹，我打断你的腿。"

张文山拿起一支枪："十二支驳壳枪，两箱子弹，还有一门土炮挂账上，这是给我们吃了一顿营养丰富的大餐啊！刘队长，吃饭时给他们多加两个土豆。"

宋昆山心花怒放，趁机提出要求："张主任，我的枪老是卡壳，修了好几回，您看能不能给我换支新的？"

张主任点头说可以考虑。

　　刘队长恼了:"宋昆山刚回梁镇就闯祸,这回罗汉生擅自行动。要是大家都像他们这样,这仗还怎么打,这兵还怎么带?"

　　张文山意味深长:"老刘啊,这么多年你也算悟了。他们这一趟,也算是值得。"刘铁生脸上的肌肉跳了两下,有点难为情的样子。

　　突然,张主任脸色一沉,扭头喊了声,两个游击战士跑进来。

　　"把他们两个关禁闭室,罗汉生五天,宋昆山三天。每餐多加两个土豆。出来后写检讨。"张主任喝道。

　　刘欢喜知道祸闯大了,悄悄溜走,走到村子转角偷看他们。

　　关进禁闭室的罗汉生啃了两个土豆,躺在嘎吱作响的竹榻床上跟自己说,来梁镇没几天,仗也打了,枪也缴了,禁闭也关了,大起大落够精彩的,比上海的小打小闹有意思多了,关就关吧。

# 屏风岩战事

医疗救援队夜以继日救治伤员,一部分伤员伤势日渐好转,另一部分却每况愈下,后者里有刘欢喜的叔叔刘铁头。

他一度渐愈,看着自己缺失的双臂,悲伤地说以后还怎么打鬼子。程采薇安慰他,没了胳膊也可以在后方指挥,古来大将指挥得当一人可抵千军万马。一天清晨,他陷入深度昏迷,整个人烧得像火炭。程采薇紧急抢救,确认他已得了严重的败血症,细菌侵入血液,全身感染。

张文山赶来,说刘铁头把炸药塞进敌人的碉堡,一个人连炸两座,炸断了胳膊,为游击队扫清障碍,要求她们无论如何都要把他救回来。

程采薇用尽所学所能,也只能任由刘铁头的脉搏由细弱而渐停,身体由火烫而发凉。程采薇走出手术室,对焦虑等待的张文山、刘欢喜摇摇头。刘欢喜大哭,他的两个叔叔已血洒战场,只剩下他爸刘铁生了。

张文山抱住他,声音嘶哑:"你二叔三叔是英雄,大英雄,刘家满门英烈。别哭,为叔叔报仇……"

程采薇的泪水从口罩上方落下。到梁镇以来,这是从她们争分夺秒的抢救中被夺走的第八条游击战士的生命。这种力所不逮无力回天的自责与愧疚,让她深感医术远远不够。张文山觉察了她的想法,说她们已尽力,也要保重自己和救援队员的身体,这样才有救伤员的本钱。

刘铁生从远处跑来,刘欢喜哭着喊叔叔死了。刘铁生愣住,张文山让他进去看看。

"张主任,有二十多人的鬼子队伍从东北屏风岩方向过来,行进路线跟上回鬼子的先遣队差不多,估计还有三里路。"来不及悲伤的刘铁生急切地说。

张文山让他回去跟兄弟告个别,刘铁生拉过儿子,让他代爹跟叔叔说一声替他报仇去了。刘欢喜抹着泪进屋,拿抹布轻轻擦他叔叔的脸,小声说叔叔你放心,爹去替你报仇了。


罗汉生拧开八音盒听音乐,还有两天半,再忍忍,他跟自己说。隔壁的宋昆山隔着窗说都这时候了还有闲心听歌,罗汉生说总得找点乐子吧。

门外传来急促的奔跑呐喊声。他关掉音乐,朝小窗外看,游击队正集结出发,看来一场战事在即。宋昆山问他看到队伍出发了吗?

罗汉生使劲拍门:"外面有没有人,放我们出去,我们也要打仗,快点啊!"

所有人出发了,没人理睬这两个关禁闭室的。

"他们都去打仗了,就我们当缩头乌龟吗?"宋昆山隔着窗喊。

"试试看,能不能把门踹开。"罗汉生说。

"不行啊,本来就关禁闭,这不又错上加错了?"

罗汉生扛起竹榻床撞门,一下两下三下,门撞出一个洞。他继续用脚把洞踢大,钻出去,搬起大石头砸开宋昆山的门。队伍已跑远。两人关禁闭前枪已被缴,宋昆山说队伍去了哪,也没枪,难道两手空空上战场吗?罗汉生也发愁。

有两名落下的游击战士跑来。罗汉生找借口说他们刚办事回来,没跟上队伍。他们说快跟上。

到了屏风岩阵地,刘铁生和游击队埋伏在映山红盛开的战壕里,见了他们俩,瞪眼骂了句。两人跟着埋伏下来。刘铁生递来一支驳壳枪要他们拼着用。罗汉生抢先抓住不放手,宋昆山悻悻地说这不就是他们从陈家庄缴来的嘛,真够倒霉的,都说迟来和尚吃厚粥,可他们连舔碗底的份儿都没有。

埋伏了很久，鬼子队伍迟迟不现身。正焦虑着，有战士跑来说鬼子主力部队去西南斗鸡岗方向了。刘铁生一拍大腿说他娘的玩声东击西这一招啊，指挥队伍朝斗鸡岗方向扑去。

宋昆山嘀咕，斗鸡岗山高林茂路窄，一般不会去那儿，这回鬼子怎么跑那儿了。罗汉生在脑海中飞快对比屏风岩与斗鸡岗的地形，说鬼子很有可能玩计中计，也就是说表面上声东击西把游击队引到斗鸡岗，实际上还是冲屏风岩来。

刘铁生见他们掉队，吼叫快走。罗汉生说鬼子还会冲屏风岩来，这块阵地需要有人守着。刘铁生无暇顾及，扔下十几颗子弹，要他们守牢阵地。

偌大的屏风岩阵地，只有两个人，一支枪，十几颗子弹，一堆竹子石头土块。

宋昆山担心了，倘若敌人不来，他们落下无疑是当了逃兵；倘若敌人来了，凭他们两个怎么挡得住。罗汉生认为鬼子主攻屏风岩不会错，可刘队长怎么会相信一个擅自违反纪律且刚从禁闭室跑出来的人的判断呢。

"眼下我们只能硬挡，斗鸡岗要是没动静，或者动静不大，他们很快会返回来。我们两个联手，能一洗上回的落败之耻。"罗汉生安慰他。

刘欢喜跳进战壕，抱个小铁桶，说支援他们。罗汉生问他能干啥，刘欢喜拿木棍敲小铁桶说助阵呐喊。宋昆山嘲笑说这又不是小孩子玩过家家快回去,刘欢喜委屈咧嘴。罗汉生安慰他要小心,发生情况立刻就跑。

岩阵下,山路上,日军一会儿就黑压压一堆,蚁群似的朝山上爬来。宋昆山又激动又兴奋地说被你这个乌鸦嘴说中了。罗汉生要他们守住竹子石头土块,用准了也能砸死人。

日军越来越近,四周静得出奇。几瓣映山红在罗汉生眼前飘落,他看清了日军指挥官,那是一张又凹又方的瓦片脸。他对宋昆山说快看那鬼子,宋昆山摇头说好难看的一张脸,他没记住在破寺院遇到的日军长相。罗汉生点点头说瓦片脸我们很有缘啊。瓦片脸上多了一个眼罩。

河野中队长在瓜田镇那场原本十拿九稳的战事中,被两名不知打哪儿钻出来的抗日分子引散兵力,挨了一颗手榴弹,死了两个伤了四个,弄丢两支长枪。两个对付他们十几个,这种侮辱性大于伤害性的打法,本就让他愤怒,更令他暴怒而无法接受的是,他右眼被打瞎了。后来他悲痛又无奈地装上假眼球,戴上眼罩,之后头痛的怪病越来越严重了。

他根据瓜田镇抗日自卫队叛徒和各方线索,得知自卫队原本计划投奔四明县,并且那晚有一支形迹可疑的队伍经过瓜田镇,他用左眼反复察看地图,向步兵联队请求调往四明县,歼灭其境内所有抗日势力,以雪瞎眼的巨大耻辱。

所以出现在罗汉生眼前的河野,是一头身上带伤四处疯狂攻击的恶狗。

　　罗汉生扣下扳机，击中最前头的日军，日军号叫着向后摔去，撞倒身后的一个。日军的枪声嗒嗒响起，子弹从山下涌上来。

　　三人借助居高临下的战壕的隐蔽优势，宋昆山、刘欢喜推下的竹段岩石土块，像暴发的山洪滚滚而落，砸向日军。罗汉生东击一连串，蹿到战壕的西侧，再击一连串枪。刘欢喜不时敲打铁桶。三个人呼喊冲啊冲啊。

　　河野一时被山上的状况弄蒙，但很快看出他们单兵作战，命令分散兵力，四面包抄上来。罗汉生喊撤离，宋昆山和刘欢喜把剩下的竹段石头土块推下山，跟罗汉生从战壕撤出，奔向山上。

　　前面是森林，另一条山路的尽头是山崖，崖口的风很猛，树枝拍打崖壁作响。罗汉生要过刘欢喜的铁桶，挂在树上。风刮过来，铁桶撞击崖壁，嗵嗵作响。三人继续往密林深处跑去。身后的铁桶听起来像战鼓擂响。

　　穿过森林就是横水村，如果刘铁生还没从斗鸡岗返回，或者在那边与另一伙日军交战，那只有他们三个守护整个横水村了。日军的追赶停顿下来，罗汉生说看来铁桶起作用了。

　　追到山崖的日军果然被嗵嗵作响的铁桶吸引住，他们小心翼翼爬上去，对着发出声响的地方开枪。好一会儿没动静，日军探头一看，被打成筛子的铁桶在风中晃荡，一会儿掉下山崖。这给了三个人一段撤离的时间。

　　森林里古木参天，鸟雀惊飞，到处是要两三人才能合抱的大树，树冠密密匝匝，遮天蔽日连成一片，地面阴暗。罗汉生果断说上树。宋昆山和刘欢喜在山里长大，爬树得心应手，他就没那么灵光了。两人顶着他上树，接着两人也敏捷地上去。

　　他们像三只鸟蹲踞树上。日军进入森林，四下乱射，步步为营，从他们的脚下走过。刘欢喜用他的木枪比画，假装冲日军射击。宋昆山的拳头捏得咯咯作响，无奈手无寸铁。罗汉生摸到口袋里剩下的五颗子弹，跟自己说必须一枪一个。

　　日军在他们脚下经过没多久，枪声响起，一名日军后背中枪倒地。每当他们试探着前行，就会有子弹从某个无法预料的方向射来，击倒一个。

　　河野瞎了一只眼，可听觉更灵敏了，他终于听清枪声是从树上来的。这一大片茂密的森林，如同他在北方遭遇过的青纱帐，彼时八路军的枪声从漫无边际的高粱地射来，让他吃足了不知枪声来处的苦头。现在他将再次面临一场与此相似的南方战事。

　　这是一场以寡对众、以暗处对明处的偷袭战，河野头皮发麻，想起一个前辈告诫他的，千万不要在茂密的森林里展开一场战事，你永远不知道子弹会从哪个方向射来。他估算到其中一棵树，指挥士兵对那棵树猛攻。密集的射击后，树枝纷纷折断，但没有一只鸟或一个人从树上掉下。又一名日军被来自森林深处的子弹射倒。他们绝望又狂乱，一名日军抱着机枪朝半空狂扫，差点射中两名士兵。

河野把他踹倒，这种毫无章法的扫射是大忌。他意识到这种背后偷袭的真实目的是牵制他们，决定放弃大海捞针的战术，指挥队伍朝山下村子冲去。

树上的两个人被一圈机枪射中了。罗汉生的左肩胛中了枪，宋昆山的小腿被掀开皮肉，刘欢喜人小爬得高，躲过了一劫。

他们三个在树上动弹不得，只能眼睁睁地看着日军冲向横水村。村民还未转移，张文山以为刘铁生守在屏风岩，而刘铁生在斗鸡岗的队伍还没转移过来。

宋昆山脱下衣服包住大腿，急得骂刘铁生笨蛋。刘欢喜驳斥他，爹不是笨蛋，要不然怎么能打那么多胜仗。罗汉生举枪朝东南方向射击，打完了所有的子弹，现在他唯一能做的就是引刘铁生的队伍过来。

吃了暗亏的日军没有贸然进村，埋伏在半山腰朝村子扫射，投燃烧弹……半个横水村房屋坍塌，起火，哭喊响彻天空。留守村子的几名游击战士苦苦迎战。村子西南面的四明游击纵队指挥所与横水村隔了一条溪，几发炮弹打塌了屋子，张文山带战士们冲向村子东北面时，刘铁生的队伍已从斗鸡岗赶来，与日军激烈交战。

"刘铁生，要是吃了败仗，提人头来见我。"张文山冲东北方向吼。

战事在黄昏降临时结束，河野撤离，日军砍下六名游击士兵的左手掌代替全尸。河野在这片深山里闻到了最熟悉的鱼腥味。作为曾经的鱼贩子,从来只有鱼贩子杀鱼,没听说过鱼能把鱼贩子杀了。他发誓还要回来,找出让他瞎眼的抗日分子,把擅长的"断筋活杀"法用在对方身上。

六名游击战士牺牲,二十多名受伤。半个横水村已成废墟,村民的一大群鸡羊死于此战。

张文山对刘铁生一顿狂风暴雨般的狠批,听见刘欢喜的喊声,抬眼见瘸着血腿的宋昆山扶着左肩淌血的罗汉生过来。两人满脸血泥,笑得比哭还难看。张文山说快扶他们治伤,回头找刘铁生算总账。


子弹嵌在罗汉生的左肩胛骨头里,失血过多的他扑在手术台上昏迷着。伤处已切开半个手掌大小的口子,子弹露出尾部,还不能取出,一动就血涌如注。

安琳哭喊着冲进来,要参与抢救。程采薇要大家拉住她,这么激动的情绪别说救人,连接近都不可以。

程采薇唇干舌燥,之前接连做了五台抢救手术。许小慧端过一碗水,她咕嘟咕嘟喝光,擦掉额头的汗,让唐可心和楚琼华准备好止血钳、止血包。她用钳子钳住子弹尾部,深吸一口气,跟自己也跟昏迷中的罗汉生说,撑住,一定要撑住——子弹钳出,当啷一声落在铅盘。唐可心快速钳住出血管,楚琼华按住止血包。许小慧的泪水落在沾满血肉的子弹上,不断喊罗汉生以防他深度昏迷。王映霞一手递手术器械,一手给程采薇擦汗水。

安琳趴在李静姝的肩头哭了很久,不断问罗汉生会不会死。李静姝说不会,因为他不是一个轻易会死的人,打中肩膀就挂掉太不符合罗汉生的死法,他一定是那种死得轰轰烈烈的人。她一向欣赏雄壮的死法,就像战败的日军,不会投降而是剖腹自杀,这是一种多么了不起、多么轰轰烈烈的死法。

"你是诅咒汉生吗?"安琳停止哭泣,回味这话觉得有点不对劲。

"没有啊,我怎么会诅咒他?"

"你怎么会赞美日本鬼子剖腹自杀的死法?"

"不会啊,我怎么可能赞美鬼子呢。我只是打个比方,怕你不懂。"

安琳闭目双手合十,向神明祈祷保佑她喜欢的人平平安安。李静姝望向远处山川,目光幽深不可测。


罗汉生再一次醒来是在两天后,他因化脓的伤口而痛醒。

屏风岩战事造成众多伤员,救援队不停不歇地抢救。尽管罗汉生是重点救治对象,伤势还是不可避免地加重了。缺止痛药、止血药、消炎药、器械……救援队派人去县城采购,可千辛万苦只能弄来极少的药品,分到伤员身上更是少得可怜。

"我死不了,我怎么可能轻易挂掉呢。"醒来的罗汉生虚弱地对程采薇笑。

程采薇看他脓肿溃烂的伤口，再看他的脸，眼圈发红。他们自小相识，还有一场名义上的"定亲"，尽管不是那么亲密熟络，可毕竟看着彼此长大，见识过彼此的幼稚、懵懂、成熟。命运之手安排他们共同面对生死。

她面对着他化脓的伤口，俯下身去。许小慧和唐可心惊诧地看着。

安琳拎着竹篮进来，篮里装的是田鸡汤。老蔡从溪里捕来，麦花香炖的。

她走进屋，忍着强烈的血腥味、药腥味和此起彼伏的呻吟，走向用薄帘挡开的重伤员隔间。一掀帘子她呆住了。程采薇伏在罗汉生肩头，许小慧和唐可心一声不吭地围观。罗汉生似乎在抵挡，可他并没有什么力气。

他伤得这么重，她竟然——安琳扑过去，篮子落地，罐子破碎，热汤洒在脚上。许小慧和唐可心连忙拉住她。

程采薇一口一口吮吸脓血，吐向脸盆，盆底一堆猩红的血花。直到罗汉生的伤口泛白，程采薇冲出隔间。许小慧用深意的目光看看安琳，端起脸盆出去。唐可心抓紧敷药包扎伤口。罗汉生想对安琳笑一下，却又昏了过去。

安琳愣了很久才明白。此时她感到热汤洒在脚上的痛，她蹲下身揉着脚背，百感交集地哭起来。

下部

长夜将尽

# 故人重逢

春去秋来，寒来暑往，映山红开开落落，草木葱茏，白云明净，天空澄明。

医疗救援队来到梁镇已经一年多了，队员们学会了本地方言，吃惯了山里菜，空下来的时候，她们在当地老农的带领下，常背着背篓去山间采药，以弥补药材不足。程采薇此前对中药的了解只限于医学书籍，现在活学活用，大长见识。她脸色红润，眼神深沉，扎袖子，卷裤管，行走的速度超过所有队员，对山间食物有与生俱来的适应能力，与游击战士们情同兄弟姐妹，与梁镇的村民亲如一家。她像一棵有超强适应性的树木，一经落地就能扎根成长。

罗汉生也跟着采药队伍辨识草药的长相。在这一年多大大小小的战事里，他一次次与敌人血肉搏杀，一次次受伤，一次次从程采薇手上醒过来,感激之余对她越来越敬佩,有空时也卖力地跟着她采药。他拿草药向程采薇谦虚请教。程采薇从草药外形特性讲到功效作用。两人肩并肩站在山岗上,映山红在春末夏初的凉风中散漫飘落。

安琳咬着笔头,半天过去两行字也写不出。主编要她尽快拿出战捷消息,催了两次,见她神思恍惚,拿过稿子自己写,边写边摇头。她与罗汉生依然相爱,可两人之间像隔着一层朦胧的雾障,不再那么清晰明了。前段时间的一场战事中,罗汉生的腿被弹片削了,她扶他去救援队,程采薇细心地给他擦药,那种关切令她有说不出的别扭,她不可抑制地想起一年前程采薇伏在罗汉生肩头吮血的画面,明知人家是救人,还是无法抑制心酸。

两人见面时她有意无意提起,说那么多伤员程采薇都没那么用心,为什么偏偏对他这样好。罗汉生说她多心了,她说多的是另外一颗心吧。说多了罗汉生嫌烦,不理她。她委屈,他又哄她。

她忍不住跟李静姝抱怨,李静姝说她又不是救援队的,罗汉生受伤了她有什么更好的办法救他。她无言以对。后来她强迫自己相信他们之间确实是纯洁的同志关系。她望向窗外,山川辽阔如海,她跟自己说像山川那样想得开阔点吧。李静姝说走吧我们也去采药。

翻过一道山岭,李静姝指着说他们在那儿,眼前的景色很适合配那条战捷消息的画面,便掏出纸笔画起来。阳光西斜,有点晃眼,山岗上站着两个人。安琳用手挡住炫目的光线,从指缝看出去,罗汉生和程采薇几乎靠在一起。程采薇抓着一把草药指指点点,罗汉生像听话的小学生,微笑点头。

夕阳打在他们脸上,他们的头发闪着柔和的光泽,脸庞呈现红润透明的质感,看起来多像一幅画。连安琳都看呆了,甚至想喊李静姝把他们画下来。但转瞬,安琳升起醋意。

程采薇和罗汉生听得一声尖叫,回头望去,安琳踩着灌木草丛歪歪扭扭跑来。程采薇喊当心,罗汉生诧异地问她什么时候过来的。她什么也不说,朝他胸前捶来。罗汉生一处愈合没多久的伤口挨了拳,痛得直吸气。她转身往山下跑。他追上,她推开。又一次追上,又一次推开。路上摔了几跤,这使她更有哭的理由。队员们过来问发生了什么。罗汉生觉得丢脸丢大了。

在一条幽静的山路,李静姝快速走着,眼神像鹰一样扫视四周。这次她发现了一条通往绍兴上虞方向的新路。她掏出随身的地图比对,继续画画写写。

安琳回村碰到送完报纸回来的刘欢喜,刘欢喜问她为啥哭,安琳支吾说摔疼的。刘欢喜说罗哥有一封信,安琳迟疑了一下接过信。她回宿舍拆开信,看呆了,然后扑倒在床上大哭,信被越抓越紧,皱成一团。

罗汉生赶回村的路上被宋昆山叫住,说张文山找他。

十来名干部在开会,罗汉生一进去便被刘铁生拉到身边坐下。

一年前屏风岩战事之后,张文山狠批了刘铁生一顿,对罗汉生开始刮目相看,觉得这个不那么循规蹈矩的上海大学生还真有料,此后逢战必跟他商量。

张文山指着地图说目前我军还未完全占据梁镇全境,日伪军部队有三个步兵连四百多兵力盘踞在中心集镇,烧杀掳掠,敲诈勒索,无恶不作,百姓苦不堪言。游击纵队决定在一星期后攻打梁镇,彻底拔除这个毒瘤。

"敌人兵力部署是这样的:一连驻守在枫桥、民教馆、老祠堂以南的地域;二连驻守在老祠堂;三连驻守在狮虎山两座南北碉堡内。我们察看过地形,他们号称筑起了浙东马其诺防线,吹嘘牢不可破……"刘铁生介绍敌人的地形部署。

"所谓不可逾越的马其诺防线,不也是没能够改变法国在'二战'中覆灭的命运吗?一味死死防御,正好说明他们的弱点,当年马其诺防线正是因为这个致命弱点而被破防,队伍被打得落花流水一败涂地。"罗汉生坦然指出。

张文山赞许地点头:"这就是把你找来的原因,来来,把当年马其诺防线的利弊攻破跟我们讲一讲,我们取个经……"

会议结束,张文山见罗汉生有点走神,问他有什么事。罗汉生知道逃不开追问,便把刚才的事告诉他。

张文山让他快去找安琳:"你的建议很好,我们再做进一步改进,战事不能松懈,你跟人家姑娘之间也不能松懈,更不能像打仗那样横来直去。去,好好解释解释,安慰安慰人。说到底还是你这小子太招人喜欢了,去。"

罗汉生在安琳宿舍门口喊她,屋里没动静。隔壁的程采薇过来与他一起喊。屋里依然没回应。安琳不在,李静姝也不在?罗汉生踹开门,屋里空无一人,安琳的床铺叠得整整齐齐,行李箱衣服都没了。罗汉生往外跑去,程采薇喊住他,抓起枕头边一个皱巴巴的纸团给他。

是母亲曹大英写来的信,信中问了他在梁镇的起居生活,叮嘱他注意安全之类的,还说:"你跟采薇待在一起我就放心了,晚上也能睡好觉了。她为人稳重,热心善良,能拿主意,是个踏实的好姑娘。你们从小青梅竹马,定过亲,要不是你后来跟安琳自由恋爱,说不定我们两家早就抱上孩子了……"

两人对看了一眼,朝村外跑去。刘欢喜背着一袋报纸蹦跳过来。罗汉生问他有没有见安琳,刘欢喜说半个小时前见过,还把寄给他的信转交给她。罗汉生懊恼地拍他脑袋说你闯祸了,刘欢喜再想了想说刚才从报社出来,看见有个像安琳姐姐的背影,朝村子西北方向跑去。程采薇说西北方向有日伪军部队盘踞。罗汉生的心顿时一沉。

他们不敢大喊,只能在路上辨认有人走过的痕迹。走了三四里山路,程采薇发现安琳坐在一个岭头,抱着行李箱面对大山两肩一抖一抖。两人悄悄上前。安琳回头看见他们,拎起行李箱就跑,罗汉生扑上前抱住她。安琳哭得歇斯底里。

程采薇定了定神过去:"安琳,不管你对我有什么看法,对罗汉生有什么误会,你一定要冷静下来听我们解释——"

"你们,你们——"安琳笑了笑,泪水又落下。

程采薇百口莫辩,只得走到一边。

罗汉生把两家父母如何结缘、他和程采薇自小相识、父母做主为他们定过娃娃亲等如实相告。说着说着,他想起了程采薇一次次搏命相救。在人体实验室为他做手术,掩护他躲在解剖台下,把他化装成废弃人体从日军封锁中运出,她吸他伤口脓血时的无畏无惧……此前他没想过那么多,是安琳让他想了起来。

安琳呜咽说她知道他们是青梅竹马,有过猜测疑虑,但认为那对他们伟大的爱情产生不了威胁。可没想到他们定过亲,他母亲对他和程采薇没走在一起有这么大的遗憾和不满,也终于明白了他母亲为什么一直对她不冷不热。

"你怎么能因为我妈的几句话就任性乱来?山路上有多危险你知道吗?说不定敌人枪口就在前面等你呢。回去吧。"罗汉生的语气重了。

"既然今天我们三个都在,就把话说清楚。汉生,你和程采薇只是普通朋友,不可以喜欢她,不可以对她有别的感情,"她又对程采薇说,"程采薇,你也一样,你和罗汉生只是普通朋友,不可以喜欢他,不可以对他有别的感情。"

罗汉生看程采薇，看到她发梢的一片草叶，额发下一道细细的划痕，以及困惑茫然的神情，心里很愧疚。程采薇没做错什么，却要与他面对安琳的无理取闹。他们之间原本坦荡无垢，可安琳的话显得他们很不堪。他一直以为安琳是善解人意的，没想到她会用这种让人难堪的方式。

"你一定不能喜欢她，你说啊。"安琳见他看着程采薇不吭声，越发委屈。

"我和罗汉生本来就是普通朋友，只不过比你相识久一点。两人之间，最重要的是彼此信任。安琳，相信汉生，也要相信你自己。"

"好，我一定只喜欢你。安琳，不要忘了我们来这里的初衷，回去吧。"罗汉生拉起行李箱和她的手。安琳便不再抗拒。

他们借着渐升的月光辨认路径。虫声啾啾，风声低呼，远处猛兽吼叫，安琳害怕得紧抓罗汉生的手。程采薇走在前头，跟他们隔着一小段距离。

罗汉生问安琳白天李静姝跟她一起上山，后来去哪儿了。安琳说不知道，为什么要问起她。罗汉生沉吟了一下说觉得她行为举止有点怪怪的。

"我也有这种感觉。她好像跟我们保持距离，不与我们太亲近，也不让我们太接近，似乎藏着很多秘密。"程采薇跟着说道。

"哪有这种事，你们乱讲。"安琳不满。

程采薇走了几步说轻点，前面有状况。安琳被他们这一番话又惹毛了，尤其是程采薇说"我也有这种感觉"，听起来与罗汉生多么心心相印。为什么他俩有这么多相同感受而她没有？他们不喜欢她，也顺带不喜欢她的朋友，他们是故意这么说，合伙欺负她。她越想越委屈，径自往前走，两人一时没拦住。

前方山岭下的山谷地，一群人影在晃动，还能看到他们抱着枪支的模样。安琳呆住。他们是谁？是日伪军还是土匪强盗？为什么出现在夜晚的山上？他们有枪而自己两手空空——

她恐惧地尖叫，声音划破空旷寂静的夜，惊动了山谷地中的那群人，他们的枪口齐刷刷对准山上。


李静姝回到宿舍时已是半夜，她已想好应对安琳疑问的说辞，不慎迷路又摔倒了，她身上的几处伤可以证明。这在山里很寻常。

意外的是安琳不在，并且她的行李箱和衣物也不见了。她稍稍愣了一下，马上不去想为什么，这种事于她一点也不重要。她需要做长久以来要做的事，带一箱秘制的地形图逃离横水村，逃离梁镇。

李静姝，本名荒木由惠子，受日军梅机关严格训练的中国通间谍，生在日本长在中国，除了日本父母和血统，她的外表看起来就是一个中国人。

她受梅机关指派，在上海北站上车，意图潜入苏北新四军总部，利用绘画特长窃取情报，却不慎误坐了去杭州的火车。坐错车是严重失误，她会因此遭到梅机关的严厉惩处。意外的是她遇到了老同

学安琳,这个她在学校原本看不上眼的单纯得有些傻的汪伪高官千
金,向她透露自己将要偷偷追随恋人去梁镇参加抗战,这瞬间改变
了她的行程。她决定将错就错将功赎罪,以弥补坐错车的失误。

在上海去梁镇的途中,她绘制了一批战略地形、工事要塞、重点
建筑、村落民居的地图,掌握了大量战略战情民生情报,获取地方特
产资源信息,为日军全面攻占中国做好雄心勃勃的第一手资料准
备。到横水村后,游击纵队把她安排在报社工作,这使她更加得心
应手,窃取了大量重要资料。

她以写生采访为名,走遍周边村落,采访游击纵队干部战士,还
能进入重要的工事指挥所,她牢记每一处特征,唯一的遗憾是无法
将一些能得到重大嘉奖的情报传递出去。传递不出去,这些情报就
等于一堆废纸。

近几个月,她总会在某一天悄悄消失,把相关情报寄给驻上虞
的日军部队。她没有声张身份,只在情报的某一页面注明只有自己
才懂的记号。她相信忍辱负重做的这一切,可以弥补之前的严重失
误。梁镇这段时间的战事,大多与她提供的情报有关。没有多少人
怀疑她的去向,记者的身份给了她天衣无缝的掩护。

但游击队也不是吃素的,很快就补上了某些疏漏,只是很少有
人捕捉到其中的疑点。她报出去的情报都经过精挑细选:无足轻重
的,难以引起日军的重视;过于重要的,则有功无名且会受到怀疑。
那些最重要、最关键的情报,她计划留着亲手送出去,这是她的护

身符。

这个白天,她摸索到一条绝佳的逃离通道,而且罗汉生、程采薇、安琳都不在,其他人与她疏离,不太会关注她的行踪,千载难逢的好时机,一年多了,资本攒足了,是时候离开了。她悄悄关上门,拎起箱子走入静寂的夜。

迎面过来一支巡逻队,李静姝把箱子塞进树丛,手上多了几张稿纸,写写画画。战士们招呼她这么晚还在外面,她晃晃稿纸说刚从报社出来,稿子明天要印刷。战士们说李老师辛苦了,继续巡逻。她把稿纸塞进口袋,拎起行李箱,对他们的背影冷笑两声,快速上山。

她奔走在一片丘陵茶园。行李箱很重,山路崎岖,夜色骇人,之前她被山间蹿出的蛇虫惊吓过很多次,可此刻她一点也不害怕,支撑她的动力是——"效忠天皇,义勇奉公,为大东亚共荣而战"。

她蓦地停下,长期的训练使她的听觉灵敏,她听到了脚步声,两个人,一轻一重,一前一后。她躲到树后蹲下。两个晚归的村民挑着箩筐过来。她想等他们过去,不料脚下蹿出一条蛇,她无法自控地叫了声。两个村民喊是谁。李静姝抬起手,两声轻轻的枪响,村民倒地,鲜血迸溅到她脸上。她抹了把脸,漂亮的面孔显得凶残无比。

她收起袖珍无声手枪,拎起箱子奔入夜色。几张稿纸悄然从她身后滑下,落在村民身上,很快被他们身上不断涌出的血洇红。

浙东绥靖指挥部调集了三个团的兵力,名为消灭日军,实为剿灭敌后抗日武装,尤其是四明山区越来越有声望的新四军四明游击纵队。这支打前站的侦察连队昨日刚进驻这个山谷。

朱连长听到山崖上一声划破夜色的尖叫声后,命令士兵枪口朝山。几个模糊的身影跑过,脚步声单调,看来是几个被吓坏的路人。

他觉得没必要动枪,让几名士兵把那几个倒霉蛋抓回来,叮嘱别弄死,或许能从他们嘴里撬出点有用的。他重新躺在厚厚的草堆上,命令士兵把眼瞪大,别再惊扰他做梦。本来他睡得很好,恍惚中重回上海滩,像古代英雄那样飞檐走壁,穿行在街头巷尾杀人。飞着飞着被尖叫声惊醒。现在他睡不着了,很恼火,想着将那几个人抓回来后得暴揍一顿。

他睁眼望着空旷辽阔的夜空,想着遥远的陈年旧事,以及旧事里的面孔。梁镇,他轻轻念出这个陌生地名。军事地图显示,梁镇离这里五六里路,镇上有一个他亲如手足的人。这个人曾经与他朝夕相处吃喝玩乐,一起经历一场场生死厮杀,一起并肩面对共同的敌人。而现在,在无可抵挡的命运安排下,他将用枪口对准这个人。朱连长想到这里身上一阵发冷,忍不住打了个响亮的喷嚏。

士兵们带着反缚双手的三个人,走到他面前,把他们朝前一推。

朱连长掏出手绢擦了擦鼻子,打了个呵欠,懒洋洋地站起来。他想显得不那么凶神恶煞,毕竟要从人家嘴里掏出点有用的,还是稍微客气点好。

"哪个地方的？来山上干什么？附近有没有新四军游击队？"朱连长还有点困倦，耷拉着眼皮，毕竟是梦中被惊醒的。

安琳靠近罗汉生，害怕地抖起来。这是她第一次离死亡这么近，战争真的太可怕了。程采薇的背挺得直直的，神情从容，她见过太多的生死，所以枪和子弹等同于手术刀、解剖刀。罗汉生看着眼前这个睡眼惺忪的国军连长，眨眨眼想看得清楚些，再看，不禁笑出声。

朱连长火大了，梦中被惊醒本就够恼火，这个小老百姓居然还敢笑，他瞪大眼吼道："他娘的，先给我揍一顿。"

两名士兵马上按倒罗汉生，罗汉生的笑还挂在脸上。

安琳又急又怕，想喊又不敢喊，脸色煞白。

程采薇挣扎着想冲过去，被士兵牢牢揪住。

朱连长的眼越瞪越大，急忙喊停。一个士兵出手太快，已给了罗汉生狠狠一枪托。朱排长踹倒士兵让他滚蛋，让所有人退后二十米，观察四周，叮嘱不管有什么动静都不许回头。士兵们跑到旁边背对而立，满脸惊讶一头雾水望着黑黢黢的夜。

朱连长割开三人身上的绳索，安琳和程采薇揉着痛麻的手臂蒙了。

罗汉生和朱连长像狭路相逢的仇人，又像久别重逢的老友，大眼瞪小眼瞪了好一会儿，然后罗汉生朝朱连长胸前捶了一拳，骂道：

"朱砂你这个混蛋,什么时候换上这一身皮了? 啧啧,还挺人模狗样的。"

"来吧,再来两拳,报刚才一枪托之仇。"朱砂拍拍胸口。

罗汉生快到他胸前的拳头停下,拨了拨他的头发,掸了掸他的衣裳,介绍了安琳和程采薇。朱砂朝她们鞠一躬。

朱砂问他们为什么半夜三更出现在这里,罗汉生避而不答,用同样的问题问他,朱砂也是避而不答。罗汉生问他是什么时候离开锄奸队参加国军部队的,朱砂的回答模棱两可。朱砂问罗汉生来梁镇后怎么样,罗汉生说不错挺好的。

几个回合后他们蓦然发现,他们再也无法像以往那样把话摊开来,何况他们是在刀兵相见的状况下,何况他们之间有一条看不见摸不着却清晰无比的楚河汉界。他们沉默着,以至于安琳和程采薇闻到了空气中的火药味。

朱砂艰难地说:"生哥,我们各有各的职责,各有各的命,以前回不去了。你也很清楚我们来这里做什么。走吧,你们走吧。"

"天下的路很多,不走这条路难道你会死吗?"

"不会死,但我会活得很难看。天要下雨,娘要嫁人,我身不由己。走吧,就当我没见过你们,你们也没见过我。"朱砂挥挥手。

罗汉生拉安琳、程采薇往山上走,走了几步回头。

黑夜里的朱砂一动不动,声音发冷:"下次见面,我们是义不容情的敌人。"

说过这话的朱砂眼圈瞬间红了，他拔出手枪朝乱草丛连开三枪。士兵们悄悄看过来，朱砂吼叫不许回头，他们赶紧转脸。他搬起几块石头推下山，在石头滚落的声响里骂道："臭老百姓，一句屁话也问不出，他娘的都给我崩了——"

罗汉生一路走一路跟她们讲曾经的锄奸往事，与朱砂的交情。安琳也是第一回听他说得这么仔细，不时惊叹。

离梁镇越近，山色越明。罗汉生望着遥远的北斗星感慨，说他曾经奔走在上海的街头巷尾，以刺杀汉奸为傲，自认也是为抗战出力。现在回想起来，过去的东奔西跑似乎有点虚无缥缈，可那些明明是他为之付出青春、信仰和希望的事物，怎么会变得如此遥远生疏了呢。

安琳有点茫然，罗汉生的话听起来简单直白，可她不懂是什么意思，难道他也跟自己一样没那么喜欢梁镇了吗？程采薇笑了，这种微妙的感觉她也有，只不过她信仰的出发点与落脚点都是同一个地方，过去、现在都没有改变，将来也不会变。

"在上海，是时势使然，是最糟糕情况下的无奈选择；在梁镇，一开始这条路也是独木桥，但走着走着，有很多人与你殊途同归，一路同行。你一路赴汤蹈火颠沛奔波而来，与那么多人同舟共济患难与共，一起穿过枪林弹雨，一起流血，你自然会倍加珍视。此后漫长的岁月，你会以一生去维护生命中这段最纯粹、最弥足珍贵的青春岁月。"她望着夜空说，眼里也有北斗星光的闪烁。

罗汉生眼前一亮,不知是晨曦亮了还是心中亮了,程采薇说出了他想了很久但一直无法用确切言语表达的意思。安琳默默听着这些她很难理解的话,天亮了,她的心反而黯然了。

罗汉生敲开张文山的房间,把遇到国军部队的消息告诉他。

张文山说这个消息他们已了解,梁镇周边多个区域发现了国民党顽军的踪迹,已加强部队防守。他们的"反共战略"正在全中国蔓延,抗战形势会越来越严峻。张文山又觉得奇怪,问半夜三更他哪来的消息。罗汉生把事情的来龙去脉说了,犹豫后又说了与朱砂的交情。张文山皱起眉,罗汉生心中忐忑起来。

张文山说这个情况不重要,另外他会跟《新四明报》主编提一下,让他跟安琳谈谈心,顶头上司的话一般还是管用的。罗汉生刚出门又转回,张文山问还有什么事。

"那个李静姝,似乎有问题。"

"你们不是一块从上海来的吗?说说,怀疑什么?"

安琳跑来喊张主任。罗汉生以为她又要闹,说都折腾了一晚快回去,要闹到什么时候才肯罢休。安琳说李静姝不见了,连行李也没有了。张文山说快去看看。几个巡逻战士跑来,说村民长富和长贵兄弟俩被枪杀在野鸡岭,身上有几张沾血的《新四明报》稿纸。

神秘失踪,巡逻队与其夜遇,动辄出现在没有采访需求的工事指挥所,总是到处写写画画,幅度很大的鞠躬,冷不丁冒出的几句日语……一切疑点指向这个与医疗救援队半途相遇的女学生身上,种种迹象表明这些太像日本间谍的手法,她的失踪将直接威胁游击纵队的生死存亡。

安琳傻了。这一切因她而起,是她把李静姝带到梁镇。宋昆山也傻了,是他把救援队带到梁镇。他还想起自己对李静姝还有莫名的好感——他羞愧得撞墙,罗汉生拉住,他额头已撞出一块瘀青。罗汉生骂他蠢透了。

现在游击纵队面临多重危局:梁镇攻坚战将在六天后打响,游击队面对的是拥有十几挺轻机枪、四百多支枪、号称筑起了"浙东马其诺防线"的日伪部队;国军在梁镇周边多处部署,蠢蠢欲动伺机扑食;逃离的李静姝,更将带来难以预料的巨大威胁。

接下来的几天,游击纵队在秣马厉兵中度过。指挥所会议室从早到晚都在部署战略战术。兵力牵制,腹背受敌,各个击破,艰难攻坚……其中兵力、枪支不足成为最致命的弱点。

同住一间宿舍的罗汉生和宋昆山辗转难眠。

"兵力不够,枪支弹药不够,医疗药品不够,吃不够用不够穿不够,要啥缺啥。我们游击队为老百姓打天下谋幸福,老天爷偏心眼,啥都不给,他是不是老眼昏花把事给弄反啦?"宋昆山骂骂咧咧。

"你少啰唆几句,不说话没人当你哑巴。"罗汉生听得烦,用被子蒙住头。

"要是能像上回跟陈世祖借枪就好了。"

罗汉生从床上弹起愣坐，把宋昆山惊得也坐起，问他是不是抽风了。

罗汉生知道该怎么做了。他拉起宋昆山说找张文山，宋昆山说干部们连着两天两夜部署作战方案，今晚才睡下，这时把人喊醒也太缺德了。罗汉生扔下他就走，宋昆山忙跟上。

罗汉生跟张文山说的是，宋昆山向地主陈世祖借土炮，这是上回约定的。他则跟朱砂谈判起义。陈世祖那边没大问题，张文山担心的是罗汉生。罗汉生说既然上回全身而退，这回也能不伤毫毛。


陈世祖从床上爬起，迷迷糊糊拎夜壶。一拎起差点闪腰，他这辈子干过最重的活就是拎夜壶，可从没有这么重过。

他一看夜壶装满了泥沙，这大半夜谁搞的恶作剧。身后有人喊了声。夜壶摔地，尿水顺着他裤腿淌下。刘欢喜喊好臭，捏着鼻子说这么大人还尿裤子啊。陈世祖一看是上回来缴枪的小孩，又惊又怕又羞，问他怎么进来的。宋昆山闪出来，笑着说老朋友又见面了。

自从被缴枪后，陈世祖加强防备，养了很多狗，因为枪会被人缴走，狗不会，且狗的警觉性比人更高。可他没算到有人能降狗。刘欢喜小小年纪当游击队小通讯员，外出送报纸情报总会碰到野狗野猫，就练出了自成一套的"打狗棒法"。这回他用裹着酒酿涂满猪油的饭团喂狗，没几分钟狗群就醉倒了，他们翻进了院子。

陈世祖的女人早就蒙上被子，之前经历的事让她学乖了。

"上回跟你定下的亲事，现在我们来娶了，做人说话要算话。"宋昆山说。

"长官，枪都被你们缴走了，我就这个镇宅之宝，万一鬼子打过来，我怎么招架得住？"陈世祖往窗外看，盼着护院队进来。

"别看了，哪个傻蛋会半夜跑主子屋里。"宋昆山决定给这个老顽固开开窍，"鬼子打过来，墙再高，狗再多，有屁用！你一门土炮，他两门三门十几门洋炮，轰隆隆几下，别说这九十九间屋，连你都轰得骨头渣子都找不着。"

"道理是这个道理，可我——"

"我们打鬼子为了中国人，有良心的中国人，你有没有良心就不知道了。"

"我有，我有良心啊，要不怎么送你们那么多枪。"

刘欢喜插嘴："你怕死不敢打鬼子，我们替你打，可你连一门土炮都舍不得，你说你良心在哪儿？是不是让你家狗给吃了？"

"别骂了别骂了，土炮送你们还不成吗？"陈世祖一咬牙豁出去，"土炮也要有人会开，你们会吗？"

宋昆山让他别管，总会有办法。

"好事做到底，送佛送到西。我让两个会开炮的跟你们走。上回你们来过后，村里村外都说我勾结游击队，我算是名声在外了。鬼子伪军肯定也不会放过我。唉，我是彻底上你们的贼船了——"

"说啥呢，说清楚。"宋昆山瞪眼。

陈世祖给两名炮手每人一枚银圆,他们喜滋滋推着装土炮的手推车,跟宋昆山和刘欢喜上山。

朱砂部队奉命与奉化境内另一支国军连队会合,跟一支日伪军部队交战后,就地休整,等待下一道指令。与以往不同的是,他希望这道指令来得晚一点。

晚间朱砂在山上散心,一名士兵在身后跟着。他让士兵回去,想独自走走。他坐在岩石上,夜光飘荡,山影起伏,耳边响起一些遥远模糊的声音。

"如果有一天,我是说如果,朱砂,我们各自改变了身份,成了对手,甚至成了敌人,我们会不会拔枪相见?"

"如果有一天,我也是说如果,生哥,我们永远是兄弟,是打断骨头连着筋的兄弟。我就算把枪口对准自己,也不会对准你。"

"生哥,我们各有各的职责,各有各的命,以前回不去了。你也很清楚我们来这里做什么。走吧,你们走吧。"

"天下的路很多,不走这条路难道你会死吗?"

"不会死,但我会活得很难看。天要下雨,娘要嫁人,我身不由己。走吧,就当我没见过你们,你们也没见过我……下次见面,我们是义不容情的敌人。"

突地他眼前一黑,脸被罩住,双臂也被牢牢钳住,喊不得也动弹不得。这四周到处是自己的兵马,鬼子伪军不可能一两个,到底哪个狗胆包天的敢在他头上动土,难道遭土匪了?

"连这点机敏都没有,当年怎么杀汉奸的?"有人轻声说。

朱砂扯下罩住脸的衣服,朝左右看了看问他怎么又来了。罗汉生说上回太匆忙,这回好好叙个旧。两人看夜光飘荡,山影起伏。谁都没说话,好像他们是特意约好来这里一起看夜空。

朱砂先开口:"你离开锄奸队后,人心越来越涣散。林与明只好放我们走。我表舅是国军参谋长,劝我加入,说保证两年内升连长,五年内升营长。"

"想不到你这么快就升连长了,前途无量,可喜可贺。"

"这次我们奉调浙东地区,主要目标是日伪军。"

"还有消灭四明游击纵队。"

朱砂对着夜空叹口气,自己也承认这是个空洞的解释。

"还记得当年的誓言吗? 抗日杀敌,复仇雪耻,同心一德,克敌致果。朱砂,我们还是同心一德吗?"

朱砂沉默一会儿艰难地说:"生哥,别逼我了。军人以服从命令为天职——"

"你明知道你们做的是两面三刀的事,消极抗日,积极反共。朱砂,团结抗日才是天职。"

"为什么非得把话挑得这么明? 难不成你想让我反正,加入你们?"

"对,没错,这就是我来的目的。"罗汉生倒也干脆利落。

"你疯了,罗汉生你一定是疯了! 你走吧。"朱砂朝山下走。

罗汉生抬头看天,蓝黑的天空划过一颗流星,他看着它直到消失,对着天空说:"古时候有兄弟俩,老大开酒铺,老二开药铺。兄弟不和,动不动打架,跟仇人似的。有年镇上发生一种怪病,很多人浑身发冷有气无力……"

朱砂不觉停下脚步听着。

"老大每天叫卖酒,说喝了酒有力气。老二叫卖药,说吃了药能治病。谁都不服谁。后来买了酒和药的邻居无意中把酒药混一起,泡了大半个月,舍不得扔,喝了几口,没想到当天身上暖暖的有了力气,喝了三天病全好了。聪明的邻居就炮制药酒卖出去,治好了全镇的怪病,发了大财。兄弟俩得知后肠子都悔青了。你说,要是兄弟齐心,能让外人得手吗?"

"我明白你的意思,可我们只是过河卒子,战争是你我两个能左右的吗? 生哥,你有时候冷静得可怕,有时候也糊涂得可笑。"

"历史会告诉我们,到底谁最可笑。"

"那时候我们早死了。"

"我们还有子子孙孙,还有这片土地。"

朱砂一拳捶在树上,树叶落下洒了他一身。"你走吧。我没见过你也没听过这些话,"接着声音更冷了,"我不会与你们正面交锋,运气好的话,会牵制其他队伍。我能做的只有这些,其他的无能为力。"

　　罗汉生摘掉他肩上的几片树叶,点点头。他往山上走了几步,朱砂叫住他,让他等等。他跑下山,推着一辆美式自行车上来。

　　罗汉生拍拍车座:"不愧是国军,好吃好喝好用养着,我们整个游击队都找不出一辆好点的自行车,骑回去还不把人羡慕死了。"

　　"以前我学骑车是你教我的,我这算是还了人情。"

　　"你还得清吗?吃我喝我那么多,光是我妈做的霉干菜蒸肉,你都还不了。"罗汉生推车上山,与夜色融成一体。

　　朱砂不禁舔舔嘴唇,咽下口水,呆愣了一会儿下山回营房。士兵跑来喊报告,说刚从山上抓了个女的,带个行李箱,神色慌张。


　　朱砂边喝茶边打量眼前的女人,这深更半夜深山老林打哪儿钻出来的?

　　短头发,皮肤白净,眉清目秀,腰背挺直,衣着打扮不像乡下女人,有点上海大学生的味道。神情慌张但不慌乱,更没有一般被当兵的抓了的惊慌失措。要不是他心里装着苏桃,这样的女人还挺合他的口味。

　　朱砂慢条斯理问她是谁,从哪儿来,到这里干什么。女人镇定地说她叫李静姝,从宁波过来看山里的亲戚,不小心迷路了,请长官帮忙送出山。她一直听说国军是纪律严明、爱护老百姓的队伍,相信长官的为人。朱砂明知她的话是讨人欢心,还是颇自喜。在漂亮的女人面前,他不能显得粗俗。

"原来是这样。李小姐，让你受惊了，刚才我的人没为难你吧？包子馒头进来。"朱砂朝门外喊。李静姝抿嘴笑，笑得他心潮荡漾，对进来的士兵说："你们安排一张床，让李小姐好好休息，天亮了开车送她到宁波。"

李静姝对朱砂深深一鞠躬，像日本人鞠躬的样子。朱砂想可能她太激动了，换别人可能都磕头了。李静姝拎起沉重的行李箱。

两个士兵见长官和颜悦色，争着帮她拎。两人拉住行李箱的把手，一抢一夺，本就摔了几回的行李箱散开来。朱砂蹲下身捡起一张纸，又捡起一张，仔细地看。他站起来，李静姝的脸色比纸还白。一个士兵傻乎乎地问安排她睡哪一间屋。

"睡啥睡，给我关起来，一只苍蝇都不许飞出去。"

情势急转直下，两名士兵不明白发生了什么，可知道眼前的女人不简单，她一眨眼从阶下囚成为座上客，再一眨眼又成了阶下囚。他们揪住李静姝，喝令她老实点，把她带出去。

朱砂一边喝茶一边看资料，新四军四明游击纵队地图，枪械所地图，弹药库地图，浙东银行地图，战况捷报，游击纵队新成立青联会……各类情报应有尽有。不知这女人是什么来路，又前往何处。幸亏罗汉生早走了一步，要是发现这些，事情该怎么收场。他肯定要带走这女人和情报，但如果这样，他和罗汉生无疑会翻脸甚至拔枪相见。朱砂的额头渗汗了。

当初国军参谋长表舅举荐他从军时，拍着胸膛说保证他两年内升连长,五年内升营长。现在就凭这一箱子情报,升官加职触手可及了,都不必上战场拿命去换。真是老天长眼,朱家祖坟冒青烟啊。

他把散落一地的东西整整齐齐码进箱子,锁上塞进床底,关灯上床。他盯着漆黑的屋顶长吁一口气,全身酸软,像走了几百里泥泞山路那么疲惫不堪。

天下起雨,罗汉生扛起自行车走在泥泞的山路上,脑海里晃过往昔与朱砂一起的碎片。这个爱吃烤鸭腿、馋他母亲做的霉干菜蒸肉、老是屁颠屁颠跟在他身后、一起出生入死的兄弟,与他明明只隔了两三个山头,却似相隔千重山、万重水。他们是兄弟,是战友,是陌生人,还是义不容情的对手?

# 梁镇攻坚战

梁镇攻坚战将在次日晚八点拉开,作战室还在敲定最后的作战方案。

"伪军方面,是宁绍第三特遣部队的金胡子部。这人自抗战以来反复横跳,一会儿投日军,一会儿反正抗日,现在又投日军了。这家伙很狡猾,长期驻守上虞一带。日军方面,是驻四明县城的河野一郎联队。河野在绍兴瓜田镇的一场战事中瞎了右眼,之前的屏风岩战事也是他。这个鬼子非常残暴,每天要杀人,不杀人就会发疯,不知多少无辜的生命丧在他手上。罗汉生跟他交过手,对他的战术应该是有所了解的。"张文山介绍敌方情况。

罗汉生想起屏风岩战事中那个长着一张瓦片脸、戴着眼罩的日军,心想我们又要见面了。河野一郎,瓦片脸,独眼龙,两次交手,第一次听到敌人的名字,他激动地搓手,恨不得立刻与这个宿敌对阵。

关帝庙的日伪军指挥所内,金胡子恭恭敬敬地把热茶送到河野一郎面前。河野端起茶就喝,随手把茶杯砸地。

热烫的水洒在金胡子的脚背上,疼得他龇牙咧嘴,又不敢叫嚷,两绺胡子直抽搐。

"金,你良心大大得坏。"河野骂。

"我该死我该死,请河野队长息怒。您要不要上点药?"金胡子手足无措。

河野用仅剩的左眼盯着硝烟弥漫处:"梁镇一旦失守,四明游击纵队的势力会大大加强,与其他游击队连片成势,四明山都是他们的地盘了。到时候,你我都会死啦死啦的。"

"河野队长请放心,我们筑起了浙东马其诺防线……"金胡子指着地图。

"敌人所谓的浙东马其诺防线,听起来可笑,但也不可小觑。你们看,这是一个有着完整火力配系的支撑点式的防御阵地……"张文山介绍敌人的工事。

"我们以关帝庙、横街祠堂、民教馆为依托,设置了鹿砦、拒马等障碍物。同时,在民教馆西南侧和狮虎山南北两个高地,各有一个永固性碉堡……"金胡子继续指着地图说。

"周围还有地堡、堑壕、交通沟、铁丝网，敌人占据了有利的地形，筑起了坚固的障碍壁垒。我们查明敌情，绘制了包括敌军兵力分布、工事构筑、火力配置等在内的详图，交给司令部反复研究讨论，现在详细作战方案出来了。罗汉生，你现在是特务大队一中队副队长，给大家详细讲讲。"张文山说。

"明天晚上八点，三支队、特务大队、教导大队、自卫队，按各自任务开始行动，指挥所向梁镇东侧的元宝岙挺进……"罗汉生声音响亮清晰。

开完会已是凌晨时分，张文山让大家回去休整，晚上养足精神开拔。

河野盯着地图的脸色，稍微缓和了些。

"河野队长您歇会儿，天亮了您可以放心回城里去了。这儿就交给我吧。我会守得连一只蚊子都飞不进来。"金胡子安慰道。

"金，我的右眼怎么失去的，你知道吗？"河野摸了摸眼罩。

金胡子看了看他的瓦片脸，小心地说："游击队，是吗？"

"我是北海道有名的杀鱼高手，只要闻到鱼的血腥味，我就能分辨这是什么鱼。现在，我闻到了仇人的气息，他就在附近，正用枪对准我的另一只眼睛。"河野的声音嘶哑阴冷，连金胡子都听得后背阵阵发凉。

"有我金胡子在，一定不会让河野队长掉一根头发。要是抓到这个人，我会刨出他的两个眼珠子喂鱼。"金胡子把手张成爪子状，恶狠狠地发誓道。

河野笑了，拍着他的肩膀说："金，之前你投过皇军，后来反水，现在又投过来。希望你以后不会这么反复无常了，我不喜欢这种做法。"

金胡子的两绺胡子抽搐了两下，笑道："不会不会，请河野队长放心，守住梁镇，就能证明我对皇军的耿耿忠心。"

"希望如此，"河野打了个呵欠，"我睡一会儿。希望能睡得舒服些，别让我那么头疼了。"

金胡子欲扶他进去，河野摇摇头，进了里屋。金胡子的微笑立马转变成冷笑，他朝外喊了声，一名伪军进来。金胡子问情况怎么样，伪军说防线固若金汤，蚊子都飞不进来。金胡子说要是看见一只蚊子我剁你一只脚。

金胡子钻进每一个碉堡地堡察看。如果他们的防线是一个铁桶，那么游击队就是铁桶外的洪水猛兽。他们最大的优势是这道防线，游击队攻不破，他们就高枕无忧。如果铁桶被凿破，哪怕只被凿开一条细缝，洪水猛兽就能涌进来，铁桶也就沉下去了。所以最大的优势也就是最大的劣势。他们只能守，难以攻，攻就是自破防线。而游击队攻守皆可，随时可变换阵形。

金胡子的后脑勺一阵发凉，自己为什么要向河野保证这道防线的绝对可靠性？再说，马其诺防线本身就臭名昭著，这简直是自寻死路。他盯着地堡上只容一支枪的黑魆魆的洞口，开始回想每一次情势危急时，自己找的那些退路——

在成为宁绍第三特遣队三团长之前，他是国军挺进四纵队八十八团团长，枪对准的是日军和新四军。有一次被日军打得七零八落，他差不多成了光杆司令，和几名士兵躲在山洞里拖着淌血的腿熬过了蚊叮虫咬饥寒交迫的两晚后，一出洞就迫不及待向日军递交了一封长信，不久受封为日军驻四明县警备师团师长。刚开始他很得意，不久便发现自己处处受制，比如出县城看老娘都要向日军汇报批准后才能成行，比如有一回刚蹲厕所就被日军火速召见……而且无时无刻不领受着日军打骨子里透出来的蔑视。

有一回他奉命剿灭游击队，同时围剿游击队的还有一支国军。他打着打着投向国军。一年后他去拜访新上任的驻宁绍地区日军长官，送上东海鲍鱼、海参、鳗鱼。在一起品尝清酒和鳗鱼饭的融洽气氛中，他又成了日军驻宁绍第三特遣队团长。

"良禽择木而栖，我才不像那些愚蠢不知进退的国军傻瓜，或者那些木头木脑的新四军，我才不会白白送死呢……"金胡子小声嘀咕，细细琢磨自己灵活的处世之道。

罗汉生推着自行车回到祠堂宿舍，把车靠墙边，经过安琳的房间门口，慢下脚步。房门正好打开，安琳出来。

罗汉生发现她瘦了很多，安琳说睡不着。自从李静姝逃离后，她失眠内疚自责。尽管游击队在周边数十里地域搜查，还是一无所获。她就像一颗不知埋在哪儿的地雷，随时会爆炸。加上罗汉生外出一夜未归，她更是彻夜难眠。

"事已至此，再自责也没用。情报有用的时候一字千金，没用的时候就是一张废纸。李静姝没那么快把情报送出去。攻坚战马上要开始了，战事结束后我们应该可以对付。"他只能这么安慰，说忙了一晚上得休息一会儿。

安琳要他一定注意安全，罗汉生让她别胡思乱想，说完走向自己的宿舍。

程采薇和几名救援队员过来。程采薇说有伤员伤情加重要去看看，说救援队已准备好了，教了他几个战场上应急的自救互救方法，如何快速止血、简易包扎、解除呼吸窒息等。罗汉生学了几招。程采薇说最不想见到的伤员就是他，罗汉生说眼不见心不烦，一定不让她有这个救治机会。两人告别。

安琳躲在门后看他们，不觉落泪。尽管他一如往昔，发生李静姝逃离事件后依然宽慰她，但她还是感到两人之间不知何时开始的疏离与隔膜。她以为来梁镇跟他近了，可似乎更远了。

一夜攻坚战，子弹呼啸着擦过夜空，天空时而亮如白昼，时而漆黑一团。

　　罗汉生和特务大队一中队战士们劈开拒马、篱笆栅栏、铁丝网，被更坚固的鹿砦所阻。一番艰苦破解，冲出缺口，队伍冲向敌人的前沿阵地埋伏。身后火力冲来，刚打开的缺口被敌人封锁住了，后继部队无法接应上来。

　　战士们掉转枪口向身后的敌人开火。对决两个小时后，一丛耀眼的火焰夹着爆栗般的枪声，从狮虎山方向腾空而起，照亮山下敌人的碉堡、地堡和鹿砦等障碍物。这是三支队攻下南高地的信号。日伪军朝那边扑去救援。

　　两支队伍朝另一处北高地进攻。前方安静得诡异。罗汉生说等等，碉堡地堡瞬间喷出猛烈火力，冲在最前面的两名战士倒地。罗汉生命令停止冲击。

　　各路部队也未能攻克预定目标。罗汉生带队借助所占楼房隐蔽，朝敌方再次发动进攻，在枪和土炮的火力掩护下抛掷煤油辣椒，试图削弱敌方火力，不料风向改变，反呛到战士们，只得后撤。

　　金胡子在行军床上睡着，嘴角流涎，枕头上湿了一小摊。里屋传出杯碗砸碎的声响。金胡子睁眼骂谁这么吵，伪军小声说河野队长发火了。

　　河野从屋里冲出来，抱着脑袋，独眼像一只燃烧的火球，嘴里发出谁也听不清的咆哮。因忙于备战他两天没杀人，头痛得快爆了。金胡子倒退两步，怕被他揪过来砍了，并且用传说中很残暴的那种"断筋活杀"法。

"游击队为什么还在进攻？我们的防线如此坚固,他们为什么像讨厌的水蛭死咬不放？啊,我的头越来越痛了!"河野抓着头发吼叫。

"河野队长,碉堡的火力在全力对付游击队,他们到现在连一只水蛭都没爬上来。天快亮了,游击队的埋伏点很快就要暴露,他们会撤出阵地。只是——"

"快说。"

"现在兵力不够,防线外都是游击队,我们像一只铁桶,铁桶外面是洪水,我们打开缺口,洪水就会涌进来。"

河野的独眼死盯金胡子,金胡子不敢看,怕他眼里飞出刀把他切成碎片。

"八嘎,你的马其诺防线和你,没用,碎渣!"河野骂出一串日语。

金胡子知道他在骂人,是将他贬得很低的语言。他垂着头跟自己说骂吧骂吧,就当骂爷爷,反正我也不懂。

河野咆哮了一阵,揪起金胡子的衣领。金胡子谦卑地笑,还是一动不动。河野长呼了一口气,金胡子闻到大蒜芥末鱼腥混杂的复杂气味。河野的脸色缓下来,似乎这阵暴怒把剧烈的头痛发泄出来了,他轻声说对不起。

"金,梁镇失守,你就丢掉了东大门,就像我一样,失去了一只眼睛,你明白吗?"河野揭开右眼罩,露出一个黑得见不到底的窟窿。

"河野队长,我明白,我们再加紧火力,派人攻打游击队后背,让他们腹背受敌,有来无回。"金胡子响亮地说。

天亮时,战士们的埋伏点暴露于碉堡火力之下,部队暂时撤出阵地,等待夜间再次发起进攻。

七名战士牺牲,二十多名伤员送往后方医院抢救。罗汉生身上多处挂彩,宋昆山头皮被削掉一块肉,哇哇叫破相了。敌军也没有轻举妄动。双方陷入对峙,都想伺机用最小的损伤扑杀对方。

各路队长蹲在战壕里用树枝画地形,商量下一步部署。大家商议拔掉狮虎山前的地堡堑壕和碉堡,这样就可突破最大的据点。问题是这一带有众多街道、村巷、民房,总不能用土炮炸掉民房吧。

罗汉生的目光在街巷民房间扫视,似乎要用目光在此之间打出一条通道。宋昆山嘀咕要是能像土行孙那样会穿墙就好了。罗汉生抓住他问刚才嘀咕什么,宋昆山忙说他没乱说。罗汉生指着地形说可以利用白天敌人休整松懈,暗中打通民房的墙,直抵敌方阵前。大家眼睛一亮,这是一个角度奇巧的方案。

战火暂息的阵地飘荡着硝烟,弥漫着泥灰味,淡薄的阳光落在洒血的地面上。山林中惊飞的鸟雀怯生生地飞回来,闻到血腥味,又惊怕地尖叫着飞走。


河野从碉堡枪眼看到游击队不要命地冲上来,倒下,再冲上来,再倒下,前仆后继,好像他们就是从倒下的生命中再一次生长出来的,并且长得如此之快。

硝烟飘进河野的左眼,又酸又涨。河野有不好的预感,他多待一秒,左眼就会多一份失去的风险。他宁愿被游击队打死,也不愿意再弄瞎另一只眼。他告诉金胡子,如果守不住梁镇,他就等着接受最严厉的惩处。之后他匆匆离开。

金胡子盯着河野消失的方向,一根一根拔自己的胡子,咬牙切齿地拔,好像被拔掉的不是他的胡子而是河野的。"我金胡子两只眼,无论如何要比你河野的独眼更能看清战局吧。河野你很聪明,可我也不傻啊。"他冷笑道。

罗汉生和战士们用锄头铁锹逐屋破墙,势如破竹,形成一条隐蔽的屋内通道,直抵尽头的敌人碉堡。大家一锹锹铲砖头泥灰,全身是灰。

墙快破到尽头时,隔墙有敌人的吆喝声,看来是最后一堵墙了。大家沿墙脚挖了道长坑,罗汉生、宋昆山和一排身强力壮的战士,双手按在墙上,大喝一声来了个力拔山兮气盖世的合力推墙。

这堵高大的墙如一张巨大的天网,轰然坍塌,罩向外面的地堡。地堡里的伪军被雨点般的砖块泥石砸得头破血流,束手就擒。战士们踏着残砖冲向前方的碉堡,用土炮手榴弹炸出了一个个洞,很快攻克第一座碉堡、第二座碉堡……

金胡子带着残部在墙倒塌前半小时逃走了。离开前他给了守阵地的伪军每人一枚银圆,说守住阵地每人还能加五枚。要是丢了阵地，一个个别想活过明天。这堆银圆给失血的人灌了血，伪军们说会跟阵地死一块儿。

金胡子逃到一个山头，看游击队以摧枯拉朽之势将他们精心部署的防线攻破，变成一堆堆残垣断壁，阵地上新四军军旗在斑斓的晚霞中飘扬。他心酸地想，又到了改变枪口方向的时候了。


朱砂带领部队跟周边几支零散的日伪军周旋交战，以至于抽不出兵力向游击纵队方向进攻。几支部队也只能跟着这支侦察连满山转悠。

他其实很清楚自己在做什么。空下来时，他摸出几张纸看。那些地图情报他烂熟于心，闭着眼都能背出。他一直在找把情报送上去的合适机会，不过总是事出不宜，有时没时间，有时天气很糟，有时心情不好。

士兵进来说李小姐求见，不然绝食。

朱砂背着手走到黑屋窗前："李小姐想我了，不过我军向来纪律严明，你就别费心了。"

李静姝想笑得妩媚些，可她的面孔越来越苍白憔悴，笑得像个鬼。朱砂退后一步说你别吓我。

"长官，你现在有这么多情报，就是捡到了很多金子，为什么不去花呢？"

这女人有读心术，很可怕。

"我当年在上海炒股票,很是赚了一笔。因为我知道,股票该什么时候入手,什么时候出手。我在等待一个最好的时机。"朱砂冷笑,"你呢,别出绝食这种低级花招,迟早有一天你会去该去的地方,懂吗?"

朱砂哼着小调走开。李静姝凶狠而无奈地盯着朱砂的背影,嘴唇咬出血,顺着牙齿缝渗出,面目愈加狰狞。

程采薇两天两夜没合眼,一度晕倒在手术台前。大家把她背回房间,强制她休息。她梦里都在喊止血钳、子弹钳、消炎药……

安琳也加入救援队,她的技能只能用于包扎换药。回来跟罗汉生忧愁地说起药品不够,尤其是止痛消炎类的药品,伤员取子弹只能硬忍,塞嘴的毛巾都咬烂了。她还天真地说有人能从上海带些药品来就好了。

罗汉生想起几天前托一个游击战士去上海进货的亲戚捎给父母的回信,说自己在梁镇写写战情报道,没危险,很轻松。他希望上战场,领导没让参加,因为他的枪法还不够灵光,游击队有的是神枪手。他还提到药品,让他们想办法弄些药,托那亲戚捎回来。他反复斟酌每一个字眼,既不让父母担惊受怕,又希望父母寄来药,煞费心思。所以他用不太肯定的语气说或许药品在路上了。

安琳疑惑地看远处,群山起伏,天空浮着几片细长的云,几只鸟匆匆掠过,山路淹没在茫茫群山中。

# 铜钱岭风云

　　由于战乱，罗汉生的信几个月后才到罗家。接到儿子的信，罗得裕说就按儿子说的托人捎回去，便忙着置办药品。好在他家就有药铺，再跟同行采购一部分，东托西请，市面上很难弄到的紧俏药品也弄到一批。

　　曹大英把信看了又看，觉得字里行间还有另一层意思。有个半夜，她号叫着拳打脚踢，把罗得裕从床上踹下。曹大英含着泪说梦见儿子被打成血人，身上有七七四十九个血窟窿。她坚决地说马上盘掉店铺，就算上海堆满金山银山也不待了，儿子没了啥都没了，无论如何要去梁镇看儿子。罗得裕劝她，她说不答应立马去跳黄浦江。夫妻俩本来按罗汉生走时候叮嘱的，及早盘掉店铺回老家，可罗得裕舍不得，所以一拖再拖。

罗得裕只得把存在花旗银行的所有金条拿出来,用低廉的价钱盘掉产业,带着厨子七叔和用人七嫂,费尽周折出大钱搭了辆从宁波来上海贩卖粮食布匹后回程的货车,日夜不停地往梁镇方向赶。

天下着雨,车斗搭了雨篷,他们蜷缩一团挤在角落瑟瑟发抖,颠簸崎岖的路颠得全身骨头痛。罗得裕打了几个喷嚏就感冒了,哼哼唧唧说老骨头遭罪了。曹大英把被子包在他身上,看着阴沉沉的天空,担忧远方的儿子,要是没受伤为啥那么急着托人捎药,要是受了伤到底伤成啥样了……直到罗得裕的哼哼声变成大声咳嗽,她才回过神问他啥事。

"我脑壳发烫,鼻子塞得难受,你也不管管我。"罗得裕不满。

"儿子从小没吃过大苦头,那深山冷坳天天打仗,没好吃好喝的,一想起我的心就扎得难受。"

"儿子儿子,就记得儿子,不把老子当回事了。"

七叔七嫂宽慰他,递过药水,曹大英说他连儿子的醋都吃。罗得裕咳得喘不过气来。三人拍背捶胸,好一会才缓了点。罗得裕有哮喘病,自己开药铺调理好多了,这回风吹雨打又发作了。

"我能不惦记儿子嘛,就是怕我这条老命搭在路上啊。"罗得裕叹气。

"说啥呢,快到绍兴了,我们找客栈歇一晚,煎一服哮喘药,烧点好吃的,好好睡一晚准没事。"

车子在泥泞路中行驶,一车人昏昏沉沉。忽地枪炮四响,司机说前面打仗,要绕路,得加钱。曹大英说加吧加吧。车子绕向更狭窄颠簸的路。

车子东藏西躲,绕远路抄近道,慌乱中迷了路,驶到一处山谷地,四周山势凶险,气息阴森。司机停车掏出地图,比对一番沮丧地告诉他们走错道了。曹大英说走错道可以改啊,车轮子又没锁住。

司机哭出声说这儿叫铜钱岭,传说有个金刀帮,土匪黄老虎杀人如麻劫财劫命,饿了还会杀人吃肉。他一直小心绕开这片地,越怕啥越来啥,还是撞上了鬼。要是早知道这一路这么凶险,再多钱他也不会挣,这是拿命换啊。

天越来越暗。四周风声雨声树木呼啸声,凄厉可怕。

曹大英强笑:"土匪也是爹生娘养的,我们都是老家伙,给些钱财,总不至于要我们老命吧。"

七叔摸出菜刀说拿老命跟他们拼了。罗得裕说他连日本鬼子的大刀搁眼鼻子前都没怕过,还会怕几个毛贼土匪,让司机绕出这片地快走。

刚掉转车头,四周围了十来个黑衣人,站在雨中举刀喊停下。四人被赶下车。七叔举菜刀扑向他们,被土匪一脚踢倒。七嫂哭着扶起他。

他们被绑在树上。土匪们从车上搬下行李,打开一看狂喜不已。

"好久没碰上大买卖了,老天长眼啊。""发财了发财了,这回老虎哥准会好好夸我们。""还有药品,这可是有钱也买不到的啊。哈哈哈……"

土匪让司机快滚。曹大英嘴里塞了布团,只能双眼喷火怒视。土匪们留了些衣物吃食,其余抬上山。

一名土匪走到曹大英面前:"我们金刀帮向来劫富济贫,你们要是穷人,我们碰都不会碰,碰上了还会送吃喝的。看你们油光水滑气色不错,不像穷人,所以我们只好打个劫。这只能怪你们走路不小心。"他砍断绑绳,刀尖对他们威吓地晃了晃说滚吧。

上山的土匪骤然大呼小叫,两个箱子滚下。两名戴鸭舌帽的陌生人不知打哪儿蹿出来,左挪右跃,蜻蜓点水,片刻间将数名土匪击倒。更要命的是他们手上有枪,手起手落击倒三五个,倒也没致命,土匪们往山上逃去。

两人问他们有没有伤着,曹大英感激跪下去。两人扶住问这路是不是通往梁镇,曹大英说他们也去梁镇,问恩人姓名。其中一个摘下鸭舌帽,散下一头乌黑浓发,是个眉清目秀的姑娘。

她说她叫苏桃,旁边那个叫宁小强,他们是朋友,去梁镇找另一个朋友。他们搭车到绍兴,雇了马车,不料马车夫把他们骗到这里扔下跑了。他们正火大,遇到这一伙劫匪,就把他们打趴下了。曹大英念叨说好像听说过这两个名字,可记不起来。苏桃说既然都去梁镇那就太好了,一路上大家也有个照应。曹大英喊完了完了,最值钱的行李被土匪劫走了,那可是比金子还值钱啊。

七叔七嫂喊老爷，罗得裕哮喘发作，口吐白沫。曹大英掐人中虎口。宁小强背起罗得裕，大家往前跑。跑了两里地，有一点亮光移过来。曹大英说别又来土匪啊。苏桃说不会的，土匪不可能就一点光亮。

双方走近，一个打手电筒背小箱子的中年汉子，旁边是一位须发皆白的老者。苏桃急切地问老先生附近可有医生。中年汉子用手电筒照了照宁小强背上的罗得裕，说我家杜先生就是医生，刚出诊回来。

杜先生给罗得裕简单医治后说送到他药铺再诊治，又问他们这么多人怎么会在这里。曹大英说他们从上海来，半路遇盗，东西被抢人也伤着了。杜先生说快走。

经过杜先生精心诊治，罗得裕缓和过来。杜先生问他们从上海过来做什么。曹大英说去梁镇看儿子，说起来也是不幸中的大幸，先是遇土匪，被两个好人救了。人病了，又遇杜先生相救，算是大难不死，只是土匪抢走的两箱药品比金银大洋还值钱，那是救命药啊。

杜先生觉得奇怪，出门带财物是人之常情，但几个老人带那么多药品有啥用，就算有病吃药，也用不着带那么多啊。曹大英看杜先生慈眉善目，终于说出自己的儿子在梁镇当兵打鬼子，有很多伤员急需药品。

"他们打鬼子，我们老胳膊老腿没啥用，就想送点药过去……"

"你儿子叫什么名字？"杜先生和苏桃、宁小强异口同声，声音很响。

曹大英想说，罗得裕朝她使眼色。曹大英说他们的命都是恩人给的，还有什么好隐瞒的，便说出儿子的名字。苏桃喊罗姆妈，扑过去抱住她哭。宁小强说他们是汉生的朋友，去梁镇就是找他的。曹大英说怪不得听着名字熟，想来汉生在家提起过。杜先生静静听他们说话，沧桑的脸上有一层温润的光亮。等他们喜极而泣，情绪平复后，他说真是巧了他跟罗汉生也有一面之缘。

听完杜先生与罗汉生的交集，大家唏嘘不已，这一连串的遭际，让他们有种离散的家人意外重逢的感觉。杜先生吩咐伙计做一些好菜，让他们吃好安心过夜。

翌日一行人向杜先生告别，杜先生沉思不语。曹大英摸出一个金戒指、一把银圆放桌上，说谢谢杜先生的大恩大德。

杜先生让他们在家等半天，他去趟铜钱岭，见见那个久闻大名的黄老虎。大家急忙阻止，土匪都是杀人不眨眼，要把东西从他们吃进的嘴里扒拉出来，简直就是剥老虎皮、抽老虎筋。

杜先生说这个黄老虎他听说很多年了，到底有三头六臂还是能腾云驾雾，他倒要开开眼界。苏桃和宁小强要陪去，杜先生说不可。


铜钱岭山寨门口古木参天，绿意葱郁，手臂粗细的蔓藤缠绕古木，乍看像一条条蛇盘在树身上。

黄老虎躺在蔓藤扎成的躺椅上闭目养神，嚼着肉干，听小土匪汇报昨晚劫获的财物,嘴角泛起微笑。

三个月前他娘死了,他下山办后事险些又被保安团抓到,他索性带走娘将其安葬在山上。两个月前,久闻他大名的日军中队长来劝降,抬了一担猪牛羊肉,答应事成后封他做保安团副团长。他琢磨自己跟保安团长是死对头,去了能有什么好果子吃,便没答应。日军断定他是个顽固的抗日分子。两天后铜钱岭东侧寨门被大炮轰塌,他娘向阳坡的坟被炸掉,尸骨无存,黄老虎将怒火与炮火喷向日军。战斗持续了三天三夜,十几名兄弟被炸死,山寨被炸毁大半。日军也没占到便宜,死伤二十多人,丢下两挺轻机枪、八支卡宾枪逃之夭夭。

经此一战,寨子往山上缩了一大圈。他巡视修整后的地盘,蓦感心惊肉跳,如此这般一让再让一退再退,哪一天是不是就真的无路可退了?可他能怎么办?毕竟他只是一个土匪啊,再强悍也只是以打劫为生……向来天不怕地不怕的黄老虎,第一次感到穷途末路、后路堪忧,愁得冒出了几根白胡子。昨天的劫获让他松了口气,盘算着还能度过一段辰光,只是这年头穷人越来越多,油水越来越少。

阳光落在黄老虎身上,他不觉沉沉入睡。梦中与保安团长和日军交战,这两个混蛋把他打成血窟窿,浑身像山泉一样哗哗喷血。他怒吼着把他们扑倒——

"给我拉下去,点天灯。"黄老虎打了个虎跳从躺椅上弹起大吼。

刚跑到他身边的小土匪大吃一惊,暗想刚抓了一个嚷着要见大哥的白须老头,还没开口大哥就晓得了,真是厉害。他转身跑开喊"点天灯"。

几个土匪把杜先生往杆子上绑,杜先生没想到连黄老虎人都没见着,就要死在这群土匪手上,实在咽不下气,怒骂黄老虎有娘生没娘养,就算做土匪也是最没出息的土匪。骂声落进黄老虎耳朵,他勃然大怒,拎起大刀怒气冲冲地过去。土匪停下,让他亲手收拾这个不长眼的白须老头。

"这位想必就是寨主黄老虎,我一向听说铜钱岭金刀帮号称劫富济贫、行侠仗义。我想问问,你们劫的是哪门子富,济的又是哪门子贫?"杜先生说。

黄老虎把大刀拄在地上,看着杜先生,脸上的怒气僵住了。

"当今中国,日寇占我山河,践我国土,杀我子民,毁我家园,伪军为虎作伥,国军退敌无力。老百姓本就苦不堪言,你们结寨为营趁火打劫,跟日本鬼子有什么区别?"杜先生横下心,厉言相斥。

土匪大怒,从来没人敢上门骂阵,这死老头不但上门送人头还痛骂大哥,真是活腻了。一个土匪威胁再多说一句就劈了他。

黄老虎大吼放开,马上把他送到大厅,要是伤着他一根头发就把他们剁成肉酱,说罢转身就走。土匪们一个个都蒙了,一个说快按大哥说的做。

杜先生坐在寨子大厅里琢磨一阵想明白了,这个土匪头子想必

276

有更凶狠的手段要对付他。既来之，则安之，横竖一条命，只是让山下的一群人担心了。

没一会儿，黄老虎走进大厅，显然梳洗打扮了一番，比刚才干净多了。他喝退左右，朝杜先生跪地就拜，嗵嗵嗵磕了三个。

"杜先生，八年前你救了我黄老虎一条命，大恩大德我牢记在心。你看我不但没报恩，还让您老人家吃苦头。我该死该死该死——"黄老虎狠抽自己的脸，脸颊立马红肿。

杜先生问怎么回事。他只听过黄老虎的名字，从没见过，何况行医数十年，这么多病家哪记得住。原来八年前黄老虎跟同行争山头，重伤垂危，送到杜先生药铺，当时说是过路客商被土匪打劫。幸得杜先生精心诊治才捡回一条命。后来他差人送去一担钱财物品，被杜先生拒绝。因心知自己会给杜先生带去麻烦，此后他每个大年夜都会往杜先生家偷偷丢些钱财和腊肉。

"原来这么多年家里莫名出现的东西，都是你扔的。"

"跟杜先生的救命之恩相比，算不得什么。"

"意外之财用不得，我都分给病家了，腊肉倒是吃过几块。要知道你的东西是打劫来的，我无论如何也不会收受。"杜先生叹道。

黄老虎羞愧。他打生下来只听娘的教训，娘骂得再狠也听得心甜。如今杜先生的责备他竟也听得顺耳，这是头一回。

杜先生说了上山原因，说被劫药品是为打鬼子的四明游击纵队购置的。黄老虎吃惊，喊土匪把昨天的劫获抬来。杜先生清点药品,估摸跟曹大英说的情况差不多。黄老虎让两名土匪挑起所有劫获,送杜先生下山。

两人走到山口,杜先生问山上过得怎么样。黄老虎老实说不怎么样,要是有好的出路,没有人天生想当土匪,毕竟过的是刀尖舔血的日子。杜先生问他多大了。黄老虎想难道杜先生要给自己保媒,这些年打劫也遇到过不少女人,没一个称心的。要是有杜先生这样有名望的保媒真是太好了。娘死前嘱他早点娶妻生子传宗接代,这样娘在天之灵也心安了。他想入非非喜上眉梢,说二十八岁了。

杜先生默念:儿子要是还在也是二十八岁,再过两天便是他两周年忌日。杜先生说了一句好自为之吧,转身离去。

黄老虎看着杜先生和两名挑担的土匪的身影,心隐隐作痛,辛苦劫来的财物转眼又物归原主,说不心疼那是假的。可人要是连救命之恩都忘了,那还是人吗?那是猪狗畜生,要遭天谴的。

杜先生来回不过两个小时,不但全身而退,还把所劫物品如数带回,大家惊喜不已,问他到底有什么降服土匪的本事,杜先生笑而不答。

杜先生吩咐伙计做好菜。曹大英说马上要走,梁镇那边也等得急。杜先生说不差这么点时间,吃过饭再走,儿子是爹娘的心头肉能不想嘛,他也想,可如今只能给儿子烧三炷清香了。大家愕然。

伙计摆上酒菜茶食点起香烛,摆出一张年轻人的照片,略带稚气地对人笑。烛香在静寂的屋子里飘散,杜先生说起被鬼子炮弹炸成碎片的儿子,语气温和,好像说的是一个老故事。七叔七嫂哭了,曹大英眼圈发红,夫妻俩跟杜先生年纪相仿,可他儿子已死在战场。苏桃和宁小强不知如何安慰杜先生。

"廉颇老矣,尚有余勇。黄忠虽老,犹能披挂。我跟你们一起去梁镇,药铺我安顿好了。"杜先生望着烛光中的儿子。"儿子,爹上不了战场,但还能帮着救治伤员,爹这算是为你报仇吧。"

饭后他们收拾行李,雇了乌篷船,正要开船,一辆马车过来喊等等,是杜先生的小舅子——酒厂老板赵吉安。赵吉安说后天是外甥忌日,他提早过来祭扫,还想接他去安福镇一起住,姐夫小舅子老了也好有个照应,一到家才知他出远门,这兵荒马乱的他去哪里。

赵吉安打量这帮陌生人,疑心姐夫是遭绑架了。杜先生把事情简单说了一下。赵吉安说不行,外甥已死,他一把年纪再把老命丢在深山冷坳,他怎么对得起死去的姐姐和外甥。

"你晓得我的脾气,决定的事谁也改不了。再说他们娘儿俩已团聚了。我活着就是替儿子报仇,死了,一家三口也能早点团圆,这不挺好的。"杜先生朗笑。

赵吉安抹着泪喊姐夫。杜先生叮嘱他照看药铺,以后梁镇那边有需要,逐步变卖药铺,把要用的物资送过去。

乌篷船离岸而去,渐成黑点。

"姐夫,你刚才说的,是不是上回来的那群年轻人?我跟你讲,我把他们安全送到四明县,还送了两坛上好的花雕。你让他们多打鬼子,给我家阿龙报仇啊——"赵吉安在岸上追着喊。

乌篷船开了两三里,从一处荒寂河湾的桥下经过,桥上有人冲他们喊停,随即一跃而下落到船头。船身晃荡,黄老虎拱手喊杜先生,岸上站着十来个人,背着明晃晃的大刀。

黄老虎说他们想护送昨天被劫的一行人去梁镇,一路不太平,要是再遇上鬼子、伪军、土匪什么的就坏了,也算是赔罪。没想到杜先生也一起去。杜先生看着他,目光幽深。黄老虎有点慌,难道杜先生怀疑他另有目的?

"杜先生,我真心想护送你们去梁镇。再说,我以前结识过一群去梁镇的年轻人,想借此机会去见见他们。你相信我杜先生,我诚心的!"

"老虎,想不想投游击队?"杜先生问。

黄老虎一愣,指着自己鼻子:"我,游击队?我一个土匪能投游击队?"

"在山上我就跟你说过,日寇占我山河,践我国土,杀我子民,毁我家园。覆巢之下,你小小一个铜钱岭山寨能安生多久?倘若日寇侵吞我全中国,还有你铜钱岭的安身之处吗?"

黄老虎想起去年经过铜钱岭的那群年轻人,其中一个走的时候跟他说"当土匪终究不是长久之计""我们做的事,就是不让老百姓因为吃不饱穿不暖而上山当土匪",还说"要是不想做土匪了,也不想死在日本鬼子枪下,就往东走,来四明县找我们"。今天杜先生又这么说,难道这是宿命?

"跟我们去梁镇吧,那才是你们的安身之处,"杜先生目光温和,"好歹你还欠我一条命呢,不想还吗?"

"还还还,一定还。我黄老虎大字不识一斗,情义二字还是认得的,"他纵身上岸跟几个土匪说了几句,又跳上船,"杜先生,我有一百多号人马,八十多支枪。我让他们分头行动,一支随我去梁镇,另一支回寨子收拾好家当赶来。"

"老虎,好样的——我儿子要是还在,也是二十八岁了。"

"杜先生要是不嫌弃,就当我是您儿子。"黄老虎脱口而出。

"好,我认了。我儿子叫阿龙。一龙一虎,都是我的好儿子。"

乌篷船从曹娥江划向姚江。晚霞落在江面,犹如铺陈一匹斑斓锦缎。一群水鸟掠过江面,飞向丛林,要赶在天黑之前找到温暖的安身之处。

# 女间谍

朱砂的部队被困在上虞和四明县交界的一处荒山野岭。

三天前他们奉命歼灭一支日伪军,眼看胜算在望,没想到半路日伪军增援到了,他们节节败退,隐蔽在这个山坳里。派出的求援人员迟迟未归。他们已吃完最后一粒粮食,满山找野果子吃,又不敢走得太远。

朱砂坐在帐篷里喝水,默默数着吃过的食物,烧鸭腿、辣子鸡、油焖虾、清蒸鱼、葱油螃蟹、霉干菜蒸肉……越想越难受。

他一捶桌起身出去,跟匆匆进来的士兵撞上。朱砂揉着脑门刚要发火,士兵慌张地说山脚有一支队伍过来,天暗看不清是日伪军还是游击队还是援军。

朱砂命队伍做好应战准备,率几名士兵跑到山口观察。对方越来越近,朱砂看清前面几名士兵帽子上的徽章说自己人,众人松了口气说有救了。朱砂再细看,发现他们走路的姿势怪异,着实不像他们一贯的步伐。不祥的念头刚掠过脑海,枪声炸响,山口的几名士兵倒地。朱砂朝山后跑去,喊日军来了快迎战。

对方是假扮国军援军的日伪军,他们在路上打死援军,换上他们的衣服帽子,直捣而来。朱砂带着队伍且战且退,日伪军包饺子一样把他们围合起来。领头的日军命令缴枪投降。朱砂想起李静姝,要是落入日军手上——

他对身边士兵耳语,让他回营地把行军床下的箱子和李静姝收拾干净。士兵悄悄后挪试图溜走。日军一枪射中士兵,血水溅了朱砂一脸。朱砂抹去脸上的血,放下枪,举起双手跨出一步。队伍纷纷扔枪,举手投降跟在后面。

锄奸生涯中他屡屡面临险境,总是有惊无险。最险的一次他被汉奸反擒,结果罗汉生和林与明从屋顶揭瓦救走了他。那时他们单枪匹马,如今他有八十多号兵马却束手就擒。朱砂你怎么越活越窝囊,丢脸啊丢脸,耻辱啊耻辱——

日军用枪托狠砸走路拖拉的俘虏。听着惨叫,朱砂心痛抽搐。他不高兴可以对手下甩耳光踹脚,可不能容忍有人打狗不看主子的面。他脑壳一热冲日军喊住手不许打人。枪口对准朱砂,朱砂闭上眼扑过去吼叫"小日本去死吧"。

枪声响起。倒地的是日军。

　　紧接着,四周包抄的日伪军后背中枪。一支衣着破旧而古怪的队伍杀出来,如洪水过境风卷残云。朱砂目瞪口呆。这支来路不明的队伍打得不过瘾,又抽出背上的大刀,手起刀落,像村民砍树,地上落满敌军的脑袋手脚。

　　砍肉声与零星的枪声交织,血腥味弥漫四周。队伍中有人冲他们喊"愣着干啥杀啊",朱砂和士兵们捡起枪,拼起刺刀阵。

　　这场肉搏战很快结束,阵地上堆满了日伪军的尸体。

　　朱砂抹了把满是血污的脸,朝这支古怪队伍拱手:"谢谢兄弟救我军之恩,请问你们是——"

　　"朱砂,怎么是你? 你怎么会在这里?"几个声音喊他。

　　朱砂循声望去,山上下来的是苏桃和宁小强。他们用见了活鬼一样的错愕目光看着他。又有人叫他,朱砂扭头一看,是罗姆妈,彻底惊呆了。


　　苏桃、宁小强的队伍继续翻过山岭抵达梁镇,经过一片空旷山地,苏桃和宁小强看见一个孩子从山坡上滚下,另一个人抱起他就地一滚,连滚带爬跑得老远。

　　此时四周没有其他人马或枪声,他们这是被人追杀,还是被蛇咬了? 爆炸声轰然响起,烟屑石块腾空,直扑他们眼鼻,走在前头的曹大英被飞石擦破额头。他们很后怕,幸好离得远,要是炸到就完了。看着倒在爆炸圈外的一个大人一个孩子,他们说去看看吧。

曹大英走着走着就跑起来,爆炸声响时她的心被莫名扯了一下,越靠近那两人她的心被扯得越紧。她越跑越快,喊着汉生汉生。罗得裕认为她想儿子想出幻觉了,让苏桃和宁小强拉住她,一把老骨头了别摔着磕着。

大家扒开他们身上的泥土石块,翻起扑面朝地的两人,果然是罗汉生和一个孩子。两人满脸乌黑,双目紧闭。曹大英哭喊儿子儿子,还没来得及见儿子一面,就这么奇不奇巧不巧炸死在眼前,老天爷也太缺德了。

罗汉生醒过来,宁小强扶起他说你没事吧。罗汉生茫然,这荒无人烟的地方,爹、娘、苏桃、宁小强,还有后面的杜先生、黄老虎,再后面一大帮衣着破旧而古怪的人,怎么会像竹笋一样神秘地从地里钻出来。

刘欢喜见陌生人慌了,举着木枪喊我有枪冲啊杀啊呼呼呼——他们看着他笑了,一点也不怕这支很像真枪的木枪。

这段时间战事稍缓,兵工厂跟张文山借罗汉生指导研制炸药,说不能让这个圣约翰大学化学系高才生的书白读了。他带着半成品炸药和原材料在兵工厂附近的山谷进行研究,刘欢喜得知后跑来,说他答应送的木枪拖了这么久还没给。

罗汉生掏出一把精致漂亮的木枪,枪管乌黑,看上去像真枪。刘欢喜举着木枪满山射击,嘴里发出呼呼声。罗汉生感到与他一样满溢的欢喜。他继续忙着,刘欢喜举着木枪从山坡上跑下来,冲啊杀啊呼呼呼。跑得太快,被岩石绊了脚,一头栽下山坡骨碌碌滚下,滚向地上的半成品炸药。幸好罗汉生反应快,才避免了严重的后果。

曹大英又哭又笑说吓死我了。

"爸妈,你们来得太好了,还把苏桃、宁小强、杜先生和黄老虎带来。以后我们就在这里一起战斗。"罗汉生很激动。

"生哥,还有更好的事。我们受故人所托,给你带来了一个老熟人。"宁小强笑道。

黄老虎提着行李箱,带着一个双手反缚的女人过来。她布满歹毒怨恨的面孔露出邪恶的微笑。罗汉生熟练地打开密码箱,这活儿对他来说手到擒来。箱子里整整齐齐码着地图和各类情报。

罗汉生拿起几张图点头:"这构图,这手法,啧啧,真不愧是日本间谍。李静姝,我在上海跟梅机关日本特务多次交手,你的手法跟他们如出一辙。虽然我一直对你心存疑虑,可还是没抓到可疑的证据。如果这一箱子被你带出去,我们根据地和游击纵队,会重创在你手上。"

李静姝放声大笑,好像此时她不是被抓而是立了大功。


李静姝把她的来龙去脉说了个透彻。她觉得死得明白点更好。这样当她的死讯传出去,世人会知道她为天皇效忠而死,这样会死得更有意义。

被她杀死的两个村民的家人,要求立刻枪毙这个女间谍。游击纵队最终决定留她一段时间，以便从她嘴里得到更多有用的信息。

安琳见到李静姝的第一眼就扑上去要打她，罗汉生拉住安琳。安琳说终有一天会杀死她。

曹大英告诉儿子，他们跟朱砂告别时，给这支困在山里像饿狼一样的队伍留了一些食物，她不忍他饿着。又说朱砂他们也打日本鬼子，既然都打鬼子，兄弟俩为什么不合起来打呢？就像当年他们在上海那样。她说还跟朱砂叮嘱了，她会在梁镇做好霉干菜蒸肉等他。罗汉生想笑，心中一阵发酸。

曹大英把两盒用报纸包的药给儿子，说他胃不好，这是托人买的胃药，效果特别好，西药随身带着方便。罗汉生打开报纸，没看清什么胃药，目光落在报上——《军统刺杀政府高官　双双殒命国际饭店》。说军统特工林与明在国际饭店击毙汪伪政府高官安子敬，自己也身受重伤送医不治身亡。罗汉生发愣，曹大英问是不是药有问题。罗汉生说没有没有，他找苏桃、宁小强有事，便匆匆出门。

苏桃和宁小强说正想找他，罗汉生把报纸递给他们，两人吃惊。

"新闻会不会有误？林队长怎么会死？"苏桃很震惊。

"行走刀山火海间，怎么能不失手，好在安子敬终于被杀了。林与明说过，如果有一天必须得死，他就要死在战场上。"

"生哥，安子敬死了，这事用不用告诉安琳？"宁小强小心地问。

"虽然我们已经离开锄奸队，但安子敬是我们之前计划的刺杀目标。这事让安琳知道了，她会受不了的。"苏桃考虑更细致。

在锄奸队时,罗汉生曾将枪口对准过安子敬,可就在扣动扳机的那一刻,眼前浮现出安琳的笑和清亮的双眸,最终还是偏移了准星。林与明后来命令他退出刺杀安子敬的行动。这一次安子敬终于被杀,代价是林与明与他同归于尽。

"林与明因弟弟死在淞沪抗战中,所以他是真的恨日本人,杀过很多汉奸,也把枪口对准过共产党,做过亲者痛仇者快的事。他还是戴笠的徒孙,受戴笠影响至深。他有多恨日本人,就有多讨厌共产党。这对他来说,也许是最好的结局。"

罗汉生这样分析,苏桃和宁小强说这么说来他也算完成使命了。

"有酒吗?拿出来。好歹我们一起出生入死过,看在过去的情分,给他祭一杯薄酒,以后各走各路。"罗汉生说。

宁小强说他跟老蔡偷偷要了瓶。罗汉生对苏桃说先不要告诉安琳,有机会他跟她解释,相信她会明事理的。

"安琳姐姐你怎么哭了?"外面刘欢喜喊。

三人跑出去,外面的安琳扭头就跑。刘欢喜说看到安琳姐姐蹲墙边哭,还以为她崴脚,刚问了句她就哭着跑了。宁小强说她一定听见了他们的话,苏桃让罗汉生快去劝劝。罗汉生走了两步停下,望着安琳的背影说让她冷静一会儿,世上有些事大家可以分担,有些事只能一个人去承受,时间会化解一切的。

安琳从趴伏的床铺上起身,用红肿的眼环视屋子。李静姝逃离后这间屋只有她一个人。罗汉生让她跟程采薇住,她没同意。

她说要用这种孤独让自己记住曾经铸下过什么样的大错。

罗汉生多了陪伴她的时间。不知为什么,他们在一起常常无话可说,好像把该说的都说完了。她比以前更专心于工作,采访编稿认真,版面找不到一个错别字,也不再抱怨每天只能吃土豆番薯。

父亲是汉奸,父亲死了,死在锄奸队手上,而罗汉生也曾是计划刺杀父亲的人之一。他们终于合谋把他杀死了。她曾如白天鹅一样骄傲,有优渥的生活,宠爱她的父亲,亲密的爱人,梦幻般的前途……如今这一切消失了,永远消失了——

父亲死了,爱人疏远了,同处一室像长姐一样友善的同学李静姝,竟然是盘踞在身边的蛇蝎。她的目光死死盯着李静姝睡过的空床,床上空无一物。

罗汉生在敲窗,说带她去吃老蔡刚煮的花生,很香。她说想睡一会儿。罗汉生让她别胡思乱想,好好睡一觉,等会儿再来看她。她听着他的脚步声消失。过了一会儿,她打开门出去。

一间民房门口,两名游击队战士阻拦她。安琳拿出《新四明报》记者证,说想了解日本女间谍被抓后的想法,如果她表示悔恨,揭露日军的凶残面目,透露更多的信息,这对敌人是一个警告,更向外界传递四明游击纵队强有力的抗战声音。两名战士觉得她说得有道理,检查她身上没有违禁物品,便让她进去,但只能跟李静姝隔窗说话。

安琳对着窗口说："李静姝，我跟你说几句。"屋里没动静，她又说："你怕了吗？有本事做间谍，怎么就没种见我？"

李静姝出现在窗口，半张脸被散乱的头发遮住，露出一只眼半边脸，像刚从地狱里爬出来的女鬼。安琳吓了一跳。李静姝笑起来，笑声刺耳。安琳憎恨地瞪她。

"看来怕的是你啊。安大千金小姐，我也真是奇怪，一个政府高官千金，放着好好的上流生活不过，偏偏鬼迷心窍，跑到穷山沟搞什么抗日，你这不是自讨苦吃嘛。对了，我忘了告诉你一件最重要的事，你是为爱而来，投奔伟大的爱情，"李静姝笑得越发猖狂，"结果呢，爱情给了你什么，屁都没有。"

"闭嘴！荒木由惠子，你这个蛇蝎心肠的坏女人，可恶的女间谍。从我们做同学的那一天起，我常送你吃的喝的用的。我以为，你是个父母双亡孤身漂泊的可怜姑娘，我过得比你好，帮你一把是应该的。可你呢？你伤害我的祖国和人民，你比《农夫与蛇》里的那条蛇还要可恶。"

李静姝等她骂完，双手拉着窗档，望着遥远的蓝天："这窗户朝西吧，可惜，我不能看到日本的方向。既然我们还有机会面对面，那我也跟你说几句，过不了多久，我就没说话的机会了。安琳，我生在日本，长在中国，除了日本父母和血统，我的外表完全就是中国人。"

几只鸟落在屋顶，好奇地看着窗里窗外的两个人。

"当年我们读中西女中，你同情我，带我吃南翔小笼、宁波汤圆，送我衣服、香水，太多了，多得我都记不住了。中西女中毕业后，我考入南京医学院，读了一年，日本梅机关来找我了。从那时起，我才知道，我是日本人而不是中国人，我身上流淌的是伟大的大和民族的血液，而不是你们卑贱的支那人的血液——"

"闭嘴，把这句话收回去，"安琳从地上抓起一块石子举起，"向我道歉！"

"对不起，"李静姝静默了一会儿说，"我在梅机关接受了严格训练，后来在极司菲尔路七十六号工作，就是那个大名鼎鼎站着进去横着出来的七十六号。我跟上海市政府很多高官交过手，他们往往经不起财色诱惑，成为你们说的汉奸。可惜，他们有的被刺杀了，要不然能从他们嘴里获得更多情报。安琳，你父亲我倒是没交过手，不过要是有机会见上几面，相信他也逃不脱我的手掌心。哈哈哈——"

安琳怒不可遏，把手里的石子砸过去。李静姝偏头避开。

"别发那么大火，这样我们没法拉家常了。安琳，人的命运早就安排好了。如果我到今天还不知道我是日本人，可能也会像你这样去抗日，每个人只有一个祖国，很少有人不爱自己的国家。但当我知道我的血液来自大和民族，知道我们的国土太小，资源太匮乏，人民生活太贫瘠，我明白了我只有一个选择——那就是必须为自己的祖国而厮杀。我这么做是为了日本，为了天皇，为了大和民族。你有你的祖国和人民，我也有我的祖国和人民。你能明白吗?"李静姝的声音温和,好像要说服安琳理解她的难处。

"你的祖国和人民,就是教你跑到别人的土地上,烧杀掳掠无恶不作,毁别人的家园,杀别人的父母兄弟姐妹吗?"

"战争,就会有代价,为了大东亚共荣,这是必须付出的代价。"

"李静姝,既然你记得当初我帮过你,你也该明白——我愿意帮你,送你吃的喝的用的,这是做人的情分。但你要从我手上,从我家里偷东西抢东西以至烧杀掳掠,这是魔鬼的邪恶。不要跟我说祖国和人民,我们做过记者,知道词语的力量和价值,你玷污了这两个好词语,你不配说,以前不配,现在不配,将来也不配!"安琳口齿伶俐起来,一句句击得李静姝的脸色越来越惨白难看,"对了,我也忘了一件最重要的事,你是没有将来的,永远,永远,永远没有将来了!"安琳对她笑了笑,转身出去。

李静姝僵立一会儿,身子贴墙下滑,她死命拉着窗档,冲她远去的背影歇斯底里号叫:"你胡说,你什么也不懂!我大日本皇军已占领大半个中国,节节胜利。没过多久,整个中国都是我们的,整个东亚都是我们的!效忠天皇,武运长久,大东亚共荣——"

游击战士跑来喝令她闭嘴。李静姝的声音变成自语,用这种自己也听不清的嘟囔为自己壮胆。黄昏的光照进窗,她瘫缩角落,脸上光斑诡异。墙角虫声啾啾。秋天要到了,中国有句老话,叫秋后算账。她可能真的没有将来了……

# 朱砂起义

深秋的梁镇,天高云淡风轻,青松翠竹绿得深浓,枫香槭树红黄相间,整个山野斑斓绚美。

横水村上空高高竖起一面红旗,猎猎作响。罗汉生、宋昆山、苏桃和宁小强在院子擦枪。这是难得的战时空隙。

宋昆山朝红旗看了一眼:"现在我们已经打出新四军浙东游击纵队的旗号,虽还没正式受命,但得有我们自己的旗。这旗没图没字光秃秃的,不够气派。"

"是啊,为啥不打出我们自己的旗帜?"宁小强也跟着说。

苏桃笑着只顾擦枪。

"好好擦你们的枪,秣马厉兵枕戈待旦,战争随时会发起,你们要时刻做好准备。"罗汉生熟练地拆下枪支零件,把每一道缝隙擦得干干净净。

"对了,李静姝跟情报还回来了,不过我估计朱砂都背得滚瓜烂熟了。你说他掌握这么多情报,怎么可能不用呢?现在他那边很久没动静,是不是有更大的阴谋? 我们不能不防着啊。"宋昆山很担心。

罗汉生擦枪的动作慢下来,苏桃和宁小强也很疑虑,宋昆山的担心不是没有道理。根据新四军总部命令,年初第三战区四明游击司令部要结束灰色隐蔽,正式打出新四军浙东游击纵队的旗号。树大招风,这意味着正式亮相,也意味着得直面打击。朱砂以前可能还顾忌他们"第三战区"的称号,现在新四军独立出来,可能不会那么顾忌了。

他信任的是曾经的兄弟,现在的朱砂还值得信任吗?罗汉生的目光落在靠墙的自行车上。这车现在成了公车,谁有事出门骑上就跑。

"宋哥说得有道理。现在的朱砂,毕竟不是以前的朱砂。"宁小强不太确定。

"我觉得,朱砂,还是可以争取的。"苏桃眺望云蒸雾绕的山色说。

罗汉生想了很久说:"我不确信他会怎么做,但我确信他不会怎么做。"

"你这话有点绕,"宋昆山琢磨他们的话摇摇头,"我还担心一个事。"

"还没完没了啦，说个痛快。"罗汉生不耐烦道。

"李静姝，荒木什么由惠子的，怎么还不处理？要是再让她逃了，可就没那么好手气把她抓回来了。"

罗汉生把最后一个枪零件装上，枪口移向远处的山影。他的枪法越来越好了，只要瞄准目标，很少有猎物能逃离他的射击。他说最近上海地下党组织遭到很大的破坏，许多同志被捕，组织上在设法营救，其中有将一部分日本俘虏进行交换的考虑。李静姝可能会成为交换对象。大家哗然，觉得便宜了这个女间谍，她掌握这么多情报，放虎归山后患无穷。

"李静姝不是我们的困扰，我们要面对的困难是，从灰色隐蔽转为公开亮相后，日伪顽三股势力包抄，抗日的同时还要对付内战，重兵压境，形势严峻……"

大家望着苍茫远空。一群雁排成大大的人字形，在苍蓝的天空振翅高飞。他们的目光随着雁阵移动。

"它们从遥远的地方来，风雨无阻，不会被打乱阵形，也不会掉头飞回去，始终朝着既定目标飞翔，最后到达彼岸。"苏桃自言自语。

"因为有领头雁，因为有目标，因为有最终必胜的信心，"罗汉生说，"我们也有。是的，我们也有。"

雁阵冲破云霄，在绚丽的霞光中远去。

枪炮在花开花落中一次又一次响起。每一个白昼像长夜一样黑,硝烟弥漫山川峰谷。每一个长夜像白昼那么亮,烽火点燃山野平原村舍。又是一年映山红盛开季。

代号为"破晓行动"的突袭战,剑指金胡子部。金胡子在梁镇攻坚战落败后,再次变身国军部队。他成了一个很奇怪的存在,在几条船之间来回跳。哪条船要沉了,他就灵活地跳到另一条船上。哪条船又快又稳,他就果断跳到那船上。因为反复横跳,日伪军和国军都不信任他,可都没法不信任他。他倾向哪一方,就意味着增强了哪方的力量。可谁也不知道他什么时候成了某一方。

天暗下来,罗汉生部与金胡子部的战斗暂时结束。与金胡子交手久了,罗汉生也弄清了敌人的招数。他在战事开始时火力凶猛,在气势上压倒对手。战术有效就乘胜追击,无效就逃离,绝不恋战。罗汉生反其道而行之,打持久战、长线战、疲劳战,意图将金胡子熬死。

野蜂谷充斥着血肉腥味混杂的气息,树枝上到处挂着碎衣片、断肢、头发、帽子,还有半个水壶、几只烧焦的鞋底,黑暗中奇形怪状狰狞可怕。

埋伏在战壕里的罗汉生盯着树上的东西,想起很久以前的一幅画面:

宋昆山从藤篮里拿出一只瘪塌的茶缸,一条皱巴巴的破毛巾,一只烧焦的皮鞋,一把断柄的梳子,一只断裂的手镯,还有一堆形状不明的东西……

"两个月前,浙东一个叫横镇的地方,我们的人死了二十九个,其中有小黄,这是他留下的茶缸……"

"一个月前,在梅山丘,我们死了十六个人,其中有小周,这是他用过的毛巾……"

"罗汉生,这些人你知道都是谁吗?都是我带他们一个个来打过你秋风的学生。你见过他们,跟他们在一张桌上吃过饭,喝过汤。"

"你手上的这杯咖啡,多像小于中弹牺牲后身上血衣的颜色。她是梅山丘死的十六个人之一,她的身子被打得像一面筛子。"

他的眼睛湿润了。很久之前,他是这个故事的旁观者。很久之后,他成为这一场场血色风雨的亲历者。如果有幸能在枪炮缝隙中活下去,他会不会也向别人讲述这些故事呢?他们会相信,还是会像当初的他那样漠然置之呢?

"水,水,水——"身边的小战士发出虚弱的喊声。其他战士也舔着干裂的嘴唇。罗汉生摘下水壶晃晃,壶里发出轻弱的晃荡声。他递给小战士。小战士暗淡的眼一亮,举起水壶往嘴里倒,倒出一小口后再也没有了。

他跟贴着战壕打瞌睡的宋昆山说他去打水,让宋昆山看着阵地。宋昆山骂他疯了。野蜂谷有个深水潭,在敌军阵地后。所以他必须穿过去才能取到水。罗汉生跟大家要了几个水壶,挂在身上,看起来像炊事员而不是特务大队一中队副队长。

宋昆山阻拦不及，只能眼睁睁看他蹿树越林而去。

"你这是严重违反战场纪律。狗改不了吃屎的，你还是以前那个罗汉生。我怎么就把你这么个软硬不吃的家伙从上海带过来？吃过多少枪子儿也改不了这臭德行。"他只能愤愤低骂，担心地盯着树林中移动的身影。

罗汉生像一只贴地而飞的夜鸟，掠过树林，跳过每一个可能的暴露点，很快来到深水潭边。他躲在潭边的岩石后，静待片刻。这里离金胡子阵地很近了，近得能听见战壕中传出的呼噜声、磨牙声。

他趴在潭边喝水。水淌进他的咽喉，如雨水滋润皲裂的大地。接着他把一个个水壶摘下灌满水。身上重了很多，可他觉得自己要飞起来了，正要立刻飞回阵地，他的后背突地一痛，凭感觉，有一支枪管抵住了他的后背。对方用冰冷的声音命令他举手。他慢慢举手转身，突地手臂横扫出去。对方早已看穿他的想法，钳住他胳膊，一攥一拖一拉，将他摁倒在地。

对方打开手电筒，尽管只是一小束亮光，他们还是看清了对方的眉眼。险些惊叫的同时两人闭紧嘴，用惊愕的目光瞪着对方。罗汉生看到了传说中已死的林与明，一身国军军装。林与明看到了传说中参加新四军游击纵队的罗汉生。虽然他们已不再是旧模样，可还是一眼认出了黑暗中的对方。

林与明朝身后两名士兵做了个手势，他们转身持枪警视四周。

　　此时的林与明是第三战区三十二集团军突击第一总队第三营副营长，两个月前奉调浙东一带防务，此次奉命歼灭四明山地区日伪军和执行限共剿共行动。

　　"原来这次我们对付的不只有金胡子，还有你。林与明，大难不死，真是奇迹。"

　　"当年我一度濒死，幸亏医生医术高超救了我。为避免追杀，我让人放出死亡的消息。我不想再单打独斗了，就入了国军，"林与明的额头到眼角有一道明显伤疤，夜色中看起来更冷酷，"我没死，你是不是觉得很可惜？是啊，我也觉得可惜，因为不得不站在你的对立面。"

　　"我们的共同敌人是日本鬼子，为什么非对立不可呢？"

　　林与明笑得伤疤扭曲："罗汉生，你还跟以前一样天真。这话你跟朱砂那傻小子说说还行，跟我林与明说就不灵了。就算打跑日本鬼子，我们的枪口还是会朝对方。非抗日无以救亡，非剿共无以抗日。中国虽大，可容不下两个山头，既然到时候还是要打，为什么不趁着现在早点解决呢？"

　　"行吧，你现在解决我吧，免得到时候解决你的可能是我，"罗汉生笑笑，推开身上的水壶，露出胸口，"不过有一点我要提醒你弄清楚，即使你不把鬼子当成我们共同的敌人，可鬼子还是把我们当成共同的敌人。我们是一起死在鬼子的枪下，还是合力把他们消灭后再坐下来谈，你好好掂量。"

林与明用枪管擦擦发痒的伤疤。明知罗汉生的话是自保，也不得不承认他说得有几分道理。剿共是迟早的事，借共军之手灭掉日军，到时再剿共也不迟，何况还有浙保两个团即将抵达会合。

"你说得有点道理，我现在就算杀了你，你们不过少了一员，对我们来说，也少了替我们挡死的。"他低头看潭水中他们模糊的黑影，"当年美琪大戏院刺杀汉奸，你让出老蔡的黄包车让我逃命，你被捕入狱，这个人情我记着。罗汉生，现在的你我走的是各自为敌的路。你走吧。记住，下一次不管子弹从谁的枪口射出来，谁都怨不得谁。"林与明停了停又说，"今天，我把欠你的人情还了。"

林与明朝山谷走去，两名士兵跟上。罗汉生也隐入树林。他们相背而行越走越远，迈向各自的阵地。

野蜂谷战斗在天蒙蒙亮时再次发起。罗汉生率部顽强突袭，一度打退了金胡子部和林与明部。

中午时侦察员来报，有大批日伪军部队袭来。他们将面临三股敌军的攻打。战略迅速调整，张文山和刘铁生对付金胡子和林与明，罗汉生和宋昆山对付日伪军。

河野昂然出现在罗汉生的望远镜里，右眼扣着黑眼罩。久违了河野，罗汉生轻声说。宋昆山说这个河野真是阴魂不散。罗汉生说这是老天留给我们收拾他的机会。

河野来势汹汹，重机枪、轻机枪、步枪和火炮全部上阵，野蜂谷枪炮声震天响,烟火弥漫在灰褐色的天地间。战壕很快被攻塌,战士伤亡众多。罗汉生指挥队伍后撤。此时宁小强率队前来接应,说指挥所命令他们撤离野蜂谷,前往鸡狼沟,与黄老虎的部队会合。罗汉生边跑边问宁小强其他部队的战况,宁小强心不在焉、心事重重的样子。罗汉生问发生了什么,宁小强说苏桃不见了。

苏桃与宁小强在同一支分队,对付一支日伪军小队。他们艰难夺回阵地,俘虏了十多名日伪军。他把这批俘虏交给苏桃,让她和两名战士押回战壕,他和战士们打扫阵地。等到他高兴地带着一堆枪支弹药回战壕,战士说苏桃不见了。

"苏桃要是落到鬼子手上就麻烦了。"罗汉生焦虑。

"生哥,我没保护好苏桃,是我的责任。"宁小强内疚。

"向指挥所汇报,快把苏桃找回来——"

苏桃和战士们把俘虏押回战壕,一名小伪军哭着喊姐姐饶命。她看他顶多就十六七岁,就给他喝了水,吃了块饼干。小伪军跪倒喊好姐姐。她问他为什么当伪军给鬼子卖命。他呜呜哭说自己当兵想混饭吃,被人骗进伪军队伍,早就想逃可找不到机会,还说他们昨天在鄞西打仗,也碰到一个像她这样说上海话的国军,差点死在他枪下,好不容易逃掉,又撞上一个讲上海话的。

苏桃眼睛一亮,问那人什么长相哪支部队。小伪军描绘了那人的长相,跟身边伪军问来那支部队番号,细述他们所在的位置。苏桃心里清楚了,一定是朱砂。她跟两名战士说走开一下,就走出战壕。队伍里就她一个女战士,两名战士当然不便细问她的去向。

苏桃回村骑上自行车,驶向山林。她此行的目的很简单,找到朱砂。在锄奸队,她除了保障队员们的吃喝,还负责搜查汉奸的行动轨迹,把情报交给其他人,这给了她很好的观察力和判断力。她循着密林中有人走过的痕迹,借助光线树枝的指向,能骑车则骑,不能骑车则边推边扛,心里默默祈祷朱砂的部队还没有开拔。中午时她发现标示鄞县地界的石碑,观察了一会儿,听见东南方向有枪响,她思索片刻奔去。

山岗上两个国军士兵在巡逻,苏桃把自行车藏在树林,钻进灌木丛。等他们走了几个来回,看清了他们胸标臂章的图案,朱砂果然在这里。她耐心隐忍地等待。午饭时分第三个士兵上来换岗,那两个问为什么只有他一个,那士兵骂骂咧咧地说另一个吃好饭在拉屎,饭都白吃了,他们笑起来。两个士兵下去。

那士兵巡逻一圈刚站稳,膝盖窝就遭重重一棍,他脚一软向前摔倒,脑袋撞上石头,哼都没哼一声就昏过去了。苏桃滚皮球一样把他滚进灌木丛,麻利地用藤条绑住,嘴里塞上袜子,剥掉他衣服裤子帽子自己穿戴上,背着枪大摇大摆走向营地。

军服穿在她娇小的身上松松垮垮,她不得不提着裤管、敛着腰身。一群士兵朝她多看了两眼,她拉低帽檐一声不吭地走向一间帐篷。她之所以判断朱砂在这里,是因为这间帐篷处在最平整安全的位置，两个士兵守在帐篷口，而其他帐篷没有。士兵喝问她有什么事，苏桃捏着嗓子说"有情况汇报"，就一步跨入帐篷。帐篷里空无一人。苏桃忽感冒失了，就算朱砂在这里，也不表示他随时在。

士兵对她起了疑心，跑进来，发现是假冒的。一个按住她，另一个跑出去喊人。苏桃说你要是对我动手连十个脑袋也不够砍。那士兵蒙了。朱砂怒气冲冲走进帐篷。这段时间打鬼子剿共都不利，上峰训斥，一肚子窝囊气，还有人擅闯营地且进入他的帐篷，这个吃了熊心豹子胆的混蛋活腻了吧。

朱砂打量双手被反绑低头的苏桃，命令她抬头，她一动不动。他用枪管抵住她下巴强硬地抬起，一看愣住。士兵啰啰唆唆解释，她打昏了山上巡逻的士兵，穿了他衣服混进营地，看样子企图行刺，幸亏他们及时拦住。

朱砂让他们出去，他要单独审问这个胆大妄为的女人。等他们出去后，朱砂解开绑在苏桃手上的绳子说你胆子也太大了。苏桃说胆子不大能见到你吗？

朱砂看着她红肿的手腕，找出药水涂在她手腕上。苏桃任由他轻轻涂着。他抬头，撞上苏桃凝视他的眼神。他移开目光不敢看她。

"朱砂，跟我走吧。"她简单地说。

朱砂沉默很久，说："我知道你为什么来。甚至，我预感到有一天你会来找我。你想说的，罗汉生也跟我说过。"

"既然明白我的来意，那你打算怎么做？"

"我有咖啡，给你泡一杯，以前我们常喝，现在是难得喝到了。"

苏桃不动声色地看着他忙。他把咖啡杯放她手上说趁热喝，又问刚才有没有伤到别的地方。苏桃喝了口，朱砂问跟以前喝的比怎么样。

"像低劣的黄糖水，朱砂，你当了国军，品味似乎越来越差劲了。"

朱砂尴尬地笑，说可能水没有烧开。

"当年你离开锄奸队时，还记得怎么跟我说的？"苏桃不待他回答又说，"你说，苏桃，等着我，我去打鬼子，打出一片大好河山，一个安定的家园，到时候我们在一起好不好？我当时没有说好或不好，但我心里已经答应你了。"

他看着她，疲惫的眼神渐渐有了亮光。

"现在呢？国土破碎民不聊生，这是大好河山吗？当年你锄奸杀敌，今天却助纣为虐，把枪对准曾经的战友和兄弟，对准我，这就是你想给我的安定家园吗？"

他垂下眼皮，神情木然。

"我们浙东游击纵队除了对付日伪军，还要对付你们的围剿，说实话，真的很艰难。我现在擅自跑出来找你，回去定会接受严肃的处理。但这些我都不怕，我怕的是——"苏桃的眼中浮起泪雾，"有一天，曾经的战友和兄弟，曾经爱的人，把枪指向彼此。朱砂，只要你承认,你把枪指向我的时候绝不会发抖,我马上就走,或者,你索性现在就杀了我。"

朱砂腾地起身,抓住苏桃的双肩凝视她。她也坦然勇敢地看他。他们看到了昔日汹涌而来的年华和爱恋。他蓦地抱紧她,脸埋在她肩头,怕她倏然离开。苏桃感觉肩头的温热,那是他的泪。朱砂用手背擦了一下眼,骂自己没出息,居然趴在苏桃肩头掉泪,这以后还不被她嘲笑一辈子。

"我们的队伍需要你,我也需要你。我们一起战斗,一起看太阳升起落下,一起出生入死,不好吗?"

朱砂说不好,苏桃杏眼圆睁。

"一起吃罗姆妈烧的菜,那才叫好。"

苏桃朝他胸口捶了拳,他握住她的手:"兄弟等着我,爱人也等着我,如果我再执迷不悟,那天底下还有比我更蠢的人吗?"

部队人多眼杂人心不稳,起义的事不能走漏风声,两人决定,先由苏桃带着朱砂最信任的几名亲信出发,向浙东游击纵队传递起义的消息。朱砂随后率部以剿共的名义转战梁镇,直至进入游击纵队的地盘,宣布起义。

朱砂目送苏桃娇小的身影隐入山林,心里说我们很快就能在一起了。

# 长夜将尽

　　守住野蜂谷就是守住屏风岩，守住屏风岩就是守住横水村，守住浙东游击纵队的指挥部。所以野蜂谷决不能失守。

　　罗汉生部、宁小强部和黄老虎部集结，形成东西南三道强大的屏障，打退了河野部一次又一次的袭击。河野将部队分成三组，远距离炮击，中距离枪战，近距离白刃战，也分别应对游击纵队东西南三道屏障。

　　与黄老虎部对阵的是一支拔出刺刀拼白刃战的日军。黄老虎暗喜，枪战是他们的短板，白刃战却是他们的长处。他命令战士们停止射击，静等日军进入猎杀范围。昔日的土匪们按住腰间大刀，积蓄即将爆发的力量。等日军距离自己十来步之遥时，他们冲出战壕，挥起大刀劈向日军。

日军擅长的也是白刃战。扫荡华北时,他们往往被比他们更擅长白刃战的杀红了眼的抗日大刀队砍得尸横遍野,但南方能够与他们拼刺刀的抗日武装并不多。此时猛然钻出一支大刀队横砍竖劈,风吼马嘶,像南方的龙卷风一样暴烈的攻势前所未见。日军脑浆迸溅,血肉横飞⋯⋯

战事胶着中,驻守斗鸡岗的张文山部派侦察员过来,说斗鸡岗阵地遭遇一支国军顽军部队的围剿,形势岌岌可危,需增援。此前罗汉生已向指挥所汇报遇到林与明的消息,游击纵队已有准备,还是挡不住日伪顽三股势力的多方围袭。

一定是林与明。他令宁小强率队先去增援,他消灭河野部后赶去。

罗汉生抱过一挺轻机枪,枪管塞在战壕两块岩石的缝隙中,瞪着血红的眼,指挥队伍打几枪换一个地方,再拔出手榴弹扔出去。手榴弹是他亲手研制的,爆炸力超过以往。之前他们为节约弹药用的是精准打击,这种骤然密集的打法让河野很吃惊,指挥朝射来的方向集中开火。

宋昆山将罗汉生拖进战壕说别疯打。罗汉生说今天拼也是死,不拼也是死,不如拼个痛快。东边一阵枪炮爆响,黄老虎跑来欣喜地说快看谁来了。

苏桃跳进战壕说朱砂来了。罗汉生顺她指的方向,朱砂率部在东边蜂尾岭朝河野部猛烈开火。蜂尾岭是罗汉生和河野两支部队屡屡抢占而不得的有利阵地,这个居高临下的位置一夫当关万夫莫开,现在朱砂抢占了先机。

河野部瞬间遭到两支队伍的前后夹攻,死伤众多,剩下的或投降或逃窜。河野带着十几名日军蹿进山林。罗汉生令其余人随黄老虎继续增援斗鸡岗,留下五名战士追击河野。翻过几道岭,他们追上狼狈蹚过溪流的河野。战士们正要开枪,罗汉生说让他们走出去,不能污了这条下游村民要喝水的溪流。这时朱砂率部从河野对面的山林出来。

"河野,投降吧,你们已无路可逃。"罗汉生说。

河野身边的两名日军向朱砂开枪,朱砂一枪一个命中他们,血溅了河野一身。罗汉生朝河野脚下打了一圈子弹,尘沙扬起。河野抹了把脸,脸上又是血又是泥,狰狞如鬼。旁边的日军扔枪投降。

河野用独眼看他,再看朱砂:"你们,联手了?我很少看到这样的场面。"

"那你运气不错,开眼界了,"朱砂走近他,"尽管你只有一只眼。"

朱砂仔细看了他两眼叫道:"原来是你。"他转向罗汉生:"生哥,还记得你爷爷的画像被劈成两半的事吗?"

"怎么会不记得?这次爸妈来梁镇,把画像也带来了。要是有一天我能抓住那个劈画像的鬼子,我也会让他尝尝被劈的滋味。"

"就是他。"朱砂用枪指向河野的鼻尖。

河野茫然,他不记得自己做过这事。于是朱砂讲起罗汉生炸掉日军仓库,日军宪兵队去罗家搜查,河野刀劈罗汉生爷爷的画像,并且差点杀了罗姆妈——那天他和陈马修假扮成小贩在罗家墙外看到了这一切。

河野一点一点想起他杀戮生涯中这一件极其不起眼的小事。

"原来是你。河野,中国人讲的是因果报应,你劈了我爷爷的画像,而我爷爷冥冥中让我亲手为他报仇。人,不能作恶,哪怕你劈的是一张画像,也会有报应。何况你屠杀了无数中国人。"

河野阴着脸,用左眼死盯罗汉生:"我想问一个事。"

他说起瓜田镇那场战事。那次他们已将那支由木匠、铁匠、泥水匠组成的抗日自卫队打败了,后来半路撞出两名抗日分子,用一颗手榴弹抄了他们的后路。

"我这只眼,就是手榴弹碎片炸瞎的,"河野摘下眼罩,露出黑得见不到底的窟窿,"这事是不是与你们有关?"

"不错,是我干的好事。那颗手榴弹是抗日自卫队战士牺牲前留下的,让我为他们报仇,真是长了眼啊。"

"能不能告诉我,你叫什么名字?"

"罗汉生。"

"罗——汉——生,从上海到绍兴,再到这里,我们缘分很深啊,"河野摸摸右眼罩,"我一直渴望报这个仇,现在看来没机会了。"

"河野,听过'不是不报,时辰未到'这句中国俗语吗?你对中国还是了解得太少了。"

"我请求你们，不要打我的另一只眼。"

"可以，让这只眼再看看，中国如此辽阔壮美，人民如此勇敢顽强，但你们什么也得不到。"

河野朝四周缓慢扫了一圈，山川辽阔壮美，无数中国人在他们枪下死去又活来，如春风野草杀不光烧不尽，那么这场漫长的圣战还能坚持多久？他绝望地抽出指挥刀朝腹部切去。子弹击中他两手，指挥刀落地，一排子弹瞬间穿透他全身。

河野布满血的独眼仰望天空，天空、白云、树枝和飞鸟都是猩红模糊的，两个巨人一样的对手盯着他，他们也是猩红模糊的，仿佛沐血而来。

罗汉生蹲下身，听见他气若游丝的声音："笨蛋，要是都像你们联手，就……就没我们的机会了。笨蛋，你们都是笨蛋……"

"这狗杂种，算是说了一句人话。"罗汉生说。

朱砂摘下河野的枪和刀："好东西，我正缺称手的。生哥，下一场打哪儿？"

"斗鸡岗。有一个强劲对手等着我们兄弟俩。"罗汉生望向枪炮呼啸的方向。


游击纵队轮流交替攻打，一次次压下国军顽军部队的围剿。尽管如此，他们还是感到这一次战斗的凶险。

罗汉生驻守野蜂谷，也守住了屏风岩，一般来说无论日伪军还是国军顽军，都很少会考虑从山高林深路险的斗鸡岗进攻。他们之所以胆敢进攻，是因为试图与日伪军分而攻之，形成包饺子的战术，全面围剿浙东游击纵队。

刘铁生明显感觉到这支部队与日伪军不一样的打法，对方似乎更熟悉地势地形，不断避开险要地势，枪炮如排山倒海般喷射，打法锐利，进攻凶残，有种速战速决将他们置于死地的企图。

宁小强盯着看不见的敌方，一定是林与明，这种打法太像他急于求成的风格了。他与刘铁生、黄老虎商量，敌人越是急于求成，我们越不能给机会，拉长战线，拉慢战速，就是熬也要熬死他们。大家同意他的看法。

宁小强眼睛发红，一颗颗子弹射向对方阵地。多年兄弟，如今要拔枪相向了。

这一场仗，林与明确实打得很焦虑。

突击总队要求三天内拿下梁镇，他的第三营则心急火燎想两天内攻下。要命的是上峰来电，浙中失守，要求他们急赴天台一带。此时的林与明陷入捧烫手山芋的状态，吃不下又扔不得，撤退则会被反噬。

可对方不会给他撤离的机会。捕猎者没抓到猎物，还跌入自设的猎网，他已跌入无法拔足的泥淖，只能孤注一掷速战速决，从气势上震慑对方。所以他的枪炮不要钱似的喷射，以求在对方被排山倒海的火力压倒之际,迅速撤离。

猛烈的炮火如山洪般吞噬了冲在最前沿的游击纵队战士。他们一个个倒下,然而身上又出现更多人,死而复生一般,继续与林与明抵死较量。

天又暗下来,游击纵队的火力弱了些。林与明暗喜,看来速战速决的战术起作用了。他命令部队放火烧山,刨出一条隔火带后撤离。

火焰如蛇阵乱蹿,沿着游击纵队的战壕蔓延燃烧。游击纵队没料想对方还有这凶残一手。烟火弥漫中看不清敌军撤离的方向,而火势一旦凶猛会殃及山村,他们只能让战士们跳出战壕扑火。

林与明洋洋得意离开斗鸡岗往南行进。摆脱了危局,他觉得可以稍微松懈一下,便令队伍就地休整,天亮前赶到天台。这一仗损兵折将损失不小,不过对方也没占到大便宜。不知死的人当中有没有罗汉生,如果他死在自己枪下,这都是命,怪不得谁。若自己死在罗汉生枪下,同样也毫无怨言。

两声枪响,林与明头上的树枝砸落到他头顶。巡逻的士兵惊叫共军来了。枪声齐鸣,刚喘了口气坐下吃干粮的士兵纷纷倒地。林与明嘴里的压缩饼干刚到喉咙,一时呛住。他咳嗽着躲闪射击,举枪的胳膊突地吃痛,枪落地,弯腰捡拾时,又一颗子弹击中了手指。

罗汉生从树林后走出来,枪口蓝烟袅袅。

"我知道一定是你。"林与明举起鲜血淋漓的双手咳嗽着。

接着朱砂从他身后出来,同样枪口冒烟。

"我想不到会是你。"林与明因吃惊而停下咳嗽。

顽军纷纷弃械投降。

三个人形成三个点,两支枪对准双手沾满鲜血再也举不起枪的林与明。

天空旋转,树叶纷落,枪声响在遥远的天边,又从遥远的天边传回来,回响在他们的耳际,挟带风雷,挟带许多年前的风云变幻。曾几何时,他们一起出没于上海滩的大街小巷,并肩保卫祖国,枪口指向共同的敌人。他们发出的一颗颗子弹,具有消灭一支日军的力量。枪收回时,他们迅捷消失在夜幕下的街巷,像古时候的侠客,事了拂衣去,深藏身与名……而后风云突变,世事变迁,他们走上各自再也无法回溯的殊途——

"两人对付一个举不起枪的人,这样对我很不公平,知道吗?"林与明从嘴角挤出勉强的笑。

"对死在你们枪下的游击战士,公平吗?不去打鬼子反而围剿自己的兄弟,公平吗?"朱砂指向斗鸡岗方向吼道。

"我们六个,除掉陈马修不提,朱砂、苏桃、宁小强和我,最终都走在同一条路上,人心向背,何为善,何为恶,何为正,何为邪,你还看不出吗?你本可以弃暗投明,为什么不让自己像个人?"罗汉生朝林与明冷冷说道。

林与明大笑,笑得那些俘虏不知所措地看着他。

"你们可以骂我冥顽不灵,可以在将来的历史书上把我写得很糟,我不在乎。可是罗汉生、朱砂,我告诉你们,我林与明最大的优点就是,忠义仁勇信,礼义廉耻孝。"他斜视朱砂,"决不会像他一样,首鼠两端,心怀异志。"

"打鬼子,驱日寇,这是真正的忠义仁勇信。让中国人过上不再有战争的生活,有衣穿,有饭吃,睡得踏踏实实,这是真正的礼义廉耻孝。林与明,你是经济学出身,最懂得利益得失,可怎么连老百姓都懂的也不明白呢?"罗汉生目光冷然,"转身吧——这样,下辈子你面对的不再是战争和仇恨,而是一条全新的路,到那个时候,好好地走你的路——"

林与明脸上的肌肉战栗。夜雾已起,山林浓黑。他问面对的是哪个方向,罗汉生说南面。他顺从地转身,面向北方,那是他故乡的方向。他倏然落泪。

罗汉生与朱砂对视一眼,扣下扳机。子弹呼啸而出,击穿夜雾。林与明的背部炸出血花,他沉重地扑向地面。一句遥远的话飘过他越来越混沌的脑海:"记住,下一次不管子弹从谁的枪口射出来,我们都怨不得谁——"

身后的两个身影与山影树影相融,彻底覆盖住趴在地上的他。

横水村外战火汹涌,包括巡逻队、护村队也被拉到了战场。听着枪炮轰响,李静姝如嗜血的野兽闻到血腥味一样兴奋狂乱。

她双手抠泥墙，抠了很久，坚硬的泥墙只被抠出指甲盖大小的洞，她绝望地盯着窗外。外面空旷无人，连一只狗都没有。她绝望地滑倒在地。躺了一会儿，捕捉到有跑过的声音，她爬起来往窗外看，刘欢喜背个破包匆匆往村外跑。她嘶哑地喊他。刘欢喜停下，朝她的方向看了看，走过来。

"你喊什么喊，臭间谍，大坏蛋！游击队马上要把你们打败了，把你们全都赶出中国。"刘欢喜用木枪比画着朝她打。

"欢喜，听李姐姐说两句好不好？"她努力让声音听起来像春风一样温和甜美，"你弄错了，你们全都弄错了，我不是日本女间谍，真的不是的。你听说过很多地下党打入敌人内部获取情报吗？不过你是小孩，可能没听说。"

"我当然知道啦，你以为我是小孩子，我都十五岁了。"刘欢喜有点恼怒。

"告诉你一个秘密，你走近点，我只告诉你。"李静姝的声音越发神秘。

刘欢喜看看四周，再看看关押李静姝的门锁，朝前走了一步，警惕地说："有什么话快说，我还有很多事。我不会告诉你我要去做什么。"

"其实，我是打入鬼子内部的地下党，我隐姓埋名很多年，给组织上传递了许多珍贵的情报。但你知道吗？我的上下线都被可恶的鬼子杀害了，没人知道我真正的身份——"李静姝满脸悲愤。

刘欢喜瞪大了眼,这跟爸爸和罗哥、宋哥说的不一样啊。

"可游击队不听我解释,一口咬定我是间谍。欢喜,你看看我哪一点长得像间谍?还有,我告诉你日军的情报——目前,三北有两支日军部队,总计人数一百十八人……四明县保安团副团长已投靠日军,正密谋会合……还有日军准备在鄞西、上虞东、四明山增设三个据点……"她把公开的真真假假的信息告诉他。

"我画的地图是假的,情报也是假的,就是为了引诱敌人上当。欢喜,做地下工作就是要与敌人斗智斗勇。"

"欢喜,别人不相信李姐姐,难道你也不相信吗?"

"欢喜,我真的不是间谍,我是被冤枉的,你有被冤枉过吗?"她泪流满面。

刘欢喜震惊。他记起小时候有一回邻居家的鸡下了两个蛋,他在人家门口玩了一会儿,鸡蛋就不见了,邻居咬定是他偷的,跟他爸告状。爸爸二话不说就打他屁股。后来才知道鸡蛋被黄鼠狼偷了。他知道被人冤枉是件多么伤心的事。

"好吧,我把该说的都说了,就算死了也心安,"她叹气,"欢喜你听,外面枪声隆隆,战士们在流血牺牲,而我被关在这里。我多想去杀敌啊。"

"你能保证,你说的都是真的?"刘欢喜警惕地问。

"当然是真的,因为李姐姐相信你才告诉你这些,别人我才不说呢。可惜你不相信我。"

"你出去后,一定会杀鬼子吗?"

"我一定会杀掉那些害我的人。"她眼中喷着怒火。

"你发誓,发毒誓。"

"我发誓,我李静姝不报此仇,誓不为人,下辈子一定做狗、做猪、做虫子。"

刘欢喜找来大石头砸门锁,取门锁时不放心地让她重复一遍毒誓。李静姝恨不得掐死这小兔崽子,不得不再次发毒誓。刘欢喜扔掉门锁。

"欢喜,你在干什么?"安琳此时经过,稍愣了一会儿跑过来喊。

李静姝推门跑出,蹿向山上。刘欢喜说李静姝其实是打入鬼子内部的地下党,她是被冤枉的。安琳跺着脚喊:"欢喜你上当闯大祸了!"说完就朝李静姝逃的方向追去。

一阵凉风吹来,刘欢喜打了个喷嚏清醒过来,又害怕又愤恨,喊着追上山。


李静姝在山林里乱蹿乱撞,身后安琳追着喊着,还有那蠢小子的哭喊。她蹿向一道山岭,岭下有几条路可以逃离横水村。

"李静姝你给我站住,来人啊,快来人啊,李静姝逃了——"安琳站在山岭另一头喊,知道李静姝没枪也没其他武器,所以并不怕。

"安琳,你放我一马,我们还留一份旧交情,否则就别怪我不客气。"

"这次就算拼了命我也不会放过你。"

刘欢喜追上来,举着木枪喊:"臭间谍,大坏蛋,再逃我就开枪了!"

李静姝一愣,黑色枪管,刘欢喜站得远,她弄不清他拿的到底是真枪还是木枪,这小兔崽子平时当小通讯员,难保不会有把枪,可要是只是吓唬呢。

"一把木枪也拿出来吓唬人,小子,你太蠢了。"她冷笑。

刘欢喜不由得转过枪看,不明白她怎么看出自己拿的是木枪。这一看就露了破绽,李静姝大笑。刘欢喜气坏了,不管不顾冲过去。安琳怕他吃亏,赶紧追上来。

刘欢喜如复仇的小虎扑向李静姝,抱住她的腿又抓又咬。李静姝拼命推他。刘欢喜死咬不放,安琳抱住她后背。纵然两人对付一个,可李静姝经过特殊训练,拳脚相加力道凶悍,很快挣脱他们,冲向岭下。

她跑了两步跟跄倒地,一颗不知从哪儿射来的流弹击中了她的腿。安琳和刘欢喜按住她,安琳把外衣撕成布条,两人将李静姝牢牢绑住。安琳说终于没让她逃掉,话音刚落,她胸前溢出一片血花,血花在白衬衣上格外耀眼。

刘欢喜哭着打李静姝,骂她开冷枪打伤安姐姐。李静姝辩解她没枪,再说她也中弹了,两手绑着怎么可能伤到安琳。安琳虚弱地说是流弹,可能是鬼子打过来的,鬼子会到处开枪。

刘欢喜大哭,现在一个绑着一个伤着,他没办法把她们弄回去,四周没人,要是鬼子过来可怎么办啊。安琳让他轻点声别把鬼子招来,快下山找人,她盯着李静姝。刘欢喜扶安琳到树边靠着,跑下山。

安琳的血一直流淌,她用撕剩的布条堵在胸前,用手摁着。李静姝手脚绑着,动弹不得。她们用陌生冷漠的目光看着彼此,像树木一样静默。松涛阵阵,远处有零星枪声。李静姝弄不清枪声来自游击队还是日军,也不敢轻举妄动。安琳闭上眼,竭力让自己平息气血。鲜血染红布条,从她的指缝淌下,滴在地上。

"安琳,我死了,你也活不成。这样挺好的,我们活着是同学、好朋友,死了也能做伴,你说这是我们哪一辈子修来的福分啊。"

安琳拿布条塞住耳朵,不想浪费一丁点精力对付这个可恶的女人。

李静姝不甘心地闭上嘴,眼神游移,试图寻找逃脱的机会,目光落在一丛野草上,认得是小蓟草,有很好的止血效果。她看看安琳,她已晕过去。

李静姝喊她,她没回应。她又喊,安琳还是没理她。她隐隐记起,很多年前她们读中西女中时,安琳带她去城隍庙吃甜酒酿,那是她第一次吃,连吃两大碗,结果醉了。安琳也像这样一声声喊她。她冷酷地命令自己别想,可记忆一旦开闸如潮水涌来,安琳送她的景泰蓝手镯、杭州折扇……那些都是她还没有接触日军梅机关之前的旧事。

她艰难地爬到小蓟草丛，用绑住的双手拔了把，爬回安琳身边，把草药搓出汁水敷在她的血洞。这样爬来爬去，弄了一大堆草药敷在安琳身上。

"安琳，你别死，别死行不行？你为什么要流这么多血，别流了行不行？你听见了吗？安琳，安琳——"她很愤怒，不知是愤怒于自己救了安琳，还是愤怒于自己救不回。后来她哭起来，有如孤魂野鬼的呜咽。

刘欢喜带罗汉生、程采薇、许小慧和战士们冲过来，他们推开李静姝，程采薇和许小慧赶紧对安琳进行抢救。

罗汉生用枪抵住李静姝额头吼："你对她做了什么？安琳这么善良无辜，你他妈的到底是人还是畜生？"

"快来，安琳醒了。这是小蓟草，止血的。她还算有点人性。"程采薇说。

罗汉生和程采薇扶着安琳，罗汉生轻声说没事了没事了。安琳看看他，再看看程采薇，脸上露出往昔甜美温柔的微笑。罗汉生的心痛极了。

"你们，都在我身边，我好幸福。汉生，我抓住了李静姝，能不能，为我爸爸赎一点点罪？"她的身体声音都在战栗，"我知道，他是个大汉奸、卖国贼，可是，他终究还是我爸爸，我是不是替他赎回了一点点罪，是不是？"

罗汉生默默点头，泪水落在她手上。她把他的手牵过来，用另一只手握住程采薇的手。程采薇要她别动，他们马上把她带下山，她一定会没事的。安琳吃力地把他们的手合在一起，用自己满是血的手盖在上面。

"汉生，采薇，一定要答应我，你们，好好地在一起。你们，是注定的，而我是个意外。汉生，采薇是个好姑娘，她像春天的映山红一样明朗。采薇，汉生勇敢善良，有责任感，但是他不会好好照顾自己，以后，请照顾好他，照顾一生一世，好不好？"她的声音越来越微弱，"快说，让我听见啊——"

两人贴近她耳朵轻声说好。安琳握住他们的手一沉，笑了笑，头一歪躺在他们手上，安然闭眼，有如沉睡。罗汉生埋在她鲜血淋漓的身上失声痛哭。

刘欢喜捶打李静姝，哭喊是她害了安姐姐，程采薇拉过他说我们回家吧。

战士们押着李静姝往山下走，她神情木然一瘸一拐，像木头在移动。她也觉得奇怪，腿明明被流弹击中了，为什么一点也不痛呢？几个字蹿上她脑海——行尸走肉。太对了，没有比这个词更适合现在的自己了。

罗汉生摘下一朵映山红，插在安琳的头发上，抱着她往山下走。她躺在他双臂，如婴儿酣睡，做着一个不愿醒来的好梦。

"宁有故人可以相忘，曾不中心卷藏？宁有故人可以相忘，曾不睆怀畴曩？往日时光，大好时光。我将酌彼兕觥！往日时光，大好时光，我将酌彼兕觥！我尝与子乘兴翱翔，采菊白云之乡。载驰载驱征逐踉跄，怎不依依既往？……"

八音盒丢了很久，歌却还在他心上。他泪流满面。

蓝黑色的夜空，明月当空，星子闪烁，照着他们脚下的路，远处的山川溪泉草木，照着他们为之守护的家园，每一季春耕秋收的土地，照着每一个黑暗中沉睡、黎明时醒来的人民，照着每一寸近在咫尺却又遥在天际的浩荡山河。

夜正长，夜正黑，而再长再黑的夜都有尽头，只要走下去，终会长夜将尽，破晓天明……

一九四五年五月二十五日至七月六日，浙东新四军歼灭金胡子部一千三百余人，打退日伪军四次增援，毙伤日伪军一百余人。

七月七日，国民政府宣布对日军进行全面反攻。

七月二十六日，中、美、英发表《波茨坦公告》，内容包括日本政府必须立即宣布无条件投降。

七月二十七日，日本内阁会议拒绝投降。

八月六日和九日，美军分别在日本广岛和长崎投下原子弹。

八月九日，毛泽东发表《对日寇的最后一战》。

八月的夏日傍晚，罗汉生和宋昆山准备去上海，目的是用李静姝交换被逮的地下党同志，其中有史哲夫教授。

游击纵队对李静姝有两种意见：一种是日军全面投降时处决李静姝，另一种是利用李静姝营救地下党。最终采取后者。日军还未彻底投降，已进入最后的疯狂，为了营救同志必须冒险一试。宋昆山认为太便宜这女间谍了，罗汉生说只要救出史教授，再大的代价也值得。

两人正整理行李，刘欢喜冲进来说来上海客人了。程采薇拎着行李箱，史哲夫笑吟吟地进屋。大家欣喜，说正要赴上海营救他。史哲夫说日本即将战败，松本已死，善良的松本夫人想方设法把他救出，他安置好家人就直奔梁镇，想为后方医院出力。程采薇说史教授还带来了新的医疗器械和不少贵重药品。

"还有一个宝贝，"史哲夫从行李箱里拿出一个长方形木匣子，"美国飞歌牌收音机，陪了我很多年的宝贝，舍不得丢下，就带来了。"

罗汉生摆弄收音机。刘欢喜东摸西摸趴着听，兴奋不已。大家问史教授路上怎么样，有没有什么危险。

"现在日本败局已定，军心惶惶，再则我这么多年教书育人，一路有人照应，还算顺利。不说这个了，采薇，后方医院情况怎么样，先带我去看看。"

收音机里传出忽清楚忽模糊的声音，罗汉生示意大家静下来。

大家凝神听着。

"中央广播电台,各位听众,现在播送重大新闻:中央社据美新闻处讯,旧金山十日电,据合众社本晚消息,日本已接受促其无条件投降之《波茨坦公告》……"

大家互相看着,无比惊喜而难以置信,空气凝住了,夜蝉叫起来。

"这匣子里说的啥?"刘欢喜似懂非懂。

"日本投降了,日本鬼子无条件投降了——"

"抗战胜利了,日本鬼子投降了——"

宋昆山抓过脸盆敲打,史哲夫的泪水挂在笑脸上,罗汉生和程采薇紧紧相拥,泪流满面。刘欢喜敲着脸盆满村子跑,鬼子投降了抗战胜利了,鬼子投降了抗战胜利了……那夜爆竹声欢呼声敲锣打鼓声响彻山野,夜空灿烂如白昼……


李静姝跪倒在茶园,她杀害的两名村民的灵魂等她很久了。游击队战士的枪,牢牢指向她的后背。其中一支就是她当初杀害村民用的袖珍无声手枪。

日本宣布无条件投降的消息,她在五天前满村的喜悦呐喊中听到了,她如同被抽走骨架的鱼,散落在地,久久不起。裕仁天皇的"玉音放送",她在被押赴茶园前听到了,这是她第一次听到天皇的"玉音",也是最后一次听到那个遥远陌生的"神"沮丧地宣布投降的声音——

"朕深鉴于世界大势及帝国之现状，欲采取非常之措施，收拾时局，兹告尔等臣民，朕已饬令帝国政府通告美、英、中、苏四国，愿接受其联合公告……"

她跪倒在地，闻到泥土中刺鼻的血腥味，恍惚中看到两名村民满身是血走近她，她恐惧地闭上眼。两声枪声击破安静湿润的空气，从很多年前呼啸而来，穿透她的身体。她清晰地看到眼前迸溅的血花缓慢飘散，像童年的她坐在春天的樱花树下看到的纷落的樱花瓣。那时的她没有听过枪声，没有见过杀戮。

"……如仍继续作战，则不仅导致我民族之灭亡，并将破坏人类之文明……"

她像一截被虫蛀掉的空心了很久的朽木，终于沉重地扑倒在地。


夜空下，一艘艘船从沿海和渡口出发，乘风破浪，划向黑色海面。紧握枪支的浙东游击纵队战士坐在船上，向苏中根据地北撤。

张文山和刘铁生蹲在船头商量下一步战略。苏桃和朱砂轻声低语。老蔡和麦花香守护锅盆瓢碗。杜先生和史哲夫背着医药箱说话。宋昆山、宁小强、黄老虎靠在一起打瞌睡。医疗救援队的队员们躺在船舱安静地睡着。程采薇和罗汉生并肩而坐，默望遥远的梁镇方向。

"这一去,不知什么时候才能回到横水村,回到梁镇,回到浙东。"程采薇眼中泛泪。

"会回来的,一定会回来的,那时的浙东,是我们真正的家园。"罗汉生一手握枪一手握住她的手。

程采薇问他有没有丢失什么,罗汉生想了想摇摇头。程采薇掏出一样东西放在他手里。八音盒,他丢失很久了。程采薇说整理行装时在他的抽屉角落找到的。

罗汉生拧上发条,乐声在呼呼的海风中听不真切,只有零碎的叮叮当当声响。其他人也围拢过来听。

映山红开了又落,落了又开。枪声响起,旗帜飘扬,血色如花瓣飘落,无数身影浮现,年轻的苍老的稚嫩的,清晰的遥远的模糊的,他们拉着游击战士的手,不停塞来土豆番薯鸡蛋,泪如雨下,问他们什么时候再回来。

"宁有故人可以相忘,曾不中心卷藏?宁有故人可以相忘,曾不睠怀畴曩?……"

"正当日寇投降、抗战胜利,理应聚首狂欢的时候,我们却要忍痛向你们告别了……"那是罗汉生和大家一起油印登在《新浙东报》上的《忍痛告别浙东父老兄弟姊妹书》上的字,印的时候,读的时候,他们哭成一团,油墨和着泪水抹在脸上。

"往日时光,大好时光。我将酌彼兕觥!往日时光,大好时光,我将酌彼兕觥!……"

"八年抗战,我们中国人民的牺牲是空前巨大的,现在抗战胜利结束,全国疮痍满目,百废待兴,人民实在不能再遭受战祸了,中国的内战是必须想尽一切办法来避免的……"

"我尝与子乘兴翱翔,采菊白云之乡。载驰载驱征逐踉跄,怎不依依既往? ……"

"虽然浙东解放区是我们与大家四年多来共同流血流汗艰苦(奋斗)从敌伪手中夺回来建设的,我们对这块年轻的抗日民主根据地具有无限的热爱,对于浙东的父老兄弟姊妹具有真正骨肉之情……"

"我尝与子荡桨横塘,清流浩浩汤汤。永朝永夕容与徜徉,怎不依依既往? ……"

"我们实在不愿离开你们,任何人也没有理由要我们离开,只是为了委曲求全,相忍为国,中共中央与本军军部才不惜这样决定。我浙东新四军与民主政府工作人员,对于中共中央及本军军部这种大公无私的伟大精神完全拥护,并已决定即日坚决执行从浙东撤退的命令……"

"愿言与子携手相将,陶陶共举壶觞。追怀往日引杯须长,重入当年好梦……"

"祝福民主的新浙东、新中国早日降临……"

歌声与往事交融,泪水和海水在他们脸上一次次被风吹干,又一次次湿润。

夜色沉沉,风涛声声,遥远的枪声不曾停歇。他们清亮的目光穿透辽阔浩荡的海,望见长夜将尽,望见清澈透亮的晨曦,在芳草鲜美的彼岸升起,正等待所有跨越万水千山而来的人……

(全文完)

# 后　　记

七八年前,我在文联内部刊物做小编,作者朋友邵立新投了篇两千多字的纪实散文《1944年的春天》。

稿子很快发刊,打动我的是:"祝老奉命与战士们来到上海,根据事先的周密计划,与联系人接上头,再通过地下组织,通知到每位立志去浙东梁弄抗日的女大学生……从上海到余姚,他们先坐火车到杭州,再由杭州步行到余姚……乘着夜色赶路,天亮前就隐藏在老百姓的家里。出门前都穿着高跟皮鞋,一拐一拐地走,并忍受那钻心的痛。"

后来我跟立新说,以后想以这个情节为主写一部长篇小说。她欣然答应了,在此我对她深表感谢。

长久以来我一直在想:为什么有人愿意穿过枪林弹雨争夺一片

山林、一个岭头、一条河流,而我们能够怡然地聆听鸟雀清鸣,饱览如画江山?为什么我们要一再用各种方式记录这段抗战史?为什么今天仍在警觉那段历史的重演?……

1932年,中国奥运第一人刘长春奔赴美国洛杉矶参加第10届奥运会,《大公报》报道:我中华健儿,此次单刀赴会,万里关山,此刻国运艰难,望君奋勇向前,让我等后辈远离这般苦难。

这段文字令我泪目。

时年,"一·二八"淞沪抗战爆发,东北义勇军与日军交战,上海司机阿毛满载一车日军及军火冲进黄浦江,伪满洲国成立,中共宣布对日作战……波澜壮阔的年代中,有人刀尖行走,为自由和理想而流血牺牲;有人卖国求荣,埋葬于时代的泥淖……唯有涉过长夜,才会迎来黎明。

后记写于2021年7月29日。

此时此刻,第32届奥运会在日本东京鏖战犹酣。中国代表团屡屡获金,国旗一次次升起,《义勇军进行曲》一次次唱响。

距今76年的1945年7月29日,日本拒绝接受《波茨坦公告》。8月6日和9日,美国分别在日本广岛和长崎投下原子弹;14日,日本天皇颁布投降诏书;15日,日本宣布无条件投降。

"让后辈远离这般苦难",这是小说中年轻人的心愿,也是我写这部小说的理由。

吾侪履穿山河国土,皆为后辈别来无恙。

　　本书获浙江省网络作家协会（浙江省作协主管）2020 年度"红色芳华——革命历史题材网络文学创作计划"扶持项目和 2021 年度余姚市文化精品工程重点项目资助。小说家、编剧，《麻雀》《惊蛰》作者海飞，作家、郁达夫小说奖得主斯继东，多年来对本人的创作一直予以支持鼓励。浙江工商大学是我的"母校"（自考毕业），本书有幸交付浙江工商大学出版社出版，编辑鲁燕青老师素未谋面，用心编校。对此上众多支持者，我一并深表感谢！

　　是为跋。

符利群

2021 年 7 月 29 日

于盛夏之浙东余姚